힘내라
돼지

힘내라
돼지

심상대

장편소설

나무옆의자

차례

1. 백만 송이 장미

7월 두 번째 월요일 아침 아홉시 반쯤이었다. 제1위탁공장은 보름만에 신입 출역수(出役囚)를 맞았다. 널찍한 통로에서 작업장으로 들어서는 철문에 매달린 쇠사슬을 벗겨내자 젊은 교도관을 뒤따라 회청색 반소매 기결수복 차림으로 나타난 그들은 모두 다섯이었다. 간부 수용자용 탈의실과 공용화장실과 주임 교도관 사무실이 오른쪽으로 나란히 붙은 공장 입구 복도로 그들은 서늘한 바람과 함께 들어왔다.

일렬종대의 대열을 흩뜨리며 한 덩이로 몰려선 그들은 작업이 한창인 공장 안을 바라보았다. 천장에 붙은 실링팬 두 대가 불불거리며 돌아가고 그 아래 작업대 양편에 마주 앉은 징역수 가운데 몇몇은 수용자복을 입었으나 대부분은 러닝셔츠 바람이었다. 그들이 미결방과 미징역방에서 들은 대로였다. 목을 빼고 고개를 틀어 이쪽을 바라보는 선임 징역수 가운데 절반은 백발이거나 머리카락 희끗희 끗한 중늙은이였다. 대개 젊은이들이 일하는 봉제공장이나 목공공 장과 달리 위탁공장엔 늙은이와 젊은이가 마구잡이로 뒤섞여 있고 분위기도 느슨하다는 말은 틀린 말이 아니었다.

그들 다섯이 주임 교위(矯衛)의 간단한 면담절차를 끝내고 작업반 장을 따라 다시 복도로 나섰을 때 공장에는 신나는 대중가요가 울려 퍼지고 있었다. 좀 전까지 왕왕대던 「거꾸로 강을 거슬러 오르는 저 힘찬 연어들처럼」 역시 경쾌한 곡이었으나 다섯은 그 음악엔 귀를 기울일 정신이 없었다. 그러나 방금 전 주임으로부터 성실한 작업으로 모두 가석방 명령을 받을 수 있도록 모범적 생활을 하기 바란다는 덕담과 훈시를 들은 뒤인지라, 그들은 이제 자신은 어엿한 징역 수라는 사실이 기뻤고 비로소 귓속을 파고드는 「백만 송이 장미」라는 대중가요의 음률과 가사가 자신의 뜻깊은 징역생활의 시작을 축하하는 팡파르처럼 들렸다.

"먼 옛날 어느 별에서…… 내가 세상에 나올 때…… 사랑을 주고 오라는…… 작은 음성 하나 들었지……."

이렇게 아름답고 심오하며 심금을 울리는 노래가 이 세상에 또 있던가? 아니 저세상엔들 이런 노래가 있을 수 있을 텐가? 하고 다섯 가운데 볼과 목울대까지 반백의 털로 뒤덮인 나이 들어 보이는 징역 수는 생각했다.

"사랑을 할 때만 피는 꽃…… 백만 송이 피워 오라는…… 진실한 사랑을 할 때만…… 피어나는 사랑의 장미……."

그는 문득 자신이야말로 이 세상에 사랑을 주기 위해 태어났음이 틀림없다는 사실을 깨달았고, 이곳 징역장에서 기어이 진실한 사랑을 찾아 백만 송이 장미를 피우고 말겠다는 뜻을 단단한 결심으로 굳혔다. 오늘 새벽까지 잠에서 깨어나면 그 자리에 돌덩이처럼 앉아 되풀이하던 팔자에 대한 비관은 그 노래를 듣는 순간 한 줄기 바람처럼 사라지고 없었다. 참으로 기분 좋은 노래였다.

그는 자신의 전 재산에 가까운 기름 값을 떼먹고 배 째라 허리를 내밀던 배(裵) 사장이나, 주유소 개업 이후 25년 동안 어음거래를 했으면서도 냉정하게 부도처리한 단위농협 조합장만이 아니라, 파산의 빌미를 제공해 자신을 이 지경으로 만들어버린 이혼한 아내에 대한 원망도 털어버렸다. 그러한 용서와 환희의 감정이 토네이도처럼 용솟음치며 그의 전신을 휘감았다.

"미워하는 미워하는…… 미워하는 마음 없이…… 아낌없이 아낌없이…… 사랑을 주기만 할 때……."

이제 자신은 그 누구에 대한 원망도 분노도 내려놓고, 갈등도 후회도 벗어던지고, 이 아름다운 공장에서 수수백만 송이 장미를 피워 한 아름 가득 안고, 저 별나라로 가야겠다고 마음먹었다. 그러자 자신의 억울함을 인정하면서도 자신의 이혼을 위장이혼이 아니냐고 추궁하며 어딘가 돈을 빼돌려놨으리라 의심하던 검사에 대한 섭섭함도 흩어져 사라졌다. 자신이 알거지라는 사실을 알아차리자 냉정하게 태도를 바꾼 변호사에 대한 야속함도, 생전 경찰서 마당에도 가본 적 없는 자신에게 2년 징역형에 1년 벌금 노역형까지 얹어준 판사와, 그에 대한 항소와 상고를 기각해버린 고등법원과 대법원 판결에 대한 원망도 봄눈처럼 녹아내렸다.

그를 포함한 다섯은 작업반장 뒤를 쫓아 두 방으로 나뉜 작업장 중 안쪽 방으로 이동해 노란 비닐장판을 덧씌운 작업대 양쪽에 둘러앉았다. 그들이 모두 자리에 앉자 돌연 작업반장의 태도가 험악해졌다. 이제 이곳은 자신의 영역이라는 엄포였다. B급 할리우드 영화에 나오는 아시안 갱단 행동대장처럼 생긴 작업반장은 좁은 이마를 잔뜩 일그러뜨리고 매서운 눈매에 독기를 실으며 눈알을 부라렸다. 그러더니 어금니를 갈아 물며 험한 욕설을 내뱉었다. 불량한 자세로 앉은 어린 징역수에 대한 욕설이었으나, 실상은 다섯 모두를 대상으로 한 군기잡기라는 사실을 다섯 명 모두 눈치챌 수 있었다.

반백의 털보도 그 정도 눈치는 있었다. 경찰서 유치장에서부터 주구장창 눈치 없다는 핀잔을 받으며 따돌림 당해온 그도 이제는 어엿한 징역수였다. 자세를 가다듬기는 했으나 그다지 쫄지는 않았다. 그의 귀에는 작업반장의 욕설보다는 구구절절 그 의미가 가슴을 후벼 파는 노랫소리만이 또렷하게 들려왔다.

"진실한 사랑은 뭔가…… 괴로운 눈물 흘렸네…… 헤어져간 사람 많았던…… 너무나 슬픈 세상이었기에…….”

'진실한 사랑'이니 '괴로운 눈물'이니 '슬픈 세상' 따위의 말이 털보의 행복한 심정을 어루만지며 살랑살랑 스쳐 지나갔다. 어쩌면 저 노래를 부르는 여가수보다 지금 자신이 더 행복할지도 모른다는 생각을 했다.

"수많은 세월 흐른 뒤…… 자기의 생명까지 모두 다 준…… 빛처럼 홀연히 나타난…… 그런 사랑 나를 안았네…….”

지랄을 하는 작업반장도, 싸가지 없는 어린 징역수도, 곁에 앉은 다른 세 명의 동료도 그의 눈에는 다 아름답게 보였다. 그를 축복하듯이 여가수의 애달픈 노래는 이어졌고 욕설과 겁박으로 군기를 잡은 작업반장은 자세를 바로 했다.

작업반장은 소지〔掃除, 청소〕반대(班隊) 이외 여덟 개 반대로 이루어진 작업장을 차례차례 소개하고 몇 가지 주의사항을 덧붙였다. 냉장고와 보온물통은 반대장이나 조장과 총무만 이용할 수 있으니 함부로 손대면 안 된다는 점이 그중 가장 중요한 사항이었다. 말하는 작업반장과 눈을 맞추고 그의 말에 집중하는 듯했으나 털보의 귀는 여전히 가슴 절절한 노랫말을 향해 열려 있었다. 행복에 겨운 그의 귀에 대고 여가수는 사랑은 계속되며 그토록 기다리던 이가 저 별에서 나를 찾아왔다고 속삭이고 있었다.

2. 쇼군

주의사항 전달을 마친 작업반장은 다섯을 죽 둘러봤다. 그런 뒤 작업대 위에 A4용지를 펼쳐놓고 볼펜을 꺼내 들면서 각자 수번과 이름과 나이를 대라고 말했다. 왼쪽 가슴 녘에 수번 적힌 명찰을 붙이고 있으니 이름과 나이를 묻는 말이었다. 방금 욕을 얻어먹고 작업반장 오른쪽에 앉아 있는 청년은 스물두 살이었다. 작업반장 왼쪽에 앉은 둘은 40대 초반이고, 맞은편에 앉은 털보와 또 한 명의 출역수는 공교롭게도 환갑을 코앞에 둔 1959년생 동갑내기였다. 털보에 이어 자신의 수번과 이름을 말하던 그가 털보를 돌아보았다.

"나도 이 사람하고 동갑이오. 우리 나이론 예순이고 만으론 쉰여덟이오. 생일이 늦어서…… 기해년 동짓달 스무아흐레."

작업반장이 인상을 썼다.

"생일은 필요 없어요!"

괜한 소리로 타박을 당한 빈대코의 납작한 콧등에서 반들거리는 땀을 바라보면서 털보는 빙그레 웃음 지었고, 자신보다 반년쯤 늦긴 하지만 돼지띠 동갑내기인 그에게 애잔한 우애의 감정을 느꼈다. 빈대코 또한 그러했다. 자신의 존재를 곁에 있는 털보에 전적으로 의존하면서 그가 다시 한 번 말했다.

"기해생 돼지띠요. 이 사람하고 동갑이오."

또 욕을 먹을 줄 알았으나 A4용지를 내려다보며 반대 배정을 궁리하던 작업반장은 더 이상 대꾸하지 않았다. 고사상에 놓인 돼지 머리를 닮은 빈대코의 얼굴에 환한 웃음이 피어났다. 슬며시 왼손을 뻗은 그는 거칠고 뜨끈뜨끈한 손바닥을 털보의 오른손 손등에 올려놓았다. 그 느낌이야말로 털보로 하여금 대머리 홀라당 벗겨진 이 단구에 빈상의 징역동기가 장차 자신의 인생에 지대한 영향을 미치리라는 예감에 빠져들도록 했다. 털보는 그의 손바닥에 덮여 있던 자신의 손을 뒤집어 두 손바닥을 맞붙인 뒤 힘껏 그러쥐었다.

작업반장은 다섯의 작업장 배정을 끝냈다. 건방진 새끼라고 욕설을 퍼부은 청년은 힘든 일거리가 많은 소지반대에 배치했고, 40대 초반 둘 가운데 하나는 준비조에, 다른 하나는 6반대에 보냈기로 했다. 자리에서 일어난 작업반장은 같은 방에 있는 6반대와 준비조를 향해 이들을 데려가라고 손짓했다. 대단한 인사이동은 아니지만 신입 출역수가 올 적마다 우리 반대엔 어떤 인간이 올까 궁금하게 여기는 징역수들에게 이 순간의 의미는 컸다. 그래서 잠깐 술렁거리긴 했으나 작업장은 이내 평상상태로 돌아갔고 대중가요는 여전히 울려 퍼지고 있었다. 이번엔 「사랑으로」라는 불후의 명곡이었다.

그들을 떠나보낸 작업반장은 남은 돼지띠 동갑내기 둘을 불러 일으켜 세웠다. 두 사람을 이끌고 건넌방 작업장으로 간 작업반장이 마룻바닥에 늘어선 요상하게 생겨먹은 기계를 가리키며 말했다.

　　"사장님들은 여기요. 기계조."

　　기계조는 다른 반대와 달리 작업대가 없는 대신 세 대의 철제 기계가 작업도구로 마룻바닥에 놓여 있었다. 마룻바닥이 끝나는 구석자리에 있는 작은 목제 탁상은 작업용이 아니라 식사나 휴식에 이용하는 식탁이었고, 그 곁에 놓인 의자 몇 개와 플라스틱 박스를 쌓아 만든 탁상은 기계조 조장의 집무집기였다. 그곳으로 두 사람을 이끌고 간 작업반장이 기계조 조장에게 그들을 인계했다.

　　"형님, 기계조 두 명이요. 이 사장님들."

　　수감기관에서 남자 수용자를 부르는 일반적 인칭대명사는 '사장님'이다. 나이 어린 사람은 이름을 불렀으나 웬만큼 나이 먹은 수용자는 모두 사장님이라 통칭했다. 구치소도 교도소도 마찬가지고, 미결수도 기결수도 마찬가지고, 수용자가 수용자를 부를 때나 교도관이 수용자를 부를 때도 대개는 사장님이라 한다. 하지만 조직폭력배 구성원이나 수감생활 오래된 빵잡이들은 대부분 호형호제하고 지낸다. 작업반장이 기계조 조장은 '형님'이라 부르면서 털보와 빈대코에겐 '사장님'이라 칭한 이유는 그러했다.

　　"어이 사장님들, 일루 앉아요."

　　조장이 두 사람을 불렀다. 그러면서 여기저기 청색 테이프로 도배한 철제 의자 두 개를 자신의 무릎 맞은편 이쪽저쪽에 당겨놓았다. 털보와 빈대코는 그곳에 나란히 앉았다.

"머리가 기네. 여기도……."

조장은 '쇼군'이란 별명으로 불리는 거구에 근육질의 무기수였다. 그는 얼굴 절반을 뒤덮은 털보의 수염과 낡은 총채처럼 엉성한 꼴로 매달린 빈대코 뒤통수의 머리칼을 턱짓하며 자신의 턱을 쓸어 보였다.

"야, 총무야! 여기 사장님들 좀 있다 이발해드려라."

털보는 보름마다 한 번씩 돌아오는 이발을 두 번이나 걸렀고 건전지로 작동하는 휴대용 전동면도기가 고장 나 일주일째 면도를 하지 못했다. 그가 사용하면 면도날이 무디어진다며 어떤 동료도 전동면도기를 빌려주지 않았다. 그와 달리 홀라당 대머리 빈대코는 이발의 필요성을 느끼지 않아 미결방에서도 미징역방에서도 이발하러 나가지 않았다. 그래서 쇼군은 더 생색을 낼 수 있었다.

"완전히 싹 신사로 만들어드리라고 해라."

빨갛고 커다란 쇼핑봉투를 들고 서 있던 빼빼 마른 총무가 허리를 조아리며 대답했다.

"예, 알았습니다."

금고든 징역이든 수감기관에서는 교도관이나 관계기관 직원이 아니라면 누구도 수용자에게 죄명을 물어볼 수 없다. 그래서 끝까지 자신의 죄명을 밝히지 않는 수용자도 있긴 하지만 너나없이 죄수들인데 뻔한 죄명을 굳이 감출 이유는 없다. 더군다나 조장은 지금 자신의 조로 배치된 조원의 신상을 파악하는 참이니 그까짓 규정 따위를 따를 이유가 없었다. 자신이 살인범에 무기수인 바에야 사기와 탈세라는 죄목을 가진 털보나 상해와 특수상해란 죄목을 가진 빈대코에게 물어보지 못할 말이 있을 리 없었다. 나이와 고향을 묻고 이곳으로 들어오기 전 밖에서 하던 일을 묻고 죄명과 형량을 물었다.

"잠깐이네요."

두 사람의 형량과 남은 복역기간을 들은 조장이 말했다.

"슬슬 운동이나 하시다 보면 금방 갑니다. 여기 기계조 좋아요. 아주 잘 왔습니다."

조장의 말투가 공손해진 이유는 두 사람의 나이가 조장보다 세 살이나 위였기 때문이다. 조장은 1962년생 범띠였다. 맹수 포획용 엽총으로 그로선 죽어도 마땅한 놈 두 명을 사살한 살인범으로 현재 15년째 수감 중인 무기수 처지지만, 만약 고려시대나 조선시대에 태어났더라면 장창을 들고 전쟁터를 휘저을 괴력에 헌걸찬 사나이였다. 급한 성질머리가 한 가지 문제일 뿐 의리 있고 인정머리 있는 사람이라는 평가가 일반적이었다.

제1위탁공장은 외부업체의 위탁에 따라 이런저런 원자재를 조립해 완성품이나 완성된 부속품을 생산하는 공장이었다. 현재는 갖가지 쇼핑봉투를 생산 중인데, 추석이 멀지 않은 시기라 백화점 선물세트 쇼핑봉투와 농공단지의 지역특산품 쇼핑봉투를 한창 제작하고 있었다. 여섯 개 반대에서는 규정대로 접은 원지에 이리저리 양면테이프를 붙여 쇼핑봉투의 형태를 만들었다. 그러면 기계조에서 손잡이 끈을 꿰는 구멍을 뚫고, 마지막 공정을 담당한 준비조에선 손잡이 끈을 매달아 완성한 뒤 일정한 숫자로 포장했다.

조장의 말대로 기계조는 하는 일이 단순하고 역동적이라 즐거운 곳이었다. 하지만 털보와 빈대코를 보다 행복하게 만든 점은 기계조

의 인적구성이었다. 조장과 세 명의 조원이 더 있는데, 그들은 그야
말로 선량하기 그지없어 말하자면 법 없이도 살 사람들이었다.

3. 기계조

"야, 총무야. 이 사장님들 모셔라. 그리고 좀 있다 휴식시간에 인사를 하자."

면담을 마친 쇼군이 총무를 불러 두 사람에게 기계조 작업내용을 교육하라고 명령했다.

"사장님, 이쪽으로 오세요."

한 걸음 떨어져 지켜보던 총무가 털보와 빈대코를 기계가 놓인 마룻바닥 쪽으로 불렀다. 그러고선 다른 조원이 작업 중인 기계 옆에 서서 그 사용법을 설명했다.

"여기 있는 이거 저거 두 대는 타공깁니다."

기계조가 운용하는 기계 세 대 가운데 지금 작업 중인 두 대는 중대형 쇼핑봉투의 끈 꿰는 구멍을 뚫는 기계로 이름은 타공기였다. 전기력을 이용하는 타공기는 전원과 연결된 발판을 밟을 때마다 철거덕철거덕 작동하면서 양철 재질의 리벳을 박아 쇼핑봉투 입새 한 쪽 마다 두 개의 구멍을 만들었다. 지금은 사용하지 않고 밀어둔 기계의 이름은 천공기인데, 이는 소형 쇼핑봉투의 끈 꿰는 구멍을 뚫는 용도로 사용했다. 전기력 대신 인력으로 작동하는 천공기는 기계 옆에 매달린 손잡이를 힘껏 눌러 마치 펀치와 같이 리벳 없이 그냥 구멍만 뚫었다. 그러니 타공기와 달리 쇼핑봉투 양쪽 면에 동시에 구멍을 뚫을 수 있었다.

"이게 총알입니다. 이거 잘못하면 손가락에 구멍 나요. 조심해야죠."

타공기의 구조와 작동원리를 설명하던 총무는 기계 머리맡에 매달려 있는 쇠 바구니에 담긴 양철 리벳을 가리키며 말했다. 그러고선 조원이 철걱철걱 밟아대는 전동발판 곁에 놓인 리벳이 담긴 비닐봉투를 들어 보였다.

"여기 있으니 수시로 채워 넣어야 합니다. 오늘낼 사장님들이 해야 할 일이죠."

지금 제작 중인 현대백화점 추석선물세트 쇼핑봉투는 빨간색이라 총알 또한 빨간색이었다. 총알이 담긴 타공기의 부속기관을 들여다보며 빈대코는 신기하다는 표정을 지었다. 그 안에는 오므린 칡넝쿨 이파리에 담긴 산딸기처럼 새빨간 양철 리벳이 소복하게 담겨 있었다. 이 나이 먹도록 산골마을에서 과수원 농사로 세월을 보낸 빈대코로선 경이로운 발견이 아닐 수 없었다. 그는 평소에 이런 쇼핑봉투는 대체 누가 이렇게 공들여 만들까 궁금했는데, 평생에 걸친 의문을 일거에 해소하는 순간이었다. 쇼핑봉투 만드는 곳은 교도소였고 이제부터 자신이 그 작업을 하게 된 것이다.

"한번 보실래요?"

총무는 작업 중인 조원을 일으켜 세우고 자신이 기계 앞에 앉았다. 그런 뒤 조원이 넘겨준 작업 전의 쇼핑봉투 더미를 무릎에 얹고 그중 한 장을 들어 입을 벌렸다.

"한 번에 한 쪽씩 여기 펀치 아래로 이렇게 집어넣습니다. 그리고 페달을 밟아요."

철거덕, 하면서 두 개의 리벳이 쇼핑봉투에 구멍 두 개를 만들었다. 그 쇼핑봉투를 뒤집어들면서 총무가 또 말했다.

"작업하는 봉투 크기에 맞춰 사전에 펀치와 펀치 사이 사이즈를 조절해요. 그러니 봉투를 이쪽저쪽 뒤집어야 한다는 점만 지키면 됩니다. 봉투를 열지 않고 한 방에 넣으면 불량이 납니다."

당연한 일이었다. 빈대코도 털보도 그쯤은 말하지 않아도 알아먹을 만한 자신에게 과도한 친절을 보이는 총무의 자상한 교육에 한없는 애정과 위로를 느꼈다. 두 사람은 동시에 허리를 숙이며 머리를 조아렸다.

"네네……."

그때 따르릉 따르릉 따르릉, 벨이 울렸다. 열시 오십분을 알리며 10분간의 휴식을 허락하는 전동벨 소리였다. 평소엔 대부분 지키지 않는 휴식시간이었으나 오늘 기계조는 달랐다. 여러 날 만에 신입 조원을 받은 기존의 조원도 그러했지만 무엇보다 털보와 빈대코로선 맞선 보러 가는 총각과 같이 가슴 설레고 두근거리는 일생일대 중요한 시간이었다. 털보와 빈대코는 장차 징역살이를 함께할 기계

20

조 식구와 인사를 나누는 대면좌담 시간을 가졌다.

총무는 냉장고에서 시원한 오렌지 주스를 두 병이나 꺼내 오고, 커피를 타기 위해 보온물통에서 온수도 받아 왔으며 공동 사물함에서 꺼낸 '말랑카우'와 '스카치캔디'와 '고소미' 그리고 구운 달걀 한 판을 판때기째 탁상에 올려놓았다. 어이없다는 표정으로 웃으면서 쇼군이 말했다.

"야야, 총무야. 30분 뒤에 배식인데 왜 이러나? 이거 다 먹겠어?"

그러면서 말랑카우 두 개를 집어 털보와 빈대코 앞에 탁탁 하나씩 내려놓았다. 말랑카우는 롯데제과에서 우유를 소재로 제조한 사탕인데, 젤리와 같이 말랑말랑하고 폭신폭신한 식감으로 포장지에 여러 가지 메시지가 인쇄돼 있다. 털보가 받은 말랑카우는 '사랑해'였고 빈대코가 받은 말랑카우는 '힘내요'였다. 두 사람에게 말랑카우를 권하며 쇼군 자신도 말랑카우 한 알을 입에 넣었다. 폭신폭신 말랑말랑 말랑카우를 씹으며 쇼군은 좀 전 자신이 수집한 털보와 빈대코의 신상을 공표했다. 그런 뒤 기존 조원 셋에 대한 소개는 총무에게 넘겼다.

"네에, 우선 저는……."

종이 잔에 오렌지 주스를 따르던 페트병을 탁상에 내려놓은 총무가 자신과 나머지 두 명을 소개했다. 이름과 나이와 형량과 남은 수형기간과 당사자를 특정 짓는 우스갯소리 한마디가 전부였다. 간단한 소개를 마치고 오렌지 주스를 마신 뒤 바삭바삭 고소미 조각을 입에 넣으며 그가 덧붙였다.

"오늘 온 사장님 두 분이 젤 연장자네요. 59년생 돼지띠랬죠?"

종이 잔을 사용하는 다른 조원과 달리 쇼군은 전용 플라스틱 컵이 있었다. 그 컵 가득 오렌지 주스를 따르며 다른 조원에게 뭐든 많이 드시라고 권했다.

"좀 드세요? 뭘? 주스가 싫으시면 커필 한잔 하든가. 야, 총무야?"

"네…… 알겠습니다. 여기 온수 있습니다."

온수가 담긴 페트병을 털보와 빈대코 앞으로 옮겨놓은 총무가 하던 말을 이었다.

"그리고 여기 이(李) 사장님은 63년생 토끼띠, 이쪽 탁 사장님은 65년생 뱀띠, 저가 막냅니다. 저는 67년생 양띱니다."

작업반장이 털보와 빈대코를 기계조로 배정한 이유는 나이와 상관이 있었다. 비슷한 중늙은이끼리 잘 살아보라는 뜻이었다. 털보와 빈대코가 젤 연장자였고 그다음이 조장인 쇼군, 그다음이 도무지 감옥에 갇힌 사람답지 않게 느긋한 태도로 유유자적하는 이 사장, 그다음이 이빨 다 빠지고 비대한 탁 사장, 그리고 막내가 총무였다.

신상정보 교환이 끝나자 털보와 빈대코가 배정받은 혼거실에 대한 질문이 뒤따랐다. 알고 보니 좀 전 이곳으로 오기 전 털보가 들러 개인사물 보퉁이를 던져놓고 나온 혼거실의 방장이 쇼군이었다. 그리고 윗니 아랫니가 대부분 빠지고 좀 얼뜬 표정과 태도로 두리번거리는 비대한 체구의 탁 사장이 빈대코와 같은 혼거실에서 살게 된 감방동료였다.

4. 망치

다시 작업시간이 시작됐으나 털보와 빈대코는 예외였다. 쇼군은
영향력을 발휘해 두 사람이 이발할 수 있도록 조처했다. 평소엔 1반
대에서 쇼핑봉투를 접지만 틈틈이 이 공장 수용수의 이발을 도맡아
하기 때문에 '이발'이라 불리는 수용수가 있었다. 대운동장이 훤히
내려다보이는 창가에 자리한 그에게로 다가간 총무가 털보의 이발
을 부탁했다.

그동안 빈대코는 같은 혼거실에서 지내게 된 탁 사장의 인도로
10방 방장을 찾아갔다. 10방 방장 역시 대운동장이 내려다보이는 창
가에 집무공간을 마련하고 있는데. 그는 10방 방장인 동시에 공장에
선 2반대 반대장이었다. 그가 앉아 있는 작업대 끄트머리는 그가 관
장하는 2반대 작업 상황을 한눈에 볼 수 있는 상석이었다. '망치'라
는 별명으로 불리는 그는 쇼군과 마찬가지로 자기가 생각하기에는

죽어도 싼 놈 두 명을 망치로 때려죽인 무기수였다. 올해 수형생활 18년째로 독실한 천주교인이었으며 늘 성모님과 함께하는 1963년생 토끼띠였다. 방장으로서 신입 수용자를 맞은 망치는 가타부타 말없이 빈대코에게 지시했다.

"윗도리 벗어봐요."

그러더니 세탁물을 걸고 내리는 장대를 들어 자신의 자리 위 천장 높이 드리운 철선에서 하절기 2급수 수용자복 한 벌을 벗겨 내렸다. 그곳에는 그런 수용수복이 여러 벌 가지런히 매달려 있었다.

"이거 입어봐요."

이를테면 이러한 친절은 조장과 방장이 자신의 조직원에게 내리는 일종의 환영인사며 하사품 증정이었다. 미징역방에서 지급받은 그대로 줄곧 입고 있던 후줄근한 반소매 상의를 벗고 방장이 하사하는 반듯하게 다림질한 새 옷를 갈아입은 빈대코의 신수가 훤해졌다. 방장인 망치도 만족했고 무엇보다 빈대코 자신의 기분이 좋았다.

국민학교만 간신히 마친 그가 병무청 지청에서 병역판정 심사를 받을 때, 아버지는 없고 어머니는 연로했으며 신체장애인 여동생이 하나 있었다. 저학력자에 노모와 장애인을 돌보며 혼자 농사짓는 그는 현역은 물론 보충역도 면제 대상이라 군대라곤 가고 싶어도 갈 수 없었다. 그러니 교복이든 군복이든 평생 유니폼을 입어본 적 없는 빈대코로선 참으로 오늘이 겟날이었다. 남과 같이 자신도 유니폼을 입은 터에, 더군다나 하늘같은 방장님이 내려주신 반듯한 수용수복을 턱 걸쳤으니 빈대코는 자신도 몰래 벙글벙글 웃을 수밖에 없었다.

빈대코의 상의를 해결한 망치는 이번엔 바지를 고르기 위해 세탁물 장대를 여러 번 들었다 놨다 애를 썼다. 그러나 똥배가 볼록 나오고 다리가 짧은 빈대코에게 입힐 만한 바지가 없었고, 그래서 망치는 빈대코 바지는 치수 큰 바지를 자신이 손수 뜯고 재단하고 바느질해 내일 저녁까지 완성하리라 마음먹었다.

"낼 저녁이나 돼야겠소. 사장님 몸매가 하도 특별해서 말이야."

그렇게 말하는 망치 또한 빈대코와 쌍을 지을 만한 체형이었다. 망치의 코가 오뚝하고 반듯한데 반해 빈대코의 코는 떡메에 맞은 꼴을 하고 있다는 점이 다를 뿐, 대머리에 키가 작고 똥배 볼록 나왔다는 사실은 대동소이했다. 여하튼 망치는 빈대코더러 사장님이 10방에 온 건 행운 중에서도 곱빼기행운이라 축하하며 주변에 둘러앉은 반대원들에게 그렇지 않으냐는 눈짓을 했다. 망치 자리에서 왼쪽으로 작업대 끄트머리에 앉은 호호백발 수용수가 작업 중인 쇼핑봉투 원지 위에 두 손을 올린 채 말했다.

"맞는 말이오. 사장님은 지난밤 돼지꿈을 꿨소. ……근데 올해 연세는 어떻게 됐소?"

호호백발은 상고머리로 반듯하게 깎았으나 온 얼굴이 주름투성이인 그는 망치와 같이 10방에 있는 수용수였다. 그러니까 오늘 저녁부터 빈대코와 한방에서 살아갈 사람이었다. 고개를 숙여 인사하며 빈대코가 대답했다.

"기해생 돼지띱니다. 아직은 생일이 지나지 않아 만으로는 쉰여덟이오."

호호백발 수용수는 어어, 하는 표정으로 주변을 둘러보며 웃었다.

"나보단 한 살 위로구만. 여하튼 잘됐소. 이따 저녁에 방에서 봐

요."

빈대코는 방장인 망치에게 간단한 신입인사를 마쳤고, 내일 저녁 한꺼번에 상하복을 갈아입히겠다는 망치의 계획에 따라 입었던 상의를 후줄근한 이전의 옷으로 다시 갈아입은 뒤 기계조로 돌아왔다.

이발을 마친 털보는 총무가 챙겨주는 목욕도구를 들고 공용화장실로 갔다. 공장으로 들어오는 복도 한쪽에 자리한 공용화장실은 말이 화장실이지 여러 가지 볼일을 다 해결하는 잡탕의 다용도 공간이었다. 홀라당 옷을 벗은 뒤 그 옷을 입구 벽에 붙은 옷걸이에 매달고, 운동화를 고무신으로 갈아 신은 털보는 공용화장실로 들어갔다. 장방형으로 기다랗게 생겨먹은 실내는 비릿비릿하고 습습한 냄새로 가득 차 있었다.

그곳은 우선 화장실이었다. 왼쪽 맞은편에 나무 칸막이로 칸을 나눈 대변소 네 칸이 줄지어 있는데, 똥을 싸기 위해 앉으면 머리꼭지가 보이고 똥 싸는 사람끼리 이야기를 나눌 수 있을 정도였다. 그 대변소 맞은편 시멘트 벽면에는 소변기 세 개가 매달려 있으니 이곳이 화장실임엔 틀림없었다. 그러나 그쪽과 달리 오른쪽에는 시멘트로 만든 설거지용 싱크대가 있었으며 기다란 실내 양쪽 끝에는 아름드리 재생고무 물독이 두 개씩 서 있었다. 설거지를 위해서나 빨래를 위해서나 목욕을 위해서나 물을 받아둘 필요가 있기 때문이었다. 아름드리 고무 물독 주변에는 배추밭에서 사용하는 검정 재생고무 물바가지 여러 개가 흩어져 있는데, 그러니 이곳은 그야말로 똥도 싸고 오줌도 싸고, 설거지도 하고 때론 과일도 씻고, 빨래도 하고 목욕도 하는 장소였다.

총무의 조언대로 털보는 서둘러 목욕을 마쳤다. 무더운 날씨였으므로 더 물을 끼얹고 싶었으나 곧 배식시간이니 머리만 감고 나오라는 총무의 당부가 있었기 때문이다. 서둘러 수건을 벗겨 들고 대충 닦은 뒤 복도로 나서서 팬티를 꿰고 있는 털보의 귀에 작업반장의 날카롭고 긴 호령이 들려왔다.

"배시익…… 준비이……."

아직 배식은 아니고 곧 배식이 시작되니 하던 일을 정돈하고 작업대를 비우라는 명령이었다. 구령이 떨어지자 공장은 왁자지껄 소란스러워졌다.

5. 커피타임

배식준비 구령으로 어느 반대보다 분주해진 반대가 기계조였다. 기계조가 기계를 늘어놓고 작업하는 마룻바닥의 용도 때문이었다. 아침저녁 일과 시작 직전과 퇴근 직전 그곳에서는 공장 수용자 100여 명의 인원점검이 있고, 운동시간 전후에도 그곳에서 앉은 번호로 진행되는 인원점검이 벌어지는데, 그보다 중요한 마룻바닥의 용도는 점심배식이 그곳에서 이루어진다는 사실이었다.

기계조는 총무와 이 사장과 탁 사장이 타공기를 밀고 당기며 옮기고, 쇼군까지 나서서 작업 이전의 쇼핑봉투가 든 이삿짐 포장용 플라스틱 박스를 한쪽으로 쌓았다. 비누와 샴푸 통과 고무신과 수건이 담긴 플라스틱 바가지를 든 털보는 비척비척 마룻바닥을 에둘러 어리바리 멀뚱멀뚱 서 있는 빈대코 곁으로 다가갔다. 쇼군의 명령으로 빈대코는 기계조가 식탁으로 사용하는 작은 탁상 둘레에 철제 의자를 늘어놓은 뒤 이제 막 허리를 펴는 참이었다.

"잘 깎았다. 면도도 했네."

빈대코가 털보의 용모를 칭찬했다. 면도도 없고 조발가위도 없지만 이발은 건전지로 작동하는 전동삭발기와 플라스틱 빗만 사용해 조발과 면도를 멋들어지게 해치웠다. 털보는 벽에 붙은 손바닥만 한 거울을 들여다보았다. 자신이 보기에도 솜씨 좋은 이발일뿐더러 미결방이나 미징역방 화장실 거울에 존재하던 자신하고는 전혀 다른 얼굴이 그곳에 있었다.

털보는 드디어 징역수가 됐고 이발을 하고 샤워까지 하고 나니 이 세상에 다시 태어난 듯한 기분이었다. 지난날의 회한을 후련하게 날려 보내는 평화로운 한숨을 내쉬는 참에 빈대코의 칭찬을 들었으므로 자신의 감정이 허황되지 않다는 사실을 깨달았다. 말끔한 얼굴과 시원하게 식은 몸으로 식탁에 앉아 점심을 먹게 됐다. 털보는 차가운 손으로 곁에 선 빈대코의 손을 움켜잡았다. 시원한 기운은 빈대코의 손바닥에서 팔을 타고 정수리까지 치솟았다.

"야, 시원하다."

털보의 눈을 쳐다보면서 빈대코가 당황스러운 말을 했다.

"우리는 돼지띠 동갑이다! 앞으로는 누가 뭐래도 잘 살아보자. 우리는 죽어도 돼지고 살아도 돼지다!"

빈대코는 털보의 차갑고 매끈매끈한 손을 움켜쥐었고 그때 배식을 알리는 작업반장의 구령이 떨어졌다.

"배시익……."

오늘 아침 털보와 빈대코가 들어선 철문을 통해 각각 쌀밥과 오이

냉국이 든 스테인리스 통 두 개가 들어오고, 열무김치와 튀긴 생선 토막이 담긴 사각형 스테인리스 식기 세 개가 따라오고, 방울토마토와 구운 김 포장팩이 든 종이박스가 뒤를 이었다. 이윽고 기계조 마룻바닥에 당도한 음식물을 향해 갖가지 배식용기를 든 수용자들이 네 가닥으로 줄지어 섰다. 한 줄은 밥을 타고, 한 줄은 국을 타고, 한 줄은 양쪽 손에 든 용기에 반찬을 타고, 다른 한 줄은 방울토마토와 구운 김 포장팩을 배식받기 위해서였다.

총무가 건네주는 대로 좀 전 비누와 고무신을 담아 화장실로 들고 갔던 플라스틱 용기와 같은 종류의 플라스틱 바가지를 배식용기로 받아든 털보는 반찬 받는 줄에 섰다. 그나마 털보가 손에 든 빨간색과 노란색이 마블링 무늬를 이루는 플라스틱 바가지는 야릇한 색깔과 달리 표면은 말짱했다. 하지만 빈대코가 양손에 들고 선 플라스틱 바가지는 그가 과수원에서 똥개 밥그릇으로 사용하던 진청색 플라스틱 제품이었다. 생김새는 대중탕 물바가지 같고 색깔은 똥바가지 색깔이었으며, 하도 오래 수세미질 한 탓에 용기 안쪽은 비닐종이처럼 부푼 플라스틱 보풀로 가득했다. 이 줄 저 줄 따로 줄지어 선 두 사람은 서로의 얼굴을 바라보았다.

얄궂은 배식용기의 사정은 기계조보다 다른 반대가 더 심했다. 소지반대를 포함해 아홉 개 반대가 저마다 들고 나온 배식용기는 그야말로 아노미 현상을 불러일으킬 만큼 놀라웠다. 이거 참 우간다 난민촌보다 더하구나, 하고 털보는 속으로 웅얼거렸다. 싫다는 뜻이 아니라 놀라움 때문이었다. 좀 전 공용화장실에서 받았던 충격만큼이나 공장에서 사용하는 배식식기는 그에게 새로운 충격을 가져다줬다. 자신이 들고 있는 알록달록한 플라스틱 바가지와 다른 이들이 들고 선 둥글고, 네모나고, 투명하고, 검거나 빨갛거나 파랗거나 연두색과 노란색을 띤 모든 배식용기를 곁눈질하면서 털보는 실실 웃었다. 싫다는 뜻이 아니라 지금 이게 대체 무슨 일인가, 하는 의문 때문이었다.

그러나 그러한 용기에 담아 온 밥도 국도 반찬도 맛있기만 했다. 털보도 빈대코도 제 몫의 밥을 다 먹고 탁 사장이 스테인리스 밥통에 달려들어 박박 긁어 온 밥을 한 덩이씩 더 덜어 먹었다. 똥바가지든 개밥그릇이든 깨끗이 설거지하고 청결하게 보관하며 위생 상태를 따질 일이지 아노미 현상에 기죽을 이유가 없었다.

점심이 끝난 뒤에는 기계조는 개인정량으로 배식한 방울토마토를 먹으며 커피타임을 가졌다. 핫 커피가 아니라 아이스 아메리카노였다. 구매품 막대포장 블랙커피 여러 개로 아이스커피를 만든 사람은 총무였으나 인사는 쇼군이 했다.

"어때요, 사장님들? 씨언하죠?"

온수에 희석한 블랙커피 분말을 얼음물로 냉각하고, 2리터짜리 생수병을 통째 깡깡 얼린 얼음을 조각내 아이스 아메리카노를 제조한 사람은 총무가 틀림없지만 그 레시피를 설명하고 제조를 지시한 사람은 쇼군이었다.

"씨언하네요. 씨언해요."

쇼군의 공치사에 털보와 빈대코는 복종심을 증명했다. 점심 뒤 커피타임의 아이스 아메리카노는 베리굿이었다. 기계조가 그렇게 신선놀음을 하고 있을 때 작업반장은 고래고래 소리를 지르며 운동시간을 알렸다.

"운동준비이…… 운동준비이……."

맛난 점심에 씨언한 아이스 아메리카노도 분에 겨운데 한 시간 동안 대운동장에서 운동하라는 구령이 떨어진 것이다. 신선놀음이 따로 없고 별천지 유토피아가 여기던가 저기던가, 털보는 한껏 간이 퍼들어졌다.

6. 이발

운동이 끝나고 공장으로 돌아온 빈대코는 총무를 따라 이발을 하러 갔다. 대운동장 한쪽 노천 샤워장에서 몸을 씻고 온 대부분의 수용자와 달리 운동시간 내내 족구를 하고 돌아와 공용화장실에서 샤워를 마친 이발은 여전히 땀을 흘리고 있었다. 열린 땀구멍에서 줄기차게 쏟아지는 땀을 훔치던 수건을 작업대에 올려놓으며 그가 말했다.

"이번 기계조에 온 사장님들은 왜 이래?"

털보와 빈대코의 머리칼 상태가 정반대라는 뜻이었다. 평상시엔 뒤집은 채 창문턱에 세워두는 등신대 거울을 거울 면이 보이도록 다시 뒤집어 이발소를 차리고, 등받이도 손잡이도 없는 비치파라솔용 플라스틱 의자를 그 앞에 놓은 이발이 빈대코에게 손짓했다.

"앉아요. 여기 앉아 좀 기다려요."

이발과 편을 지어 족구경기를 한 그리스 조각상처럼 잘생긴 조직 폭력배 출신 수용자가 이발소로 걸어왔다. 그는 6반대 반대장이었고 「태양은 가득히」 시절의 알랭 들롱을 닮은 미남자였다. 냉장고에서 꺼내 온 생수 페트병을 기울여 종이 잔 가득 물을 따라 이발과 빈대코에게 먼저 건네면서 그가 말했다.

"이 사장님은 뭘 어떻게 이발을 하나?"

너무 잘생겨 차갑게만 느껴지는 그는 그렇게 말하면서도 웃지 않았다.

"브루스 윌리스처럼 싹 밀어드려. 아니면 존 말코비치처럼 싹 밀어드리든가."

이발의 작업대에 걸터앉은 그는 대운동장 한쪽 면을 에워싼 푸른 숲 위에서 작열하는 태양의 열기를 무심히 바라보기 시작했다. 이발은 한과 선물세트 포장용 황금색 보자기를 펼쳐 빈대코 목에 두르더니, 보자기 양쪽을 목 뒤편에서 빨래집게로 집어 고정했다. 그러고선 건전지로 작동하는 휴대용 전동삭발기와 보라색 플라스틱 빗을 꺼내 들었다.

"사장님은 이번이 첨이오?"

전동삭발기를 작동하며 이발이 물었다. 말뜻을 이해하지 못해 어리벙벙히 앉아 있는 빈대코에게 이발이 다시 물었다.

"징역살이 첨이오?"

그제야 빈대코가 대답했다. 시니컬한 눈매로 태양이 작열하는 유리창 저편을 말없이 바라보고 있는 6반대 반대장의 표정은 여간 쓸쓸하지 않았다.

"얼마나 남았소?"

"많이 남았지요. 아홉 달 더 남았어요."

이발은 싱긋이 웃었으나 6반대장은 그 말을 듣고도 웃지 않았다.

"죄명이 뭐요?"

빈대코의 죄명과 형량과 수감기간을 들은 이발이 말했다.

"그럼 가석방 있겠네? ……두세 달은 먹어요. 그럼 사장님은 이제한 6개월이나 7개월 남은 거요. 다 살았네."

이발은 6반대장 농담처럼 빈대코의 머리칼을 홀라당 밀어버릴 작정은 아니었다. 빗으로 가늠하며 뒤통수에 붙은 머리칼 몇 올을 세심하게 잘라내고 있었다. 그러면서 이야기를 늘어놓았다.

"여기 위탁이 좋아요. 시간 보내기엔 딱이지. 사장님은 여기 잘 온거요."

조발하는 이발은 자기 호흡에 따라 말할 수 있지만 고개를 숙이고그의 처분에 따르는 빈대코는 입을 열 수 없었다. 그래서 빈대코는이발이 하는 이야기를 듣고만 있었다.

"난 여기서만 4년을 살았소. 그전에 다른 데서 5년 가까이 지내다가…… 이제 한 3년 남았는데 내년에는 직업훈련 신청해 서울로 갈거요. 거기서 자동차정비 과정 초급부터 고급까지 마스터하고 이리로 돌아오지 않고 거기서 막바로 나갈 생각이오. 그렇게 12년을 꼬박 채우는 거지. 어릴 때 한 번 들어왔던 전과 때문에 나는 가석방이없어요."

야비하게 구는 나쁜 자식을 돌려차기로 한 방 먹였더니 뒤로 자빠지면서 머리가 터져 죽어버렸다고, 이발은 자신의 사건에 대해 간단히 말했다.

"다 돈 때문이지 그 새끼하고 내가 전생에 무슨 원수를 졌겠소. 사
장님도 마찬가지겠지. 다 돈 때문에 생긴 일 아니오?"

대답하지 않았지만 맞는 말이었다. 이발과 6반대장은 빈대코보다
열 살은 젊은 40대 후반이었지만 징역살이는 나이로 사는 게 아니었
다. 어느 모로 보나 그들이 원숙하고 어른스러웠다. 더군다나 지금
머리칼을 다듬어주는 이발의 입장에서는 자기보다 나이는 들었으나
어리바리한 신입 출역수에게 뭔가 하나라도 더 일러주고 그리고 위
로하고 싶었다.

"왜 그랬어요? 왜 마누라를 팼어요?"

전동삭발기의 전원을 끄고 빈대코의 목을 바로 세우며 이발이 물
었다.

"특수상해라니 뭘 들었구만? 칼이오?"

"아닙니다, 감 따는 장대."

"여하튼 맨손으로 때리면 특수 자(字)가 붙지 않아요. 장대든 도끼
든 뭘 들었으니 특수가 앞에 붙는 거지. 난 맨발로 찼고 살해의도가
없었고 그 자리에서 자수했기 때문에 전과 있는데도 12년 먹은 거
요. 만일 야구 빠따라도 들었으면 20년 꽉 채웠지. 근데 사장님은 왜
그랬어요?"

"마누라가 날 오라 그랬지 내가 찾아간 게 아닙니다."

빈대코는 이전에도 마누라를 때린 적 있어 두 번이나 벌금형을 받
았고 사고 당시엔 접근금지 상태였다고 털어놓았다. 과수원을 돌볼
수 없으니 톤 반짜리 트럭을 몰고 다니며 과일행상을 하고 있었는데

36

마누라가 한번 왔다 가라고 살살 꼬였다. 나중에 알고 보니 마누라의 유혹은 다 계획된 작전의 일환이었다고 빈대코는 말했다.

"경찰이나 검찰이 뭐 그런 사정 봐주나? 범죄는 결과만 따지는 거요. 그러고 보니 사장님은 사모님을 잘못 만났네. 그래서 이렇게 됐어. 내가 보기엔 누굴 때리고 자시고 폭행할 사람이 아닌데."

이발은 그렇게 자신의 이발소에 앉은 왜소한 체구에 홀라당 대머리 벗겨진 징역수를 위로했다. 자신에 대해 몇 마디 말을 뱉어내고 나자 빈대코의 복잡한 심정은 이루 말할 수 없이 더 복잡해졌다. 병합사건으로 처리한 그의 죄명은 상해와 특수상해였는데, 피해자 역시 두 명으로 한 명은 그의 아내였으나 다른 한 명은 그의 과수원과 접한 이웃 과수원 주인으로 동네 동생뻘 되는 홀아비 놈이었다. 지난 몇 달 동안 조사받고 재판을 치르는 동안 빈대코는 비로소 마누라가 자신을 집으로 불러들인 저간의 사정을 짐작할 수 있었다.

"그럼 그 새끼가 죽일 놈이네."

빈대코 대신 이발이 분노했다.

"사장님 사모님도 순 쌍년이지만 그런 여자하고 작당해 이웃 사람을 이렇게 만든 그 새끼가 개새낀데…… 그 새낀 그냥 뺨만 두 대 때렸다는 거요?"

"그랬더니 막바로 신고를 하더라고요. 난 참…… 그게 이렇게 될 줄이야 누가 알았겠소."

"그건 사장님 생각이고 어찌 됐든 사장님이 그 감 따는 장대로 사모님을 두들겨 팼다며? 피도 났고…… 그러니 딱 특수상해요. 경찰이야 그걸 따지지 사모님이 쌍년인지 요조숙녀인지 그런 건 상관하지 않아요. 하여튼 사장님도 참 재수가 없소."

그때까지 6반대장은 조금도 시선을 옮기지 않고 알랭 들롱 같은 눈빛으로 무더위 이글거리는 대운동장을 바라보고 있었다. 그런 그가 역시 시선을 고정한 채 빈대코를 향해 한마디 내뱉었다.

"사장님도 어쩌다 깜빵이네요?"

7. 10방

"애들은 없고요?"

"없어요."

"사모님하곤 언제 결혼했어요?"

"햇수로 12년 됐지요."

"그럼 사장님은 나이 많이 들어 결혼했네요?"

"그때 내가 마흔여덟이고 마누라는 마흔넷이었는데…… 마누라가 토끼띱니다. 내 생각보다는 그쪽에서 네 살 차이는 선도 안 본다면서 그렇게 야단을 칩디다."

퇴근하고 방으로 돌아와 저녁밥을 먹고 나자 빈대코의 입방식이 거행됐다. 10방은 징역수동 3층 맨 끝에서 세 번째에 위치했고 본래는 5인실이나 오늘 새로 들어온 빈대코를 포함해 위탁공장 징역수 일곱 명이 혼거했다. 근래 전국 어느 수감기관이나 수용수가 넘쳐났다. 이곳도 마찬가지로 3인실엔 다섯이, 5인실엔 일곱이, 7인실엔 아홉이나 열, 15인 기준인 대방(大房)엔 스물서너 명까지 복닥거렸다. 한창 여름인 데다 난데없는 폭염이 연일 계속돼 작은 방이나 큰 방이나 고역스럽기 그지없었다. 통조림 깡통에 꽉꽉 들어찬 절인 꽁치 신세로 몸을 움직이기도 힘든 데다가, 하나뿐인 세면실에서 오줌똥 싸고 설거지와 빨래를 하고, 돌아가며 목욕하느라 너나없이 곱징역을 살고 있었다.

그나마 10방은 신축건물에 새로 단장한 방이라 실용면적이 넓었고, 벽면에 붙은 드넓은 유리창이 허리춤까지 내려와 멀리 민가가 바라보이고 오가는 마을버스도 볼 수 있었다. 혼거수 모두 공장에 다니니 방에서 빨래할 필요 없고 먼저 샤워하려고 다툴 이유도 없었다. 무엇보다 다행스러운 일은 숯불덩이처럼 푹푹 열기를 뿜어내는 하마 같은 젊은이가 없다는 점이었다. 일곱 중에 빈대코를 포함한 다섯이 중늙은이라 그들의 몸에서 열이 날 리 없었다. 그러한 혜택보다 더 고급한 신의 은총은 일곱 명의 수용수가 하나같이 선량하고 인정 많은 사람이라는 사실이었다.

"초혼이었어요? 사장님은 결혼이 첨이었어요?"

"나는 첨이었지요. 마누라는 어땠는지 모르지만."

"참, 사장님도…… 초혼인지 재혼인지도 모르는 장거리 국밥집 주방에서 일하는 여자하고 결혼한 사장님이 답답한 사람이지…… 그러지 말고 동남아 여자하고 국제결혼 하시지 그랬어요?"

"거기는 돈이 많이 든다니……."

징역살이하는 사람들은 너나없이 영양보충제를 한두 가지씩 장복

했다. 빈대코 입방식을 치르는 동안에도 방장인 망치, 빈대코보다 한 살 아래 쥐띠 호호백발 최 사장, 빈대코보다 한 살 위 개띠로 신도(信徒)와 돈 문제로 다투다 사기죄로 들어온 스님, 빈대코와 같이 기계 조에서 일하는 탁 사장, 기획부동산 팀장이었다는 조 사장, 교회 헌금함을 털다 잡힌 막내까지 종합비타민에 비타민C, 토비콤과 이가탄, 칼슘마그네슘과 혈전용해제 등등 갖가지 영양보충제와 보조약품을 입에 털어 넣었다. 그러고선 초코파이를 닮았으나 맛은 밤만주와 비슷한 영양빵을 하나씩 나누어 먹으며 빈대코의 한심한 결혼과 그로 인한 징역살이 신세를 동정하고 한탄했다.

"그런 여자와 결혼한 사장님이 문제요. 그때 벌써 징역 문을 빼꼼히 열어놓으셨네 뭐."

그러고 보니 그렇다고 빈대코는 생각했다. 몇 시간 전에 깎아 까칠까칠한 뒷머리를 쓰다듬으며 빈대코는 국밥집 옆 다방에서 선보던 날 예쁘기만 하던 마누라의 얼굴을 떠올렸다. 읍내 예식장에서 간단하게 결혼식을 치른 뒤 여러 해 지나지 않아 두 사람이 돌보는 과수원은 평수를 넓히며 이전에 논농사 짓던 다랑논까지 사과나무 밭으로 편입시켰다.

하지만 두 가지 문제가 늘 부부간의 갈등을 부추겼다. 하나는 단감나무 밭과 복숭아나무 밭 사이에 있는 어머니 묘지였고 다른 하나는 그때까지 한집에 살던 척추장애2급 여동생이었다. 아내는 어머니 묘지를 파내고 화장해 단감나무 밭을 넓히자고 떼를 썼다. 여동생 문제는 읍사무소 사회복지과와 지역 장애인단체하고 상의한 끝에 읍내에 작은 아파트를 매입하고 그곳으로 여동생을 분가시켜 해결했다. 그러나 어머니 묘지 문제만은 한 치도 양보할 수 없다는 고집이 빈대코의 입장이었다.

어머니 묘지를 쓸 때 그곳은 복숭아나무 밭 끝이자 뒷동산이 시작하는 공지였다. 일가친척이라곤 하나도 없는 그로선 그곳이야말로 어머니와 자신이 묻힐 유일한 땅이었다. 그러다가 묘지 위 산자락을 단감나무 밭으로 만들고 보니 어머니 묘지는 과수원 한가운데 들어앉은 형국이 됐다. 아내는 그 꼴이 보기 싫다고 요사를 떨며 앙탈을 부렸다. 빈대코 징역살이의 빌미는 순전히 어머니 묘지에 대한 부부간의 불화였다. 빈대코가 처음으로 아내에게 손찌검한 곳도 바로 어머니 묘지 곁이었다.

"이깟 못둥지가 뭐라고 그래요? 돈을 준대요 밥을 준대요?"

아내는 어머니 묘지를 향해 침을 뱉었고 빈대코의 손은 저도 모르는 사이에 아내의 머리채를 휘감아 잡았다. 하지만 금방 놓았다. 읍내 경찰서로 달려간 아내는 빈대코가 자신을 때려 이마가 찢어지고 피가 났다고 진술했는데, 사실 그 상처는 빈대코와 상관이 없었다. 빈대코가 머리채를 놓아주자 아내는 악을 쓰며 대들었고 곁에 있던 늙은 개 마루가 그녀에게 달려들었다. 개를 피하느라 뒷걸음치던 아내는 옆으로 넘어지며 복숭아나무 삭정이에 이마를 긁혔다. 그러한 사실을 잘 알면서도 아내는 자신의 이마를 가리키며 남편의 손찌검 때문이라고 쌩을 깠다.

지금 돌이켜보면 그때까지가 두 사람이 그나마 부부로 지내던 때였다. 이후 이어진 아내의 노골적인 적대감과 남편에 대한 멸시는 기어이 화를 불러오고야 말았는데, 빈대코는 그러한 과정이 다 아내가 자신을 내쫓고 과수원을 독차지하기 위한 계략이었음을 이제야 알아차렸다. 호호백발 최 사장이 빈대코에게 물었다.

"사장님이 이렇게 될 때까지 사모님은 합의서도 써주지 않았어요?"

이번 사건으로 경찰과 검찰 조사를 마칠 때까지 빈대코는 합의서라는 문건이 어디에 어떻게 소용되며 어떠한 법적 효력이 있는지도 몰랐다. 언제쯤 아내가 찾아와 고발을 취소하고 자신을 데려가려나 그때만 기다렸다. 그런 그에게 국선변호사는 어이없다는 표정으로 막말을 했다.

"아니, 요즘 세상에 어떻게 이런 사람이 다 있어? 아저씨 사모님은 그럴 생각이 없대요. 그럴 생각이 눈곱만큼도 없답니다. 내가 경찰 쪽으로 한두 번 물어본 게 아니라고요. 이제 아저씨는 고생 좀 하셔야겠습니다."

감 따는 장대로 몇 대 얻어맞은 아내는 경찰관 앞에서 태도를 바꿨다. 하지만 그러기 전에 빈대코를 집으로 부른 사람이 바로 아내였으니 빈대코로선 억울한 면이 적지 않았다. 접근금지 명령을 받은 이후 네 달 동안 혼자 트럭을 끌고 다니며 과일행상을 하고, 그 트럭에서 잠을 자던 빈대코에게 전화해 감 따는 장대를 사 오라고 한 사람도 아내였고, 마당가 평상에 술상을 차려놓고 기다린 사람 또한 아내였다. 그런 아내가 이제 와 자신을 절대 용서하지 않겠다니 놀랄 일이었다.

그래도 빈대코는 이 훤한 세상 똑똑한 사람 많은 나라에서 그만한 일로 자신을 징역살이 시킬 리는 없다고 생각했다. 대수롭지 않은 부부간의 일을 공부 많이 한 변호사라는 사람이 중재한다는 사실 또한 우습기만 했고, 자신의 변호사는 국가가 선임해 국가가 돈을 준다지만 그렇지 않다면 그런 일 같지도 않은 일을 하는 변호사라는 사람에게 돈을 줘야 한다는 사실 역시 믿지 않았다. 돈도 없지만 설령 돈이 썩어 나간대도 그럴 돈은 없다고 빈대코는 생각했다.

"잘하셨어요. 그런 사모님은 사실은 망치로 한 방 맞아야 정신을 차리는데⋯⋯."

대충 빈대코 이야기를 들으면서 점잖은 얼굴로 앉아 있던 망치가 씩 웃으며 편을 들었다.

"그래서 사장님이 욕보십니다만 징역살이 이제 얼마 남지 않았고 이 방에 오셨으니 잘됐어요. 우리 방 정말 좋습니다."

8. 마귀할멈

"우리 복숭아는 조생종이라 벌써 다 땄을 테고 지금은 사과를 딸 때라……."

감옥살이 시작한 뒤 빈대코가 간절히 그리워한 것이 네 가지였다. 우선은 담배지만 이는 다 같이 참고 견뎌야 하는 물건이니 그러려니 할 수밖에 없었다. 그가 진정 가슴 아프게 그리워한 나머지 셋은 늙은 개 마루와 어머니 산소를 둘러싼 과수(果樹)와 작년 여름 내내 몰고 다니며 밤마다 잠자리로 이용한 낡은 트럭이었다.

하지만 지금 그 모든 것은 저 멀리 있었다. 마루 놈이 굶지나 않는지, 아내가 뭘 좀 거둬 먹이는지 마는지 걱정이 태산이고, 경찰차에 실려 끌려오느라 마당가에 그대로 세워둔 트럭에 대한 걱정도 이만저만이 아니었다. 그러나 평생을 제 손으로 심고 다듬고 물 주고 보살핀 복숭아나무 사과나무 단감나무를 생각하면 뜨거운 눈물이 절로 흘러내렸다. 작년에도 금년에도 그 나무를 만져보지 못했다.

"우리 사과는 루비에스라는 신품종인데 엄청 이쁩니다. 똥그랗고 빨갛고…… 지금 막 딸 땐데 혼자서는 제때 다 못 따요. 서넛이 며칠 빠짝 매달려야지."

자신을 이 지경으로 만든 망할 놈의 아내를 생각하면 야속하고 분한 마음이 가라앉질 않았다. 돈이 되니 과일이야 어떡하든 수확하겠지만, 마루도 굶겨 죽일 게 뻔하고 읍내에 사는 늙고 병든 시누이도 죽으나 마나 찾아가볼 여자가 아니었다. 치미는 울화를 긴 한숨으로 토해낸 뒤 빈대코는 누가 청하지도 않은 이야기를 늘어놓으며 푼수 꼴을 했다.

"싫으니 싫다고 이혼을 할 수 있나 어쩌나…… 완전히 내가 노예가 된 거요, 노예!"

빈대코의 첫 번째 폭행사건은 벌금 100만 원 약식기소로 끝났지만 두 번째 사건은 정식으로 재판을 받아 300만 원 벌금형에 6개월 접근금지 명령으로 결판났다. 그 두 번째 사건에 대해 빈대코가 말했다.

"저녁 먹고 한참 있다가는 뜬금없이 술상을 차려 왔어요. 그래서 둘이 한 잔씩 먹고 잤지. 그런데 쫌 있다가는……."

잠자리에서 일어나 앉은 아내가 빈대코를 흔들어 깨우더니 터무니없는 소리를 했다.

"여보, 내가 알아보니 이장(移葬)하는데 200만 원쯤 든다네?"

그 소리에도 빈대코는 무슨 자다가 봉창 두드리는 소린가 하고 주의를 기울이지 않았다. 그런데 그게 아니었다. 아내는 이미 이리저리 알아보고, 더군다나 이웃 과수원 주인인 영범이 놈하고 작전을 짠 뒤였다.

"내가 낼게. 정 씨가 자기 손으로 직접 하고 100만 원만 받겠다니 그냥 정 씨한테 맡기자, 여보. 그러면 당신 우리 여보는 괜히 손댈 필요도 없잖아. 그리고 그 돈 100만 원은 내 돈으로 낼게."

이런 씨부랄 화냥년이…… 하면서 빈대코는 배에 걸치고 있던 인견이불을 걷으며 일어나자마자 아내의 면상을 후려쳤다.

"이런 개씹구녕 같은 년이 보자 보자 하니 이제는 우리 어머니 산소를 파내자고 지랄육갑을 떠네? 이 쌍년이…… 에라이 이 개쌍년아!"

턱을 내밀고 욕을 토해내면서 발바닥으로 아내의 머리통을 걷어찼다.

"사장님은 이미 그때 징역 문 앞에 온 거요. 그만한 폭행이면 구속되고도 남아요. 시골 사람이라고 벌금형에 접근금지 명령으로 봐줬지, 마누라고 딸내미고 요즘 여자 때렸다가는 웬만한 데선 막바로 실형이오, 실형!"

편을 드는지 약을 올리는지 호호백발 최 사장이 말했다. 하지만 자기가 하는 자기 이야기에 저 혼자 흥분한 빈대코는 이야기를 멈추지 않았다.

"정말 마귀할멈이 따로 없습니다. 첨엔 안 그랬는데 쉰이 넘으니 그렇게 변해서는…… 여자가 쉰이 넘으면 마귀에 홀리나 봐요."

"마귀에 홀리는 게 아니라 마귀가 돼요, 여자는!"

남의 불행에 제가 괜히 신난 최 사장은 어디서 주워들었는지 개

풀 뜯어먹는 우스갯소리를 추임새로 넣었다.

"그래서 마귀할아범은 없고 마귀할멈만 있는 거요. 여자는 남자하고 전적으로 달라…… 특히 늙은 여자는."

하지만 빈대코는 아내에 대한 연민과 미련을 버릴 수 없었다.

"알고 보니 정영범이 그놈이 잡아 죽일 놈이오."

"둘이 벌써 눈이 맞았나 봐요?"

토목건설회사 단종 면허를 빌려 노래방이나 룸살롱 실내 인테리어 시설로 돈을 벌던 호호백발 최 사장의 죄명은 사기와 배임이었다. 그는 살인범이나 폭력사범, 마약사범이나 성범죄자들을 하질(下秩)로 여겼다. 더군다나 빈대코가 자기보다 한 살 더 먹은지라 슬슬 씹고 싶었는데, 생겨먹은 꼴이나 떠벌리는 소리가 영 바닥이라 말을 쉽게 했다.

"아니면 어디 감나무 밑에서 벌써 한 번 붙었는지도 모르지. 여러 번인지도 모르고……."

싸가지 없는 최 사장의 막말을 망치와 스님이 말렸다.

"아참, 최 사장…… 오늘 왜 이러나? 가만 좀 들어봐요. 슬픈 얘기구만. ……다 우리들 얘기잖아."

수감생활 처음 하는 수용자들은 대부분 세 가지 탐욕을 드러낸다. 우선은 식탐(食貪)이고 나머지 두 가지가 물탐(物貪)과 설탐(說貪)이다. 빈대코는 경찰서 유치장에서부터 이제껏 때를 거른 적 없을 만큼 가혹한 식탐을 보였다. 그러나 물탐은 없어 구치소와 교도소로 옮겨 다니면서도 옷이면 옷, 내복이면 내복, 칫솔이면 칫솔, 비누면 비누, 모두 교도소에서 지급하는 관복과 관물로 만족했다. 춘추복도

동복도 지급받은 대로 한 계절 빨지도 않고 입다가 반납했고, 지금 역시 다른 동료들은 전부 사제 러닝셔츠를 입고 있건만 빈대코 혼자 관품인 푸른색 조끼 러닝셔츠 차림이었다.

그러나 그의 내면에서 부글거리는 울화는 그로 하여금 치밀어 오르는 설탐을 자제할 수 없도록 했다. 드디어 빈대코는 자신을 구속시킨 세 번째 폭행사건의 클라이맥스를 반갑고 정다운 10방 감방동료들 앞에 탁 털어놓았다.

"마누라가 불렀다지만 접근금지 기간이니 난 얼른 돌아가려고 술도 많이 마시지 않았어요. 아내가 감 따는, 그 PVC 장대를 두 개 사다 달라기에 그걸 가지고 가서는 곶감 깎는 기계를 한번 돌려보고, 그러곤 이제 막 돌아가야겠구나 하는 참에 그 새끼, 정영범이 놈이 털레털레 마당으로 들어와."

손님과 두 사람은 다시 평상에 놓인 술상에 둘러앉았다고 빈대코가 말했다.

"그러다 보니 어머니 묘소 이장에 대한 얘기가 나오고…… 그 새끼가 얘기하길, 수골(收骨)하자마자 그 자리에서 부탄가스 빠나로 화장한다는 그런 개불쌍놈의 소리를 하는 거요. 그러니 내가 참을 수 있겠소? 그대로 그 새끼 귀싸대기를 이쪽저쪽 올려붙였어요. 그러니 그 새낀 그 길로 내빼."

이웃 과수원 주인 정영범의 신고에 따라 읍내에서 출발한 경찰차가 사고현장에 도착하기까지는 20여 분의 시간이 걸렸다. 그동안 빈대코는 감 따는 PVC 장대로 아내의 어깻죽지와 허리를 여러 차례 후려치며 쌍욕을 퍼부은 뒤 혼자 술을 마시고 있었다. PVC 장대는 낚싯대처럼 펼쳤다 접었다 하는 3단 접이식이었는데, 한 대는 펼쳐 시범을 보이고 한 대는 비닐포장도 뜯지 않은 채 평상에 놓여 있었다. 그 포장된 장대가 범행도구였다.

여하튼 이후 고소장에 첨부한 진단서엔 전치 8주 중상이라며 여기저기 뼈가 부러졌다고 했으나, 빈대코는 그 진단과 진단서를 믿지도 않았고 관심을 가지지도 않았다. 자신은 남편으로서 아들로서 가장으로서 그리고 인간으로서 반드시 해야 할 일을 했으며, 남들은 폭행이라지만 자신은 아내와 자신이 함께 이 세상을 살아가기 위해 치른 슬프지만 어쩔 수 없는 방법이었다고 여겼다.

"지금 와 이것저것 따져서 뭐 하겠소. 사장님이 잘했소."

엉터리 인사로 방장인 망치가 빈대코를 위로했다.

"그래서요? 그래서 사모님이 접견은 와요? 다시 잘 살아보자고 합니까?"

아무리 설탐 강한 빈대코라지만 그 질문엔 입을 열고 싶지 않았다. 항소심이 진행될 때까지 아내는 합의서를 제출하지 않았다. 그러던 아내는 빈대코가 상고를 포기하고 형이 확정되자 이혼소송을 제기하며 과수원과 시골집이 자신의 몫이라 주장하고 있었다.

홀로 늙어가는 신체장애인 여동생한테 못된 짓을 하면서 늘그막에 벌인 자신의 염병 짓이 이러한 사달을 불러왔다고 빈대코는 자신을 진창으로 빠뜨린 어리석음을 한탄했다. 하지만 이젠 그런 감상에 빠져 있을 때도 아니었다. 국선변호사 아가씨로부터 아내의 이혼소송 결과가 곧 날아오리라는 언질을 받은 지도 이미 여러 날이 지났다. 이젠 그 날짜만이 문제였다.

9. 대운동장

미결수와 미징역수는 운동시간이 하루 한 번 30분이고 운동장이 래봤자 사동(舍棟) 건물 곁 좁은 공지가 다였다. 한두 명의 젊은이가 뜀박질로 마당 가장자리를 돌기는 하지만 대개는 슬슬 걷는 정도로 운동시간을 때웠다. 그럴 때 높다란 시멘트 담 너머 대운동장에서 들려오는 징역수들의 활달한 고함과 웃음소리는 한없이 부러운 대상이 아닐 수 없었다. 나는 언제나 출역해 저 넓은 대운동장에서 저들과 저렇게 자유롭고 신나게 운동을 하려나, 하는 생각을 누구나 했다.

물론 그렇지 않은 수용수도 있었다. 미징역방에 남아 책을 보다가 졸다가, 밥 주면 밥 먹고 똥 마려우면 똥 싸고, 오줌 마려우면 오줌 싸고, 텔레비전 방송 나오면 텔레비전 보고, 취침시간 되면 잠자리에 드는 금고형 징역살이가 편하다고 출역을 마다하는 수용수도 적지 않았다. 하지만 평생 주유소에서 기름장수로 살아온 털보는 달랐다.

고등학교 졸업하던 해 대학입시를 실패하고, 용돈이나 벌겠다며 잠깐 발 디딘 주유소에서 40년 가까운 세월 동안 그는 이리 뛰고 저리 뛰고 이런 사람 만나고 저런 사람 만나며 바쁘게 살았다. 그런 그가 게으르고 이기적인 미징역수들 틈에 끼어 시간을 보내긴 어려운 일이었다. 누구보다 운동시간을 기다린 털보에게 공장으로 출역한 뒤 맞이한 하루 한 시간의 운동시간은 더할 나위 없이 감격스럽고 평화로운 시간이었다.

"그러니 앞날이 캄캄하지. 사업 망한 사람이 다시 일어나자면 세 가지 중에 한 가지는 있어야 한다잖아. 돈이나 기술이나 거래처 말이야. 그런데 나는 돈이 없어요. 내 돈 떼먹은 놈은 배 째라면서 나보다 먼저 징역살이 들어가버렸으니 어쩔 도리가 없고…… 기름 팔아먹는 기술이래봤자 기술이랄 것도 없고, 지금 이 꼬라지를 하고 있으니 거래처도 다 절단 났지."

땡볕 내려쬐는 넓디넓은 대운동장 가장자리를 슬슬 걸으면서 털보와 빈대코는 이런저런 이야기를 주고받았다. 누구에게도 속마음 내보이지 않는 징역살이라지만 털보는 어쩐지 빈대코에게만은 자신의 처지를 숨김없이 털어놓고 싶었다.

"이혼하기 전에 아내가 자기 친정 돈이나 친정식구를 통해 빌린 돈은 한 푼도 빼지 않고 다 갚았어. 그러니 다른 사람들은 내가 사전에 준비했다고 생각해. 그럴 만도 하지? 그쪽 돈은 다 갚으면서 다른 사람한테 빌린 돈은 갚지 못한다니 누가 내 말을 믿겠나? 그러고선 돈 없다고 세금계산서 가라로 만들었지…… 여기저기 거래처 어음도 다 부도냈지…… 그러니 누가 날 믿어주겠나?"

자세한 내막은 말하지 않았으나 잘나가던 주유소가 그렇게 위태로워진 이유도 이혼한 아내 때문이라고 했다. 당시의 처고모부, 그러니까 지금은 이혼한 아내의 고모부가 운영하는 막걸리 양조장이 자금 사정에 허덕일 때 무리하게 돈을 빌려주고 정작 주유소가 어려울 땐 여기저기 사채를 당겨 쓴 탓이라는 것이다. 결과적으로 처고모부 막걸리 양조장은 살아나고 털보의 주유소는 부도를 맞아 어이없는 가격에 남의 손으로 넘어갔다.

털보는 이마부터 목, 그리고 양팔까지 선크림을 발라 허옇게 칠갑을 하고 있었다. 여름철마다 적지 않은 선크림이 교도소에서 소모된다면 믿을 사람이 많지 않을 것이다. 그러나 말짱 거짓말이 아니다. 운동시간 직전 수용수들은 너나없이 사물함으로 달려가 온 얼굴과 양쪽 팔뚝에 덕지덕지 선크림을 바르는데, 태양 볕으로부터 피부를 보호한다는 본연의 목적도 있겠으나 그보다는 그렇게 해서라도 시간을 흘려보내려는, 이른바 킬링타임의 한 가지 방법이었다. 돈도 아깝고 선크림하고는 인연을 맺지 않는 노인들만이 맨 낮으로 운동장에 나갔다. 털보는 선크림을 바르는 쪽이고 빈대코는 그러지 않는 쪽이었다. 두 사람은 천천히 이런저런 이야기를 주고받으면서, 느긋하고 평화로운 마음으로 대운동장에서 벌어지는 운동시간의 망중한을 즐기고 있었다.

기계조 여섯 가운데 조장 쇼군은 소매를 잘라내 민소매로 만든 티셔츠를 입은 채 공구조장을 상대로 정구경기를 하고 있었다. 시건장치와 열쇠, 망치나 펜치, 드라이버나 줄이나 대형 금속절삭기, 가위와 손톱깎이와 같이 수용수가 함부로 소지해선 안 되는 장비와 공구의 관리를 담당하는 공구조장은 키 크고 미끈하게 생긴 조직폭력배 출신의 청년 수용수였다. 힘으로나 성격으로나 그만이 쇼군의 상대로 가능했다. 둘은 늘 대운동장 한쪽 정구 코트에서 텅텅 공을 주고받았다.

가냘픈 몸매의 총무는 운동시간이면 대운동장을 내려다보는 사열대에서 살다시피 했다. 사열대 뒤편에서 사열대로 오르는 시멘트 층계를 하염없이 오르내리며 하체근육을 단련했다.

도무지 징역살이하는 사람 같지 않은 표정으로 말도 웃음도 없는 이 사장은 대운동장 입구 오른쪽에 위치한 차양판 지붕 아래, 시멘트로 만든 기다란 의자에 다른 노인들과 앉아 있었다. 그렇게 망연히 앉아 족구 코트에서 이리 뛰고 저리 뛰는 빵잡이들이나, 지친 순례객처럼 천천히 대운동장 가장자리를 맴도는 다른 징역수들의 움직임을 구경했다.

빈대코와 같은 방에 혼거하는 탁 사장은 비대한 몸에 물동이처럼 튀어나온 배를 앞으로 내민 웃기는 자세로 다른 수용수들을 연달아 추월하며 줄기차게 대운동장 가를 돌았다. 그의 기묘한 뜀박질에는 절박한 이유가 있었다. 절도 전과 8범인 탁 사장의 이번 형기는 3년인데 앞으로 8개월 남았다. 그로선 지금보다 8개월 이후가 더 큰 문제였고 이곳을 나가면 다시 남의 집 담을 타넘어야 하니 어떡하든 몸을 만들어야 했다. 미용 목적이 아니니 몸짱 만들 필요는 없고 절도 목적이니 냅다 내달려 멀리 달아나는 순발력과 지구력이 문제였으므로, 그의 애처로운 달리기는 직업상 갖춰야 할 속도를 목적으로 하고 있었다. 이빨 다 빠진 헐렁한 입으로 훅훅 거친 숨을 내쉬면서, 러닝셔츠 아랫부분을 둥글고 커다랗게 튀어나온 똥배 위로 걷어 올리고서, 남이야 족구를 하건 정구를 하건 말건, 한 손으로는 말아 올린 러닝셔츠를 부여잡고 다른 손으로는 이마의 땀방울을 걷어내거나 가끔은 흘러내리는 반바지를 추켜올리면서, 탁 사장은 한 시간 내내 대운동장 담벼락 아래로 바싹 붙어 쉬지 않고 달리고 또 달렸다.

　나머지 두 명인 털보와 빈대코는 그와 비슷한 연령과 취향의 수용수들과 어울려 40분쯤은 대운동장 가를 천천히 걸었다. 운동장 가운데 족구장 두 곳에서 편을 지어 벌이는 족구경기를 곁눈질하면서 담소 나누기엔 더없이 좋은 환경이었다. 숲 아래를 지날 땐 쪼가리 그늘 속에서 잠시 볕을 피할 수 있으나 대개는 정수리로 뙤약볕을 감당해야 하기 때문에 두 사람은 머리에 세면용 수건을 뒤집어쓰고 있었다. 그런 꼴로 40분쯤은 걷고 나머지 20분은 차양판 지붕과 사열대 사이에 위치한 노천 샤워장에서 미지근한 물로 땀과 열기를 씻어냈다.

10. 노인들

"야야야, 저 영감님들 또 붙었네 또 붙었어."

털보와 빈대코가 출역 나온 지 열흘째 되는 7월 셋째 주 수요일 저녁 일과 종료가 얼마 남지 않은 시각이었다. 한창 작업 중인 기계조 한쪽에 서서 쇼군이 또 말했다.

"아쭈, 아쭈…… 이번엔 아주 제대로 붙으셨다."

사건은 3반대에서 벌어졌다. 3반대는 기계조와 같은 방에 있지만 기계조와 가까운 2반대 뒤편에 작업대를 두고 건넌방과 칸을 지은 벽면 바로 아래 위치하고 있다. 3반대 반대장은 재혼한 젊은 아내를 독살한 서예가로 20년 징역형에 16년째 수감 중인 60대 후반의 노인이었고, 반대원 역시 60대 중반에서 70대 후반까지 죄다 노인들이었다. 그 반대원 가운데 둘이 쇼군의 표현대로 제대로 붙은 것이다. 먼저 폭행을 행사한 쪽은 상해죄 재범으로 이번 형기는 1년인데, 만기

출소일이 한 달밖에 남지 않은 60대 후반 노인이었다. 남해안 어느 섬에서 가두리양식장을 경영하는 어부라지만 그 진위는 알 수 없는 일이었다.

징역살이하면서 다른 수용자의 직업이나 재산 정도를 정확히 알기란 쉽지 않다. 자기 입으로 뭐라고 떠들고 꼴값을 떨어도 다 거짓말로 알아듣고, 저 사람 돈 없어 징역살이 왔구나 하고 지나가면 된다. 열이면 아홉이나 열이 구라를 치고 뻥을 까니 누구 입에서 나와 누구를 통해 전해진 말이든 남의 사정 듣는 대로 믿어서는 안 되고 정확히 파악하기란 애당초 불가능한 일이었다.

하여튼 어부 출신이라는 60대 후반 노인은 플라스틱 부채 든 손을 뻗어 부챗살로 작업대 맞은편에 앉은, 자기보다 다섯 살 더 먹은 돋보기안경 쓴 노인의 볼을 찌르고 이마를 내리쳤다. 그러면서 험한 욕설을 퍼부었다.

"이런 조조 같은 새끼! 이런 개새끼!"

요즘은 삼국지연의 등장인물 조조에 대한 이미지가 그리 나쁘지 않으나 이 영감님들 연배에게 '조조 같다'는 말은 '야비하고 간사하기 이를 데 없는 놈'이라는 욕설이다. 게다가 '개새끼'까지 얹었으니 심상치 않은 상황이었다.

일이 크게 되려고 그랬겠지만 플라스틱 부챗살에 얻어맞은 백발이나마 몇 가닥 남지 않은 칠순 노인의 이마에서 터져 나온 피의 양이 적지 않았다. 돋보기안경 쓴 양쪽 눈가로 길고 붉은 두 줄기 선을 그으며 흘러내린 피는 가히 공포를 자아낼 만했다. 돋보기 노인의 깡마른 얼굴과 분노에 찬 눈매 때문에 더욱 그랬다. 젊은 시절 세무서에서 근무했다고 하고, 성깔 더럽고 따지기 좋아하는 노인인지라 이후의 상황은 박격포탄 맞은 화약고를 방불케 했다. 돋보기 노인은 잔소리도 없었다. 슬그머니 손을 뻗어 쇼핑봉투 원지 누르는 나무막대기를 집어 드는가 싶더니 상대방 얼굴은 이미 피투성이로 변했다. 깡마른 몸으로 작업대에 기어오른 뒤에도 이어진 돋보기 노인의 가격은 쇼군마저 뒷걸음질 칠 정도로 깨끗했다. 사건의 빌미가 된 저간의 사정은 이러했다.

만기출소일이 얼마 남지 않은 어부 노인은 두 달 전부터 이런저런 구매품을 사 쟁이기 시작했다. 교정본부 지역교정청에서 지정해 수용자에게 판매하는 물품은 일반 시중가보다 저렴하고 영양보충제나 의약품 같은 경우엔 시중가 절반 가격이었다. 어부 노인은 장사꾼처럼 의복과 신발, 주방용 세제나 욕실용품, 건전지와 사무용품, 시계와 전동면도기 그리고 갖가지 의약품까지 수용자용 구매품 중에서 시중가와 가격 차이 나는 상품은 깡그리 사들여 수시로 배송신청을 했다. 구매품 중에는 기간에 따른 개인당 정량이 있으니 같은 반대원들 신세를 질 수밖에 없었고, 그러다 보니 깐깐한 세무서 출신 돋보기 노인과 자주 시비를 가리고 언쟁을 했다.

"이보시오! 여기 구매품은 돈 없는 우리 같은 사람을 위해 세금 제하고 파는 건 줄 모르시오? 그렇게 사재서 밖으로 내보내면 불법이오."

대강 그런 말이었다. 그런데 사건이 일어나기 직전 위탁공장 사무실로 찾아온 구매 담당 교도관이 어부 노인을 불렀다. 주임이 보는 앞에서 노인의 과다한 구매품 사재기와 구매품 탁송을 문제 삼으며 내막을 파악하고자 했다.

"내가 집에서 쓸라는데 뭐가 문제요? 우리 조카도 좀 주고 우리 어장 관리하는 사람도 좀 주고, 그리고 다 상표 떼고 포장 벗기고 배송 신청 했어요. 장사할라고 그러는 게 아니오. 내 돈 내고 내가 사 상표 떼고 포장 까고 내가 쓰던 내 물건을 내 집으로 보내는데도 그게 죄요?"

젊은 교도(矯導)도 그랬지만 위탁공장 주임은 상대방이 아버지 같은 노인인 데다가, 형기가 한 달밖에 남지 않은지라 그만 자제하시라는 당부와 함께 그 선에서 일을 끝냈다. 일이 잘 마무리되자 오히려 어부 노인의 분기가 탱천했다.

"저 조조 같은 새끼가 이 지랄을 하는구나! 여기서 저 새끼를 죽이고 나가지 않으면 내가 사내새끼가 아니다!"

먼저 때렸건 먼저 얻어맞고 그에 응수했건, 경우가 바르건 틀리건 수감기관에서 벌어진 수용자 간 폭행사건의 처벌은 폭력을 행사한 전원에 해당한다. 처분은 세 가지였다. 가끔은 대충 무마하고 마는 경우도 있지만 피가 나거나 멍이 들면 그럴 수 없었다. 두 노인은 상처가 있으니 없는 일로 하기엔 이미 글러버린 일이었다.

주임의 신고로 달려온 관구실장은 애매한 표정을 지었다. 한 달 뒤 만기출소 할 노인의 상처가 예사롭지 않았기 때문이다. 우선은 치료부터 하기로 하고 현장에서 철수했다.

"좀 닦으세요. 피 좀 닦아요. 갑시다, 가!"

이런 경우 나머지 처분은 두 가지다. 엄중한 사건이라 판단하거나 어느 쪽이건 고소를 원하면 자체 수사와 검찰 지시에 따라 결국 재판까지 받아야 하지만, 대개는 징벌방 수감과 급수조정이라는 교도소 자체 징벌을 집행하게 된다.

"독하다, 영감님들!"

머리를 절레절레 흔들며 쇼군이 말했다.

"이 더위빠진 날 징벌방에서 고생깨나 하겠구나."

징역살이에 이력이 붙은 탁 사장이 거들었다.

"노인들이니 그냥 의무실에서 치료나 받다가 나오지 않을까요?"

"그럴 수 없게 됐잖아. 그냥 다친 게 아니고 쌈박질을 했으니……거기다가 저 영감님 정식으로 고발하겠다고 하면 골치 아파질 텐데."

"그래서 귀신방 귀신방 하는 거요. 노인들 정말 못 말려요. 노인방에 가면 정말 견디기 어렵답니다. 예?"

헐렁거리는 입술 사이에서 흘러나오는 정확지 않은 발음으로 탁 사장은 털보와 빈대코를 번갈아 보며 말했다.

"노인방이 그렇게 더럽고 맨날 쌈이래요. 인생 좋난 귀신들이니까요. 그런 귀신들이 씨발 전부 고집불통에 성깔 더럽고 악에 받쳐 마귀 짓을 한다는 거요."

11. 6타곤

그날 밤 소등 직전 마지막으로 사동을 돌던 사동봉사원이 두 노인
의 징벌방 수감을 알렸다. 복도 끝 12방까지 갔다가 되돌아오는 사
동봉사원을 쇼군이 불러 세웠다.

"야야, 소지야!"

공장 소지반대 총무인 청년 징역수는 이곳에서 혼자 사동봉사원
노릇을 하고 있었다. 복도에 멈춰 선 그에게 세로 쇠창살 촘촘히 박
힌 유리창 창틀에 손을 올려놓은 쇼군이 물었다.

"많이 다쳤대?"

"그렇겠죠? 출소 전에 다 아물라나 모르겠어요. 큰일 났네요."

쇼군은 돌아서려는 그를 다시 불렀다.

"야야, 소지야? 그 영감님들 둘 다 일주일이래?"

"그렇겠죠?"

머리를 긁으면서 쇼군이 혼잣말을 했다.

"일주일 만에 다 나을 상처가 아닌데?"

국어순화운동 일환으로 '방장'이란 구식 용어는 '거실봉사원'이라 순화하고 '소지'는 '사동봉사원'으로 순화했다. 교정본부의 국어순화 운동은 그러했으나 사동에서나 공장에서나 방장은 여전히 방장이고 소지는 여전히 소지였다.

소지는 거실에 갇힌 수용자를 위해 배식부터 이런저런 업무사항 전달, 구매용지 접수와 구매품 배부, 서신 접수와 배달, 쓰레기 수거 따위 온갖 궂은일을 도맡아 하는 수용자를 일컫는 일본식 용어다. 그의 역할이 그러니만치 수용자로서는 '소지'란 말을 입과 귀에 매 달고 살지 않을 수 없었다. 그래서 장기복역을 마치고 출감한 지 얼 마 되지 않은 어떤 남자는 룸살롱 웨이터를 "어이, 소지!" 하고 불렀 다고 한다. 여하튼 그날 저녁 피투성이로 싸운 노인 둘은 징벌방으 로 거처를 옮겼고 그리고 소등을 알리는 사이렌과 함께 교도소는 열 대야의 어둠 속으로 잠겨들었다.

털보가 수용된 6방은 나란히 붙은 다른 방과 마찬가지로 5인실이 지만, 일곱이 혼거하는 다른 방과 달리 여섯이 수용돼 있었다. 쇼군 의 역할도 그 이유의 일부분이기는 하나 사실은 6방에 수용된 수용 수의 질 때문이었다. 6방에는 다른 방에서 적응하지 못해 3, 4급 수 용수를 수감하는 중경비교도소나 인격장애자치료교도소로 이감하 기 직전 이 방으로 전방 처리된 20대 징역수가 셋이나 있었다. 종잡 을 수 없는 폭력성과 정신발달지체로 인한 분노조절장애가 이들의 성격을 특정하는 주된 요인이었다. 배방 담당 교도관은 이들을 제압

할 수 있는 쇼군에게 셋을 맡기면서, 대신 6방 수용인원을 여섯으로 제한하는 배려를 베풀었다.

출입문에서 가장 먼 안쪽, 복도로 난 창에서 가까운 구석자리가 쇼군의 잠자리였다. 발밑에 화장실 출입문이 있다는 점이 좀 그렇기는 하지만 어쨌든 그 자리가 이 방에서는 상석이었다.

"사장님은 얌전하게 잡니까? 이리저리 굴러다니면서 주무시지 않아요?"

며칠 전 입방하던 날 저녁, 잠자리를 다시 정하면서 자신에게 묻는 쇼군의 말에 털보가 대답했다.

"아닙니다. 가만히 자요."

"코를 골거나 이를 갈거나 하지는 않아요?"

"아닙니다."

"그럼 내 옆에서 주무세요. 여깁니다. 그리고 선생님이 그다음 자리로 옮기세요."

쇼군은 자기 바로 옆에 털보를 누이고, 그다음 자리의 주인으로는 여제자 성추행으로 1년 징역형을 살면서 틈나는 대로 편지를 쓰는 50대 초반의 여고 수학선생님을 임명했다. 그다음부터 출입문 앞까지 이어지는 잠자리 두 개와 그 발 아래편 사물함에 붙어 가로로 잠자는 잠자리가 개새끼들의 잠자리였다.

쇼군은 그들 셋을 하나하나 부를 땐 저마다 이름을 불렀지만 셋을 한꺼번에 부를 땐 언제나 '개새끼들'이라고 했다. 물론 이때나 저때나 눈살을 찌푸리고 어금니를 갈아 물며 두 눈 가득 독기를 내뿜기는 마찬가지였다. 그들을 멀리 내쫓으면서 쇼군은 아주 넌더리 난다는 표정으로 털보에게 하소연했다.

"저 개새끼들은 잠을 자다가도 제멋대로 일어났다 앉았다 발광을 하고, 한밤중에 일어나서는 이거저거 부스럭거리며 처먹고, 아이고…… 얼마나 캉캉거리고 코를 골아대는지 내 골이 지끈지끈 저립니다."

어쩐 일인지 그들 셋은 돌아가며 코를 골고 이를 가는데, 하나가 코를 골면 둘이 이를 갈고, 하나가 이를 갈면 둘이 코를 골아 드렁드렁 드르렁, 커겅커겅 허커겅, 뽀드득 빠드득 뽀드득 빠드득 밤새도록 오묘한 실내악을 연주했다. 그러니 쇼군이고 로닝이고 견뎌낼 방법이 없었다. 하지만 더 무서운 것은 열대야를 농락하는 개새끼들의 열기였다. 멧돼지 같은 몸뚱이가 밤새 펄펄 활활 타오르며 불을 지피니 세상 어떤 장사도 그 화염지옥을 참아내기 어려웠다. 그래서 쇼군은 털보의 잠자리를 정할 때 이제껏 곁에 두고 수시로 한 방씩 먹이던 개새끼들을 저쪽 끝으로 밀어버렸다. 올해 이 무더운 여름밤을 죽지 않고 견디려면 그러는 수밖에는 달리 도리가 없었다.

개새끼들이 왜 징역살이하게 됐는지 자세한 사정은 알 수 없었다. 머리 나쁜 놈도 거짓말에는 다들 천재로 머리를 굴리니 도대체 그들이 하는 말을 그대로 믿을 수 없고, 믿으려 해도 제대로 알아듣기 또한 쉽지 않았다. 왠가 하면 그들은 언제나 변명으로 이야기를 시작하고, 그러니 듣는 사람도 이리 엉키고 저리 뒤틀리는 말의 진구렁에 빠져 종국에는 도대체 무슨 말인지 갈피를 잡을 수 없게 됐다.

그러나 수학선생님은 개새끼들하고 전혀 달랐다. 선생님의 태도에 대해서는 우선 교도관들이 인정했고, 그래서 배방 담당 교도관은

학생을 지도해본 선생님이 개새끼들 선도에 도움이 되지 않을까 예상했다. 결과적으로 개새끼들을 변모시키거나 개선하지는 못했으나 쇼군만큼은 선생님의 태도에 감동했다.

"선생님은 존경할 만해. 제자들을 얼마나 성추행했는지 모르지만 다른 새끼들처럼 이렇게 저렇게 변명하지 않잖아. 그리고 날마다 반성한다는 편지를 써. 여기 들어와서도 누굴 원망하지 않고, 핑계나 변명이 아니라 필대 하나로 해결하겠다는 그 깡이 선생님다워. 그러니 존경할 만하지."

선생님이 한방에서 잠자며 모범을 보여도 개새끼들은 전혀 변하려 하지 않았고 오히려 그런 선생님을 병신 만들기 일쑤였다. 여하튼 개새끼들 성품의 공통된 특성은 자신은 남의 눈에서 피눈물 흐르도록 했으면서도 자기 손익에 관해서는 어떤 일에서건 손톱만큼도 손해 보거나 양보하지 않으려 한다는 점이었다. 연민과 배려가 없는 인격이고, 그러한 성품은 인격이랄 수 없다고 한다면, 쇼군이 그들을 부르는 개새끼들이란 대명사는 참으로 정확한 말이 아닐 수 없었다.

본래 6방은 '6타곤'이라는 별명으로 불리는 공포의 혼거실이었다. 철망으로 둘러싸인 UFC 팔각형 경기장을 가리키는 '옥타곤'이란 말도 무시무시하지만 제1위탁공장 수용수들에게 6이란 숫자는 그보다 더 무서웠다. 하지만 최근 들어 정신상태 야릇한 데다 아들뻘인 개새끼들이 들어오고, 또 그들을 훈도하기 위해 선생님까지 배치됐기 때문에 쇼군의 주먹질과 발길질은 예전 같지 않았다.

그 결과 마침내 얄궂은 폭행사건이 발생했다. 다른 방도 아니고 6타곤에서 벌어진 사건은 노인들이 징벌방으로 끌려간 지 채 열두 시간이 지나지 않은 목요일 꼭두새벽에 일어났다. 자고로 개새끼들은 수시로 두들겨 패고 걷어차야 고분고분하다는 만고의 진리를 쇼군이 잠깐 잊고 있었던 탓이다.

12. 개새끼들

개새끼들 가운데 범죄사실의 내막이 어느 정도 알려진 놈은 스물여섯 살짜리 동한이었다. 이놈도 거짓말과 자기합리화가 누구 못지않았으나 주머니에 넣고 다니며 수시로 들여다보는 아이 사진으로 인해 그가 저지른 범죄사실이 어렴풋이 드러났다.

"여기 이마하고 여기 입하고 여기 귀를 봐요. 딱 나하고 닮았죠?"

그 사진은 동한이 아들 사진이었다.

"이제는 이때보다 더 컸어요. 이 사진은 돌 때 찍었고 벌써 세 살이라는데."

다른 사람이 보기에도 사진 속 아이는 동한을 빼다 박았다. 그 사진을 들여다본 공장의 징역수 대부분은 경악하면서 동한이 놈을 인간으로 여기지 않았다. 저마다 10년 20년, 재범에 3범 4범이 수두룩하건만 이구동성으로 동한이 놈을 이 세상에서 가장 흉악한 범죄자라 지정했다. 살인죄로 무기형을 살고 있는 쇼군과 망치도 동한이 얘기만 나오면 고개를 절레절레 저었다.

"저 새끼를 보면 정말 하늘도 무심하다는 생각이 들어요. 내 징역살이 20년을 하면서 이런 놈 저런 놈 세상에 잔인하고 야비한 놈 다 봤지만 저 새끼보다 더한 새끼는 보질 못했어요."

동한의 죄명은 강간치상으로 강간의 유형도 윤간인 데다가 더군다나 상대방이 불구의 여성이었다. 사건 당시 동한이 놈이 무슨 일을 하며 어디서 어떻게 살았는지는 알려지지 않았으나, 여하튼 어디서 혼자 자취를 하고 있었다. 퇴근길에 보호자 없이 홀로 휠체어를 타고 가는 지체장애인 처녀를 만난 동한이 놈은 그 휠체어를 줄줄 밀고 자취방으로 직행했다. 우선은 자기 혼자 강간했고 거기서 그치지 않고 친구 두 명을 더 불렀다.

결론적으로 두 명의 공범은 12년과 10년 징역형에 처해지고 주범인 동한이는 15년 징역형을 선고받았다. 재판이 진행되는 동안 피해자의 임신이 드러났으며 검사 결과 태아의 아버지가 동한이란 사실이 밝혀져 피해자가 선처를 호소했기 때문에 그나마 형량이 몇 년 줄었다. 동한이가 가진 사진의 정체와 그 저간의 사정이 처음 알려졌을 때, 기계조 주변에 몰려 있던 빵잡이들은 저마다 입을 떡 벌린 채 탄식해 마지않았다.

"아아, 저런 찢어죽일 개새끼가 다 있나. 내가 저런 놈하고 같은 공장에 있다는 사실이 무섭다, 진짜로!"

동한이하고 수시로 잠자리 다툼을 하는 기용이 놈도 정신이 정상이 아니었다. 기용이는 스물여덟 살로 농촌에서 살았건만 농사를 지어본 놈 같지 않았다. 보아하니 실성실성 돌아다니며 못된 짓만 하고 산 모양으로 이번이 두 번째 징역살이였다. 사소한 절도죄로 들어왔던 이전과 달리, 이웃집 할머니를 강간하고 머리를 때려 강간상해죄로 들어온 이번은 꼼짝없이 15년짜리 징역형을 살게 됐다. 그런데도 이놈은 그리 심각하지 않았다.

"아니요, 아니요, 그 할매가 그러자고 해놓고선⋯⋯."

기용은 정신이 정상이 아니건만 그렇다고 남의 말에 쉽게 넘어가지는 않았다. 누가 슬슬 캐물어도 사건의 내막을 말하는 법이 없었다.

"그거 나 줘요. 그거⋯⋯ 스크루바."

아이스케케를 주면 자기 얘기를 할 듯이 수를 써 개인정량으로 나온 남의 스크루바를 다 빨아 먹고 나서는 딴소리를 했다.

"내일에도 이거 또 나와요? 한 개씩?"

동한이와 기용이 두 놈은 잠자리 영역다툼으로 티격태툭 지랄을 그치는 날이 없었다. 그래서 개새끼들을 저편으로 멀리 떠나보낸 뒤 쇼군은 새로운 방법으로 그들을 관리했다. 잠자리에 들기 전 공용 사물함에서 꺼낸 검은콩 두유팩 한 박스를 머리맡에 놓아두고, 개새끼들이 소란을 떨거나 코를 골거나 이를 갈 때마다 두유팩을 하나씩 그쪽으로 내던졌다. 두유팩은 개새끼들 뺨에 맞기도 하고 팔에 맞기도 하고, 이불에 떨어지거나 벽을 때리기도 했으나 터져버리는 법은 없어, 그 방법은 좋은 효과를 발휘했다.

검은콩 두유팩은 한 박스가 스물네 개였고 밤새 던져도 몇 개는 남았다. 기상한 뒤 이불을 개고 밤새 저희 쪽으로 날아온 두유팩을 모으고, 쇼군 머리맡에 남은 몇 개까지 박스에 담아 다시 사물함에 넣어두는 놈은 개새끼들 중에 그나마 정신이 온전한 선영이었다. 그런데 그날 새벽에 벌어진 6방의 얄궂은 혈투에서 선방을 날린 주범은 선영이었다.

쇼군도 털보도 선생님도 곤히 잠든 미명에 슬그머니 눈뜬 개새끼들은 배를 긁으며 부스럭거리고 있었다. 아이 사진을 꺼내 들여다보는 동한에게 먼저 말을 건 놈은 선영이었다.

"넌 나가면 이 애 엄마랑 살 거냐?"

"그래야지."

"휠체어 타고 다닌다며? 그런 여자하고 어떻게 살래?"

"그래도 우리 아들 엄만데 왜? 휠체어 내가 밀고 다니며 살지 뭐."

"씨발, 나라면 그렇게 못 하겠다."

선영은 걸 그룹 멤버인 여가수 이름을 대면서, 자기는 출소하면 그런 여자와 살지 휠체어 타는 여자하고는 살지 않겠다고 말했다. 평소엔 얌전하다가도 별일 아닌 일로 사고를 치는 선영은 동한이보다 한 살 더 많은 스물일곱 살짜리로 소년원을 포함해 이번이 세 번째 징역살인데, 이번 상해사건도 대수롭지 않아 1년 6개월 징역형 만기출소가 몇 달 남지 않았다. 그런 그가 걸 그룹 멤버와 비교하며 자기 아이 엄마를 비웃자 동한으로선 뿔이 날 만도 했다.

"걔가 형하고 산대? 걔가 형 같은 사람 인간취급이나 할 거 같애?"

"지금은 서로 모르니 그렇지…… 걔가 내 앞에 나타나기만 하면 꼬실 자신이 있다 이거야."

선영이만이 아니라 징역살이하는 놈들은 대개 자기는 뭐든지 해낼 수 있다는 환상을 가진 과대망상증 환자들이다. 자기는 가능한데 세상이 도와주지 않아 이 모양이라는 결론이 그들이 내리는 정신승리법이었다. 그래서 어떤 여가수건 어떤 여배우건 혹은 재벌가의 딸도 자기 앞에 데려다주기만 하면 한 방에 꼬일 수 있다는 선영과, 웃기는 소리 그만하라고 야지를 트는 동한이 티격태격 말다툼을 했다. 그러다가 벌떡 일어난 선영이 동한의 죽통으로 주먹을 내리꽂았다. 그 와중에도 쇼군이 깨어날까 조심조심 소리를 죽인 채 선영은 다시 몇 대 더 난타질을 했다.

머리를 감싸 안고 자리에서 일어난 동한의 눈에 자기 발아래 누워 빙그레 웃고 있는 기용의 얼굴이 보였다. 동한은 기용의 배를 걷어차며 욕설을 내뱉었다.

"아이 씨발, 절루 더 가, 이 강간범 새끼야."

동한으로부터 강간범이란 욕설과 함께 구타를 당한 기용이 자리에서 일어나더니 자기를 때린 동한이 대신 씩씩거리고 선 선영의 콧대를 향해 주먹을 날렸다.

"야, 이 씨발놈아. 며칠 전에 니가 나한테 말 깠지? 이 새끼가……
니는 스물일곱이고 나는 스물여덟이야, 이 존만한 새끼야!"

한 살 더 먹은 기용에게 언어맞은 선영은 걸 그룹 멤버가 자기를 인간으로 보지 않으리라고 욕한 동한에게 다시 주먹을 날리고, 선영에게 언어맞은 동한은 늘 자기 발과 다리를 건들며 잠자는 기용의 다리를 걷어차고, 기용은 나이 많은 자신을 깔보는 선영의 눈두덩으로 주먹질 연타를 퍼부었다. 쇼군과 털보와 선생님이 이리저리 치고받는 셋을 뜯어말리는 중에 CRPT 요원 둘이 번개같이 나타났다.

"야야, 이리 나와봐. 니부터 이리 나와! 야, 빨리 나와!"

한쪽 콧구멍으로 피를 줄줄 흘리는 선영을 복도로 끌어낸 뒤 이놈 저놈에게 사건의 경위를 묻던 요원이 어이없다는 표정으로 말했다.

"얘들은 대체 왜 싸웠대? 1 대 1도 아니고 1 대 2도 아니고, 세 놈이 1 대 1 대 1로 치고받는 싸움은 보느니 첨이다."

그나마 멀쩡한 기용이만 방에 남겨둔 채 한쪽 눈두덩이 시뻘겋게 부어오른 동한이까지 복도로 끌려나왔다. 씩씩거리는 동한이와 빨강 스키니 팬티를 입고 서서 코피를 떨구는 선영이 사이에 또 한 명의 CRPT 요원이 서 있었다. 두 놈의 손목을 이쪽저쪽으로 나누어 잡은 그가 방 안에 있는 기용이까지 싸잡아 훑어보면서 말했다.

"이 자식들은 지들이 뭐 석양의 무법자라도 되는 줄 아나 보지?"

13. 선생님

선방 깐 선영은 징벌방으로 가고 나머지 둘은 그대로 6방에 남았
다. 간단한 세면도구만 들고 징벌방으로 직행한 선영을 대신해 소지
가 그의 사물 보통이를 사동 배식방 선반으로 옮겨놓았다. 징벌방에
수용된 수용수는 징벌 끝나는 대로 미징역방으로 내려가기 때문이
었다. 아침 배식시간에도 출근한 뒤에도 동한과 기용은 말없이 조용
했고 쇼군은 화도 내지 않고 욕도 하지 않았다. 자신의 말대로 이제
는 늙은 모양이었다.

오후 운동을 마친 뒤 공장으로 돌아온 쇼군은 절도죄 재범으로 1년
6개월 형기 가운데 8개월 남은 신입 출역수의 6방 입방신고를 받았
다. 서른한 살 먹은 정섭은 개새끼들하고는 분위기가 전혀 다른 얌
전하고 키 큰 말라깽이 청년이었다. 저녁배식이 끝나고 방 한가운데
둘러앉은 6방 수용수들의 기분은 신입 수용수의 태도만큼이나 차분

했다. 다른 사람은 입을 열 처지가 아니었기에 쇼군이 정섭에게 몇 가지 더 물었다.

"뭘 훔쳤어?"

우물쭈물하던 정섭은 어차피 털어놓을 바에야 한 방에 끝내자는 듯 낮은 목소리로 줄줄이 읊었다.

"핸드폰 매장에서 핸드폰 여섯 개 들고 나왔어요. 저번에는 둘이 했는데 이번에는 혼자 들어갔죠. CCTV 보고 집으로 잡으러 와 자다가 일어나 체포됐어요."

"CCTV 있는 걸 알면서도 그러니 참 대단하다. 너 중독이지?"

고개 숙이고 있던 정섭이 눈을 들어 쇼군을 바라보았다.

"다른 일거리가 없어요."

"야, 이 자식아! 사지가 멀쩡한 놈이 왜 다른 일거리가 없어. 중독이니까 그러지. 너 도둑질 안 하고 며칠 가만히 있으면 손이 근질근질하고 속이 니글니글하지? 그게 중독증상이야. 중독이니까 여기 들어올 걸 뻔히 알면서도 그 짓을 하는 거야."

알았으니 그만하고 텔레비전이나 보자면서 쇼군이 말했다.

"어떡하면 좋냐 이놈아…… 내가 여기서 너 같은 놈을 한두 명 본 게 아니다. 두 번째 다시 들어왔다고 인사하는 놈은 셀 수도 없고, 세 번째도 있고 네 번째 들어온 놈도 봤다. 다 좀도둑질로 1년 아니면 1년 6개월짜리지."

그렇게 입방식은 금방 끝났다. 첫날이라 설거지 차례가 아니었으므로 정섭은 재범수다운 눈치와 솜씨로 제 몫을 다했다. 우유팩도 두유팩도 반듯반듯하게 접고, 페트병도 납작하게 구겨 뚜껑을 닫아

분리수거함에 넣었으며 신문지 한 장으로 손톱깎이 종이쟁반과 쓰레기통 안창을 착착 귀신같이 접었다.

그동안 쇼군과 털보, 기용과 동한은 멍청히 텔레비전을 시청하고 있었으나 텔레비전을 등지고 돌아앉은 선생님은 늘 하던 대로 편지 쓰기에 열중이었다. 이전에는 운동화 포장용 종이박스 위에 올려놓고 쓰던 편지를 쇼군의 허락을 얻어 이제는 밥상을 펴놓고 그 위에서 썼다. 텔레비전에서 걸 그룹이 댄스를 하건 노래를 하건, 신인 남성 탤런트가 오토바이를 몰고 질주를 하건 곤두박질을 치건, 선생님은 편지를 쓰느라 세상을 다 잊은 듯했다.

선생님과 동한이 사이에 있던 선영의 잠자리가 비었기에, 쇼군은 그 자리로 동한을 옮기고 벽면 아래 동한이 자리를 새로 온 정섭의 잠자리로 지정했다. 모두 잠자리에 누워 눈을 감고 있을 때 털보가 슬며시 선생님 쪽으로 고개를 틀었다.

"어디다 그렇게 편지를 쓰시오?"

이마를 천장으로 하고 두 손을 가슴에 올린 자세로 누운 선생님이 대답했다.

"제자들한테 씁니다."

상대방의 범죄사실이 여제자 성추행이니 털보로선 내막을 물어보기 민망했다. 미징역방에서도 털보는 이와 같은 수용수를 만난 적 있었으나 그는 지금 곁에 누운 선생님하고는 태도가 다른 사람이었다. 쇼군의 말대로 미징역방에 있던 그는 자신의 잘못에 대한 반성의 기미를 전혀 보이지 않았고, 오직 억울하고 재수 없었다는 변명으로 사건 전말을 설명했다. 도(道) 교육청에서 전수조사하면서 각

지역마다 할당량을 하달했는데 평소 다른 교사나 학생들과 어울리지 못한 자신이 찍혔다는 말이 그가 내린 결론이었다.

"그런 것도 추행이라면 시내버스는 어떻게 타고 지하철은 어떻게 타겠습니까? 그냥 애들 격려하는 차원에서 등 이렇게 몇 대 두드려주고, 공부 잘하라고 어깨 주물러주고…… 그런 게 추행이라면 말입니다."

그러나 털보 곁에 반듯한 자세로 누워 눈을 감고 있는 선생님은 그런 회피의 변명 따윈 눈곱만큼도 없는 사람이었다. 털보가 다시 묻기 전에 선생님이 한마디 더했다.

"죄인으로 벌을 받습니다만 그래도 제가 평생 선생으로 살아왔으니 마지막까지 선생의 도리를 다해야 하지 않겠습니까. 그래서 용서를 구한다는 편지를 씁니다."

"누구한테요? 그 제자한테요?"

"피해자 제자들한테도 씁니다만 다른 제자들한테도 다 씁니다."

"왜 다 쓰십니까?"

"그래야 다 구원받을 수 있지 않겠습니까. 죄인은 접니다만 그들도 상처를 입었잖습니까."

"반성한다고 쓰세요? 그래서 용서해달라고 하십니까?"

"반성은 수갑 차는 순간 이미 끝났어요. 지금은 저 때문에 상처 입은 제자들을 구원하기 위해 쓰죠. 그 아이들을 구원하기 위해서는 우선 절 구원해야 하니…… 그리고 보면 절 구원하기 위해 쓰는 셈이네요."

그러더니 선생님은 이렇게 되물었다.

"사장님은 그렇지 않습디까? 수갑 차는 순간에 확, 자신의 죄를 한 순간에 뉘우치게 되지 않던가요?"

털보는 잠깐 생각했다. 하지만 자신의 경우는 수갑 차는 순간 반성이 끝났다는 선생님 경우하곤 성격이 달랐다. 빚쟁이들 협박전화에 떨고 돈 걱정으로 생지옥에서 사느니 차라리 이편이 속 시원하다는 편이었다. 털보는 그러한 자신의 심정을 정직하게 말했다.

"사실 저는 그때 속이 시원했습니다. 천당 가는 기분은 아니지만 어쨌든 지옥에서 벗어났다는 생각이 들었어요. 돈 걱정이 그렇게 무섭습니다."

털보도 선생님도 침묵했으나 잠시 뒤 털보가 다시 물었다.

"뭐라고 쓰십니까? 그렇게 쓸 말이 많아요?"

"무슨 할 말이 있겠습니까만 시작하면 어떡하든 끝이 납니다."

"용서해달라고 하십니까?"

"그렇죠. 그런데 그 애들도 다 큰 애들이라 굳이 그런 말 하지 않고 다른 말 이리저리 해도 다 알아듣습니다. 제가 여기서 편지를 왜 쓰겠습니까."

"답장이 옵니까?"

"대부분 답장이 옵니다. 애들이라 다 순수하잖습니까."

잠시 침묵하다가 선생님이 또 말했다.

"순수한 아이들이라 용서를 빌면 받아들입니다. 용서하니 마니 그런 말을 주고받진 않습니다만 결론적으로 용서해요."

또 침묵하다가 선생님이 다시 말했다.

"가슴 아픈 일입니다."

또 잠깐 침묵한 뒤 선생님이 말했다.

"그러지 않고 평생 상처를 덮어두고 살아갈 순 없지 않습니까. 저도 그렇고 제자들도 그렇고…… 그래서 편지를 씁니다."

털보는 자세를 바로 해 반듯하게 눕고 길게 한숨을 내쉬었다. 눈을 감았다가 다시 떴다. 소등을 알리는 사이렌이 길게 소리를 지르고 벽에 매달린 선풍기는 이쪽에서 저쪽으로 저쪽에서 이쪽으로 고개를 휘저으며 돌아가고 그리고 저쪽 구석자리에서는 어느덧 드랑 드랑 코 고는 소리가 일어나고 있었다.

14. 접견

여동생을 만나기 위해 긴 복도를 걸어가는 빈대코의 마음은 한껏 들떠 있었다. 사고 나기 전 같이 밥 먹자고 들른 여동생의 아파트에서 보고 아홉 달 만에 처음 대면하는 여동생이지만, 그보다 지금 빈대코의 유쾌한 기분은 자신이 입고 있는 수용수복 때문이었다. 여동생에게 번듯한 오빠의 입성을 보여주게 됐다는 사실도 뿌듯할뿐더러 자신이 입은 수복이 앞서 걸어가는 교도관의 제복 못지않게 반듯하고 깨끗하다는 사실이 그를 자신만만하게 했다. 보무도 당당한 걸음걸이로 빈대코는 접견실을 향해 걸어가고 있었다.

위아래 딱 맞게 손질한 회청색 2급수 하복을 망치로부터 하사받은 날은 출역 나온 다음 날로 이미 보름 전이었다. 그날 새 옷을 차려 입고 보니 평생 선망하던 유니폼을 입은 자신이 더할 나위 없이 그럴듯해 보였다. 작업대 맞은편에 앉은 호호백발 최 사장이 그런 빈대코의 모양새를 칭찬했다.

"아주 설빔을 해 입으셨구만. 완전히 딴사람 같소."

그러면서 무슨 약 이름을 들먹였다.

"아로나민 골드 한 통 값으론 아주 그만인데?"

기계조로 돌아온 빈대코의 수용수복을 본 털보도 보기 좋다는 소리를 몇 번이나 되풀이했다.

"봉제에서 맞춘 옷보다 낫다. 딱 맞아."

털보는 봉제에서 옷을 맞추려면 5만 원 상당의 뭔가를 줘야 한다면서, 망치에게 아로나민 골드 한 통은 사줘야겠다는 말을 했다. 눈치 없기론 털보나 빈대코나 오십보백보였지만 그래도 털보는 장사하던 사람이고 빈대코는 과일나무 키우던 농부였다. 아로나민 골드는 교도소에서 판매하는 보조의약품 가운데 가장 비싼 종합영양제로, 최 사장의 말이나 털보의 말이나 옷에 대한 답례로 망치에게 그 약 한 통은 건네줘야 한다는 뜻이었다. 빈대코는 의약품 신청하는 날 아로나민 골드 한 통을 신청했고 며칠 뒤 망치에게 전했다. 그날 저녁 무렵 이젠 아주 익숙하게 타공기를 덜컥거리고 있는 털보의 귀에 대고 빈대코가 말했다.

"내가 자네도 옷 한 벌 해줄게."

털보를 데리고 망치에게로 간 빈대코는 지급받은 대로 입고 있는 털보의 옷을 벗기고 망치가 손질해 주름까지 잡아 말끔한 수용수복을 그에게 입혔다. 헤벌레 입을 벌리고 선 털보에게 빈대코가 말했다.

"내가 주는 선물이다. 어때? 좋지? 잘 맞아?"

두 팔을 천천히 벌려보면서 털보가 대답했다.

"어어…… 딱 맞는데?"

"이게 돼지띠 친구의 우정이다."

다음 날 빈대코는 해당 약품 고유번호를 동그라미 색칠로 표시하는 의약품 구매신청카드에 아로나민 골드 고유번호를 또 한 번 표시했다. 그러니만치 털보의 새 옷은 빈대코의 선물임에 틀림없었다. 몸에 딱 맞을뿐더러 다림질까지 한 옷을 입은 빈대코는 이전 후줄근한 옷 입을 때하곤 정신자세가 달랐다. 퇴근하고 방으로 돌아오면 조심스럽게 벗은 옷을 반듯하게 옷걸이에 걸어 천장에 매달았다. 한 달에 한 번쯤 빨고 다려 입을 참이라 여간 신경 쓰지 않는 그 옷을 입은 채 빈대코는 접견실 의자에 앉아 여동생을 기다렸다.

평소에 타고 다니던 스테인리스 차체가 크고 폭이 넓은 휠체어가 아니라 그보다 차체가 좁고 작은 휠체어에 앉은 여동생이 유리창 칸막이 저편 출입문에 나타났다. 그 뒤로 못 보던 젊은 남자 한 명이 따라 들어왔다. 의자에서 일어난 빈대코는 여동생의 이름을 불렀건만 여동생은 아무런 말도 하지 못하고 두 눈만 똥그랗게 치떴다. 그러다간 병신처럼 입술을 이죽거리며 울었다.

"제가 자원봉사잡니다. 제가 운전해 모시고 왔어요."

휠체어 손잡이를 잡은 젊은 남자가 여동생 대신 인사했다.

"많이 더우시죠? 요즘 밖은 어지간히 덥습니다."

자원봉사자는 경험이 많은지 분위기를 맞출 줄 알았다. 하지만 코를 훔친 손수건을 들어 보이며 여동생이 뒤에 선 그를 제지했다. 그 참에 빈대코의 말이 툭 튀어나갔다.

"여기도 밖이 있어요. 대운동장이 아주 넓어서……."

"오빠…… 머리는 왜 그래요? 다 안 깎아요?"

평생 처음 교도소 접견실에 온 여동생은 영화에서 본 옛날 감옥의 장면을 연상하고 우리 오빠는 왜 죄수처럼 머리를 빡빡 밀지 않았을까 궁금하게 여겼다. 빈대코 머리맡 벽면에 매달린 선풍기는 뜨거운 바람을 뒤흔들 뿐 저편의 말소리를 제대로 들을 수 없도록 했다. 빈대코는 땀방울 솟은 대머리를 매만지면서 목소리를 높였다.

"이렇게 깎는다. 다 이렇게 깎고 장발로 길러 묶고 다니는 사람도 있는데."

"옷은 깨끗하네요. 여기서 주는 옷이죠?"

"그래, 옷이나 뭐나 다 여기서 줘. 밖에서 넣어줄 수가 없다."

"깨끗해요."

빈대코는 자리에서 일어나 반듯하고 맞춤한 바지까지 여동생에게 보여줬다. 그러고 다시 의자에 앉은 빈대코에게 여동생이 재차 물었다.

"먹는 건 어때요? 먹을 만해요?"

"그래그래, 어떨 땐 집에서 먹기보다 낫다. 엄청 잘 먹는다. 요구르트도 주고 요플레도 주고 뭐 별거 별거 다 준다."

"얼굴은 더 좋아졌어요. 살이 붙었네요."

"응, 나는 잘 먹고 잠도 잘 잔다. 일하는 데도 기계조야."

"네? 어디서 일을 해요?"

"그래, 너 거기 들고 다니는 종이봉투…… 백화점에서 주는 거…… 그거 다 내가 만든다. 구멍을 뚫어."

의식주라는 말의 순서에 따라 옷과 음식부터 질문한 여동생은 마지막으로 '주(住)'에 대해 물었다.

"방은 좋아요? 잠은 잘 자요? 이불은? 오빠는 여름에도 이불 덮고 자잖아."

"다 좋아! 아무 걱정 말아라. 그러니 니는 니 걱정이나 해."

여동생은 또 왈카닥, 울음을 터뜨렸다. 닭똥같이 덩이 큰 눈물방울을 후드득후드득 떨구면서 입술과 입술 주변의 근육을 덜덜덜 떨어댔다.

"그러니 걱정을 말아. 여긴 다시 올 필요 없다. 우리 돼지띠 동갑내기 친구가 있는데 그 친구가 다 알아서 해줘. 그러니 나는 걱정이 없지."

손을 들어 눈물과 콧물을 거두어낸 뒤 입술을 실룩거리면서 빈대코가 또 말했다.

"마루 밥이나 제대로 주는지 가봐라. 그리고 사과는 다 땄나? 집에 차를 세워놨는데 세복이더러 어디 딴 데로 잘 좀 끌어다 놓으라 해라. 나는 한 여섯 달만 더 있으면 나간다. 내년 설만 쇠면 금방 나갈 거야. 내년 설…… 구정 말이다."

세복이는 동네에서 같이 자라고 큰 친구로 지금은 지역방송사 주차장 관리인으로 일하고 있는 기해생 돼지띠 동갑내기였다. 알아들었다는 뜻으로 여동생은 고개를 끄덕였다. 그러느라 길게 늘어져 흔들리던 묽은 코 줄기가 그녀의 가슴 녘에 달라붙어 동작을 멈췄다.

"나는 돈이 많아. 그러니 니 걱정이나 해. 나는 돈이 많아 더 필요없다. 알았지?"

15. 화상접견

"일곱 살 여섯 살 연년생 남매다. 위가 손자고 아래가 손녀지."

어제 오후 화상접견 통보를 받은 털보는 아침부터 기다리고 있었다. 접견 예약시간이 오후 두 시부터 15분간으로 정해져 있는데도 불구하고, 한 달 만에 아들을 본다는 기쁨으로 좌불안석 입맛을 다시며 할 필요도 없는 말을 늘어놓았다.

"걔를 임신하는 바람에 부랴부랴 결혼했잖아. 걔가 올해 서른일곱이야. 내가 스물넷이고 걔 엄마가 스물여섯일 때 낳았으니까."

이러나저러나 아들이고 딸이고 손자고 손녀고 자식이라곤 없는 빈대코로선 그냥 그러려니 아들 만나는 털보의 심정을 이해할 수 없었다. 시간이 되자 입구에 나타난 교도관이 털보의 이름을 불렀고 진작 상의를 차려입고 있던 그는 얼른 자리에서 일어났다. 그때 총무가 털보의 옷깃을 잡았다.

"조장한테 신고하고 가세요."

털보는 집에서고 어디서고 부모한테도 하지 않던 출타인사를 하러 조장 앞으로 갔다.

"접견 좀 갔다 오겠습니다."

"네네, 화상접견이라고 했죠?"

지난밤 잠자리에 누워 이런저런 얘기를 마친 뒤였다. 아들의 화상접견은 한 달이나 두 달에 한 번쯤 있었고 그러지 않아도 이쪽에서 자주 전화하기에 그리 대단한 일이 아니었다.

"다녀오겠습니다."

복도로 나가면서 털보는 기계 앞에 앉아 작업 중인 빈대코한테 다시 한 번 눈짓을 했다. 익숙하게 철걱철걱 타공기 페달 밟는 리듬이나 쇼핑봉투 입을 벌려 펀치 안으로 밀어 넣는 빈대코의 동작이 박자가 맞았다.

털보나 빈대코는 둘 다 2급수 수용자로 대면접견이든 화상접견이든 접견은 한 달에 여섯 번, 이쪽에서 밖으로 하는 전화는 한 달에 네 번이었다. 빈대코는 대부분 그냥 흘려버렸으나 털보는 그렇지 않았다. 평생을 기름장사로 살았으니 찾아오는 사람이 많았고 여섯 번의 접견이 부족할 정도였다. 1심 재판이 끝날 때까지는 고향 근처 교도소에 수감돼 있었고 매일 접견 가능한 미결수였기 때문에 날마다 접견실로 오갔다. 돈 내놓으라고 찾아오는 빚쟁이도 있었지만 그의 주유소에서 일하던 노인들이 번을 돌며 찾아왔다. 법 없이도 살 사람이 왜 이렇게 됐느냐고 안타까워하면서 노인들은 재판 진행 중에 연명탄원서를 제출하기도 했다. 그러나 그러한 소위 지인의 방문과 아들의 방문은 성격이 달랐다.

"얼굴 좋아지셨네요?"

탁자 위에 놓인 모니터에 나타난 아들이 털보에게 인사를 했다. 아들은 지금 고향에서 가까운 교도소 민원실에 있었고 털보는 멀리 떨어진 교도소 화상접견실에 있었다. 송수화기를 들자마자 털보는 아들의 목소리를 들었다.

"더운데 몸은 어떠세요?"

"다 괜찮아. 여기도 사람 사는 곳인데 덥다고 쩌죽기야 하겠나. ……주영이 서영이는 다 잘 있나? 미술학원 피아노학원은 잘 다니고?"

아들은 다른 이야기를 했다.

"그런데 아버지, 우리 탱크로리 그냥 걔들한테 넘겼어요. 할부 몇 달 넣긴 했지만 잔금이 너무 많고 미납금에 연체금이 잔뜩 붙었어요. 그리고 걔들이 그쪽으로 찾아가 압류하다시피 뺏어 갔으니 어쩔 수 없죠."

"그래그래, 그냥 가져가라고 해라. 중고 잘 팔아도 잔금 반도 안 될 테니 걔들도 오죽하겠나. 주영이 엄마는 잘 있나?"

"네, 잘 있어요. 서영이는 피아노 그만두고 주영이하고 미술 배워요. 학원으로 가지 않고 집으로 오시는 미술선생님이 있어요."

"그래? 주영이는 내년에 학교 들어가지?"

손자의 입학에 관한 질문은 접견 때마다 한 번도 빠뜨린 적이 없었다.

"주영이 학교 들어가기 전에 한번 봤으면 좋겠다. 주영이 서영이 담에 한번 데리고 와라."

털보의 말은 진심이 아니었다. 말을 하다 보니 그렇게 툭 튀어나왔을 뿐, 꾀가 말짱하고 감수성 예민한 아이들을 교도소 민원실로 끌고 와 수용수복 입은 할아버지와 대면시킬 생각은 없었다. 하지만 아들은 달랐다.

"여기 데려올 순 없고요, 제가 알아보니 스마트접견이라고 핸드폰으로 하는 접견이 있어요. 저는 집에서 핸드폰으로 보고 아버지는 지금처럼 화상접견 하는 거죠. 그럴 땐 아버지가 사복으로 갈아입을 수 있도록 한다고 하던데요?"

"그래?"

털보로선 그런 방식은 1급수들이나 이용하는 특별한 접견인 줄 알았다. 기실 손자손녀 얼굴 보고 싶다는 욕심은 욕심일 뿐 실현 가능하리라는 생각은 꿈에도 해본 적이 없었다. 아들은 그런 방식으로 대면이 가능하다고 말했다.

"그런 게 있어?"

"네, 직계가족만 신청할 수 있답니다. 신청한 뒤 허가받는 절차가 있지만 우리야 뭐 하자 없으니 그러면 그냥 집에서 지금처럼 아버지하고 화상접견 할 수 있어요. 화상통화 하듯이요."

"그래? 그럼 주영이 서영이 얼굴 봐도 되겠구나."

기쁜 마음으로 화상접견을 끝낸 털보는 대기실로 돌아왔다. 대기실은 화상접견 이전 수용자와 이후 수용자의 영역이 목재 패널로 나뉘어져 있고 전화하러 온 수용자도 함께 이용했다. 털보는 그곳에서 아주 더러운 자식을 만났다.

"어이쿠, 이게 누구십니까?"

정작 아들과 대면하고 있을 적엔 괜찮았으나 손자손녀 이야기를 나누다가 송수화기를 내려놓고, 까맣게 꺼져버린 모니터를 바라보는 순간부터 눈물이 흘러내리기 시작했다. 그렇게 찔찔 짜고 있는 참에 미징역방에서 같이 지내던 호로새끼를 그곳에서 다시 만났다. 재혼한 아내가 데리고 온 아들을 때렸다고는 하지만, 여하튼 그는 아동학대와 아동폭행으로 죄질이 더러운 데다가 잔머리의 고수였고 평생 교도소에서 살 놈처럼 온갖 수작을 부렸다.

"내가 영선(營繕)으로 간다고 그랬죠?"

그는 자신이 큰소리치던 대로 영선반으로 배치받았다면서 생육갑을 떨었다.

"어제는 여사(女舍)로 영선 갔다 왔어요."

영선반은 교도소 영내에서 건물 수리보수나 청소 따위 허드렛일을 담당하는 출역수 집단이었다. 활동영역이 사동만이 아니라 교도관 집무실과 여자 수용수들이 수감된 여사까지라 이리저리 돌아다닐 수 있다는 이점이 있었다. 이 호로자식은 지금 그 자랑질을 하고 있는 것이다.

"여사 혼거실 변기가 막혀서 그걸 뚫으러 갔는데 빠나나 껍질이 이만큼 나오고…… 아이고 냄새는 얼마나 구리던지."

그러면서 방금 아들과 헤어져 손주들 생각에 울고 있는 털보의 정서에 똥물을 끼얹었다. 평소엔 화를 내도 험한 말 할 줄 모르는 털보도 이참에는 그냥 넘어가지 못했다. 울음을 그치고 그 호로자식을 노려보며 호통을 쳤다.

"야, 이놈아…… 너는 여기서 팔자를 고칠래? 여자 죄수 방에 들어가 변기 뚫어주고 온 게 무슨 큰 인생의 업적이냐?"

16. 묵주

"나는 천주교고 부처님이고 다 안 가요. 사장님은 잘 갔다 오세요."

종교 집회에 다녀오겠다는 털보의 말에 쇼군이 그렇게 대답했다. 윗도리를 들어 팔을 꿰는 털보를 바라보며 쇼군이 한마디 더 했다.

"하느님이든 신이든 그런 분이 계신다면 사람이 돈을 만들게 내버려두진 않았을 거요."

종교 활동은 매주 수요일에 있었다. 미결방이나 미징역방에선 우르르 너도나도 몰려갔는데, 우선은 신앙 활동을 하려는 뜻이지만 그밖에도 방을 벗어나 시간을 흘려보내려는 이유와 다른 방에 있는 수감자를 만나 말이라도 한마디 주고받으려는 목적이 있었다. 더군다나 집회가 끝나면 나누어주는 음식이 또한 귀한 선물이 아닐 수 없었다. 천주교에선 단팥빵을 주고 기독교에선 비스킷과 사탕을 주고 불교에선 떡을 줬다.

하지만 작업량이 정해진 공장에서 종교 활동 하겠다는 말은 눈치 보이는 일이었다. 그럼에도 털보가 종교 집회에 참가하겠다고 나선 이유는 묵주 때문이었다. 출역 나오기 전 천주교 집회에서 묵주를 신청해뒀고 오늘이 그 묵주를 받는 날이었다. 작은 목제 구슬로 꿴 묵주는 팔찌라기엔 크고 목걸이론 작았는데, 처음엔 관심이 없었으나 가만히 보니 주영이에게 줄 선물로 안성맞춤이었다. 보좌수녀님이 묵주 필요하신 분은 도우미 수용자에게 신청하라면서 한 달 뒤 나누어주겠다고 공고했다. 그 묵주를 찾으러 털보는 망치가 이끄는 일행을 뒤따라 천주교 집회로 출발했다.

젊은 신부님은 며칠 전 상하이 출장길에서 겪은 사건에 대해 이야기했다. 결국은 술 마시지 말라는 말씀으로 술주정뱅이 탑승객 한 사람 때문에 이륙이 한 시간이나 지연됐으며 그를 끌어내린 뒤에야 비행기가 뜰 수 있었다는 내용이었다. 가까운 좌석에서 그 과정을 지켜본 신부님은 재미있는 말솜씨로 술주정뱅이의 난동을 묘사했다. 그러더니 성경을 펴고 잠언의 한 문장을 읽었다.

"재앙이 뉘게 있느뇨. 근심이 뉘게 있느뇨. 분쟁이 뉘게 있느뇨. 원망이 뉘게 있느뇨. 까닭 없는 창상이 뉘게 있느뇨. 붉은 눈이 뉘게 있느뇨. 술에 잠긴 자에게 있고 혼합한 술을 구하러 다니는 자에게 있느니라."

신부님은 여기에 나오는 '혼합한 술'은 칵테일이 아니라 폭탄주라고 웃으면서 말했다.

"여러분도 밖에 계실 때 폭탄주 좋아하셨죠?"

다들 입맛을 다시며 착한 유치원생들처럼 네에…… 하고 일제히 대답했다. 하지만 털보는 대답하지 않았다. 자신의 죄는 술하고는 관련이 없을뿐더러 자신은 폭탄주니 회오리주니 말만 들었지 폭음을 즐기지 않았기 때문이다. 어떡하면 술이라는 악마로부터 벗어나 보람차고 혁신적인 삶을 살아갈 수 있는지에 대해, 신부님은 자신이 신학생 때 만난 교사(校舍) 관리인 늙은이의 경우를 대입해 설명하기 시작했다. 그러나 털보는 딴생각에 빠져 있었다.

"사람들이 돈을 만들 때 천주님은 뭘 하고 계셨나?"

털보의 중얼거림은 상대방 없는 혼잣말이니 대답이 있을 리 없었다. 그래서 털보는 이전 심야의 주유소 사무실에 홀로 앉아 하고 또 하던 생각을 그 질문에 대한 답으로 내놓았다.

"그때 천주님은 선량하고 부지런한 사람들과 들판에 있었다. 그래서 그놈들이 돈 만드는 걸 눈치채지 못했다."

이를테면 돈을 만들고 국가를 만든 놈들은 벌판에서 일하는 사람들과 달리 어두운 동굴에 숨어 사는 문제적 인간이라는 뜻이었다. 창창한 하늘 아래 펼쳐진 푸른 들판에서 과일을 따 모으고 물고기 잡는 사람들과 어울려 지내시던 천주님은 동굴 속에서 무슨 일이 벌어지는지 알 수 없었다. 그러한 자신의 대답에 털보는 흥, 콧방귀를 뀌었다.

"멍청한 천주님이로구나."

중얼중얼 신부님의 목소리를 귓등으로 흘리면서 눈을 감은 채 털보는 또 이렇게 물었다.

"그럼 지금은 천주님이 어디 계신가?"

털보는 그러한 자신의 질문에 대한 답도 이미 마련해두고 있었다.

은행에서도 사채업자에게도, 일가친척에게도 친구들에게도 동창생들에게도, 합법적 방법으로도 불법적 방법으로도, 이젠 그 어떤 방법으로도 땡전 한 푼 구할 수 없다는 참담한 현실에 대한 수치심을 씹고 또 곱씹을 때였다. 담배개비를 입술에 걸치고 스산한 한밤의 주유소 풍경을 내다보면서 돈으로 얽히고설킨 이 망할 놈의 문명을 저주했다.

"천주님은 떠나가시고 말았다. 천주님도 사탄도 이젠 돈이라면 지긋지긋하다고 한다."

어쩌면 그렇지 않을 수도 있다고 털보는 생각했다. 천주님이 우리 곁을 떠나신 것이 아니라 이곳저곳 모든 곳에 임하시어 여전히 우리를 지켜보고 계신지도 모른다는 생각이 들었다.

"여기저기 어느 곳에나 계실지도 몰라."

은행을 만들고 국가를 만들고 돈을 만들고 법을 만들고, 양조장을 만들고 술을 만드는 구루병환자와 각기병환자와 게으름뱅이와 청맹과니들이 사는 동굴 속에도 계시고, 사막에도 계시고, 논밭에도 계시고, 김밥집에도 계시고, 응급실에도 계시고, 사과나무 가지 사이에도 계시는지 모른다고 털보는 생각했다. 그렇다면 돈의 문제도 죄의 문제도, 술주정의 문제도 용서의 문제도 회개의 문제도, 그 모든 문제의 책임을 천주님한테만 떠넘길 순 없는 일 아닌가, 하고 털보는 생각했다.

그 순간 털보는 아차! 나도 술 때문에 생긴 문제가 있었구나, 하고 오래전 어느 날 밤의 한 장면을 기억했다. 지금은 이혼한 아내지만 38년 전 그녀는 주유소 경리 사원이었고 털보보다 두 살 위 누나였다. 방위병 소집이 끝나는 대로 대학에 가려고 털보는 방위병 근무 중에도 입시공부를 하고 있었다. 그러던 어느 겨울날 밤 누나와 술을 마셨고 정신을 차리고 보니 그녀의 자취방이었다. 두 달 뒤 임신이라는 말을 들었다. 그로 인해 아들이 태어났으며 그로 인해 주영이와 서영이가 태어났다면 이제 와 술을 원망할 필요는 없다고 털보는 생각했다. 그 손자에게 줄 성물을 받으러 지금 이곳에 앉아 있는 자신을 무시하고 싶지 않았다.

예배절차가 다 끝나자 도우미 수용자가 차례로 이름을 부르며 지난달 주문한 묵주를 나누어줬다. 장미문양을 새긴 작은 나무구슬을 엮은 가늘고 기다란 묵주였다. 이전에 신청할 적엔 주영이만 생각했으나 하나를 받고 보니 서영이 얼굴이 떠올라 애상 받쳤다. 아차차…… 털보는 엉거주춤 일어나며 손을 들었다.

"저어기…… 이거 하나 더 줄 수 없소?"

놀란 눈으로 도우미 수용자가 되물었다.

"뭘요? 이 묵주 말입니까?"

"네, 나 하나 더 줄 수 없어요?"

그는 그럴 수 없다고 대답했다. 안타까운 표정으로 슬그머니 주저앉는 털보를 뒤돌아보던 앞자리의 수용자가 털보에게 물었다.

"왜 그러시오?"

털보로선 처음 보는 얼굴이었지만 그가 그렇게 물으니 사실대로 말하지 않을 수 없었다.

"이걸 하나 더 얻었으면 해서 말이오."

"왜?"

"어어…… 이건 우리 손자 줄 건데 손녀 생각이 나서 하나 더 있었으면 하고 말이오."

"그래요? 그럼 담 주 여기로 와요. 내가 드리겠소."

뒤에서 지켜보는 CRPT 요원의 눈을 의식해 앞자리에 앉은 그는 자세를 바로 하면서 나지막한 목소리로 말을 마쳤다.

"방에 내 묵주가 있소. 다음 주 가져와 사장님 드릴 테니 여기로 와요."

"네, 네……."

그렇게 감사인사 하는 털보의 눈동자 주변으로 졸지에 눈물이 실렸다. 왠지는 알 수 없었다. 그냥 눈물이 솟아나와 눈동자를 적시면서 눈시울을 넘어 주르륵 흘러내렸다. 그런 꼴로 자리에서 일어나 출구로 향한 대열에 끼어 대강당 출입문 쪽으로 다가갔다. 앞에서 단팥빵을 나누어주고 있었다. 어서 저 빵을 받아들고 공장으로 돌아가 빈대코를 기쁘게 해줘야지, 하는 생각에 털보의 가슴은 울렁거렸다.

17. 세족식

신임 교도소장에 관한 훈훈한 이야기는 금요일에서 일요일까지 이어졌다. 금요일 점심에는 교도소장이 하사한 삼계탕이 기본배식에 덤으로 따라 나왔다. 공장이 휴업하는 토요일부터 혼거실은 방방마다 교도소장의 세족식 이야기로 내내 화기애애했다.

"예수님이 따로 없으시구만."

독실한 천주교인으로 네 번이나 성경필사를 마무리한 망치가 말했다.

"그래서 신앙이 중요해. 주님을 따라가면 그곳이 하나님 나라란 말이다."

부식 외주업체에 주문하면 가져다주는 삼계탕이야 그렇다 쳐도 수용자들의 발을 직접 씻어줬다는 사실은 어느 모로 보나 쉽지 않은 일이었다. 세족식 대상자 열두 명에 포함된 털보와 빈대코의 이야기를 들으면 교도소장의 세족식은 위선이랄 수 없었다.

세족식은 금요일 오후 인성교육 시간에 있었다. 형이 확정돼 수용생활을 시작한 수용자의 갱생을 위한 교도교과과정 가운데 하나가 인성교육으로, 총 120시간이니 하루 여덟 시간씩 주 5일로 대개 3주 동안 진행했다. 출역 나온 지 한 달이 다 돼가는 털보와 빈대코의 인성교육이 시작된 날은 8월 첫째 주 목요일이었다. 제1위탁공장은 이들 두 명 이외에도 한 명이 더 있었고 이 공장 저 공장도 한두 명씩 있고 미징역방에도 세 명이 있어 총 열두 명이었다.

7월에는 오전이던 운동시간이 8월이 되자 오후로 조정됐다. 털보와 빈대코는 오전 인성교육을 마치고 공장으로 돌아와 점심을 먹은 뒤 다른 수용자들이 운동 나갈 때 다시 인성교육장으로 갔다. 미징역방에 있을 적엔 초록색 노트를 들고 인성교육 받으러 방을 나서는 동료가 그렇게 부럽더니 쇼핑봉투 구멍 뚫기와 대운동장 산책에 재미를 붙인 지금엔 성가신 마음이 없지 않았다.

"나는 자리에 앉기만 해도 잠이 쏟아진다."

복도를 걸어가며 빈대코가 말했다.

"강사라는 아가씨나 아저씨나 그 사람들이 하는 말이 뭔 소린지 도통 알아들을 수도 없고."

인성교육 이틀째 되는 금요일 오후 마지막 시간이었다. 담당 교도관이 이번 시간에는 교도소장님의 방문과 훈시가 있으니 조는 사람 있어서는 안 된다고 주의를 주고 얼마 지나지 않아, 표정 딱딱하게 굳은 수하 교도관 셋을 거느린 교도소장이 강의실로 들어와 강단으로 나섰다. 어제 시작한 인성교육에 임하는 수용자에 대한 인사와 부임한 지 며칠 지나지 않은 자신에 대한 소개를 간단히 마친 교도소장은 출입문 쪽으로 손짓해 대기하고 있는 교도관을 불렀다.

"이리 가지고 와. 여기 내려놔. 여기…… 여기!"

젊은 교도관 둘이 세족식 도구를 챙겨들고 강의실 앞으로 나왔다. 플라스틱 세숫대야 두 개와 비눗갑, 물이 담긴 플라스틱 양동이와 세면수건이 잔뜩 든 플라스틱 상자 그리고 목욕탕용 플라스틱 의자가 교도소장과 교육생 수용자 사이에 놓였다. 그들이 이러한 물건을 배치하는 동안 연단에 선 교도소장이 말했다.

"여러분, 제가 무슨 예수님이나 부처님 흉내를 내자는 게 아니라…… 인성교육 시작하신 여러분이 보다 진지하게 교육에 임하시도록 제 나름대로 이렇게 교육을 하는 겁니다."

그러면서 열두 명의 수용자를 하나하나 둘러보았다.

"여러분…… 여러분은 죄를 지어 지금 벌을 받고 있습니다. 하지만 세상천지 여러분만 죄인은 아니오. 저도 그렇고 저 바깥 사회에 살고 있는 사람들도 다 죄인입니다. 여러분은 소위 법망에 걸려들어 이곳에서 죗값을 치르고 있습니다만 다른 사람들도 다 저마다 죄를 짓고 벌을 받으며 살아요. 그러니 타고난 죄인도 없고 영원한 죄인도 없습니다. 누구든 죄를 반성하고 새로운 사람으로 다시 살아가면 되지 않겠습니까."

교도소장은 우선 태극무궁화 활짝 핀 모자를 벗어 연단에 내려놓았다. 이어 제복 상의를 벗고 바짓단을 접어올리고 시계를 끌러놓은 뒤 납작한 목욕탕용 플라스틱 의자에 올라앉아 자세를 잡았다. 강의실 가운데쯤 앉아 있던 털보와 빈대코의 순서는 중간쯤이었다. 세면

수건을 든 교도소장이 세족을 마친 수용자 청년의 발을 닦아주고 있을 때 털보가 자리에서 일어나 앞으로 나갔다.

"선생님은 어떻게 여길 오시게 됐습니까?"

교도소장과 마주 앉은 털보는 교도소장의 정수리를 내려다보느라 얼른 대답하지 못했다. 차가운 물에 담근 발끝에서 시작된 시원한 쾌감이 가슴으로 치솟았다. 물에 잠긴 털보의 왼발을 두 손으로 움켜잡은 교도소장이 천천히 발등과 발뒤꿈치를 매만지며 다시 물었다.

"사회에 계실 땐 무슨 일을 하셨어요?"

그제야 털보는 정신을 차렸다.

"주유소를 했습니다."

"네네, 좋은 사업을 하셨네요. 주유소는 어디서 어떤?"

"많이 할 땐 여섯 개까지 운영했습니다. 다 수도권에 있고 일반 주유소하고 같습니다만 항만이 가까워 주로 배에 기름을 댔습니다."

"사업을 크게 하셨네요?"

"그러다가 2년짜리 터널공사에 기름을 댔는데 그게 그만 잘못됐어요."

"저런……."

교도소장의 솜씨는 초짜 같지 않았다. 다 씻은 두 발을 맑은 물 담긴 세숫대야로 옮겨 헹구고선 한 발 한 발 세면수건으로 감싸 물기를 닦아냈다. 몇 분 걸리지도 않았다. 마지막으로 털보의 오른발을 닦으면서 교도소장은 목을 뒤로 젖혀 털보와 눈을 맞췄다.

"선생님, 힘내세요. 남은 형기 잘 마무리하시고 얼른 돌아가셔서 다시 주유소 운영하시기 바랍니다."

"네!"

다음 차례는 빈대코였는데, 그는 가능하다면 자신은 이런 이상한 상황에 휘말리기 싫었다. 어떡하든 자신은 하고 싶지 않으니 빼달라고 인성교육 담당 교사(矯士)에게 하소연했지만 가능한 일이 아니었다. 그래서 그도 엉거주춤 앞으로 나가 교도소장의 정수리를 내려다보고 앉아 고무신을 벗고 맨발을 물에 잠갔다. 날랜 솜씨로 빈대코의 왼발을 사로잡으며 교도소장이 물었다.

"식사는 잘 하십니까?"

"네!"

"우리 소(所) 식단이 아주 좋습니다. 영양가 면으로나 위생 측면으로나…… 맛은 어떤지 모르겠어요? 선생님은 어떠세요? 맛있습니까?"

"네, 아주 맛있습니다."

"날씨가 많이 덥죠? 그래도 배탈 조심해야 하니 주무실 땐 이불을 덮으세요. 가벼운 이불이 있습니까?"

"네, 있습니다."

"선생님은 지금 어디 공장에 계십니까? 아니면 거실에 계십니까?"

머뭇거리는 빈대코를 대신해 인성교육 담당 교도관이 얼른 대답했다.

"제1위탁입니다."

교도소장은 다시 빈대코를 향해 질문을 던졌다.

"제1위탁은 지금 어떤 작업을 하고 있습니까?"

또 어리바리 멀뚱멀뚱하게 앉아 있는 빈대코를 대신해 이번엔 세족식 도구를 들고 온 젊은 교도관이 대답했다.

"네, 제1위탁은 현재 쇼핑봉투 제작 중입니다. 그리고 제2위탁은 어로용 그물 제작 중입니다."

허리를 펴고 상체를 세운 교도소장이 빈대코와 마주 보며 마무리 채비를 차렸다.

"자아, 다 됐습니다. 여기 수건…… 어떠세요? 일은 하실 만합니까?"

"네네, 저는 기계존데 좋습니다. 할 만합니다."

세족을 마치고 의자에서 일어나 크게 몸을 숙여 인사하는 빈대코에게 교도소장이 작별인사를 했다.

"선생님…… 힘내십시오! 네, 네…… 힘내세요!"

18. 죽음

8월 두 번째 주 월요일 아침 교도소는 통째 발칵 뒤집혔다. 아침 배식시간까지 뒤숭숭하던 분위기의 내막이 그나마 밝혀진 때는 제1위탁공장 수용자가 모두 출근해 인원파악을 마친 뒤였다. 내 그럴 줄 알았다는 듯이 쇼군이 말했다.

"그 영감님들 기어이 사고 크게 치고 가시는구나."

지지난 주 수요일 징벌방에 수감된 노인 수용자 둘이 주검으로 발견됐다. 야간순찰이 있지만 자리에 반듯이 누운 노인이 잠자는 줄 알았지 죽었다고 볼 순 없는 노릇이었다. 기상시간에도 일어나지 않아 문을 따고 들어가보니 그 지경이었다. 아직은 누구도 정확한 사인을 알지 못했지만 이구동성으로 사건의 내막을 짐작했다.

"안됐다, 안됐어!"

기계조 조원들과 식탁에 둘러앉아 있던 쇼군은 사건을 연민으로 해석하는 편이었다. 그들과 함께 식탁 한쪽 귀퉁이에 앉은 청년 수용수는 폭염의 날씨와 두 노인을 방치한 교도행정을 싸잡아 욕했다.

"씨발, 이렇게 더운데 열흘 넘게 그딴 방에 처박아놨으니 천하장사래도 뒈지겠다."

1급수 수복을 입고 있는 그는 동안의 미남자였다. 털보와 빈대코가 인성교육으로 자리를 비우자 쇼군은 자재창고에서 별 할 일 없이 빈둥거리는 그를 기계조로 불러 땜빵으로 쓰고 있었다. 소년원에서 교도소로 이감한 무기수인 그는 '레옹'이라는 별명으로 불리는 서른네 살 먹은 빵잡이로 징역살이 17년째였다. 이빨 다 빠진 불그죽죽한 잇몸을 드러내 보이며 탁 사장이 레옹에게 물었다.

"거긴 선풍기도 없지?"

레옹은 여전히 욕설로 대답했다.

"씨발, 징벌방에 무슨 선풍기가 있겠어요."

2천여 명이 수용된 교도소다 보니 수시로 사건사고가 터지지만 이번은 그 강도가 유별났다. 1, 2급 수용수가 수감된 경경비교도소라 살인이나 탈옥이나 자살과 같은 대형사건이 터지는 일은 없었고 기껏해야 폭행과 계간이 어쩌다 발생했는데, 그 정도의 사고는 자체에서 해결할 수 있었다. 그러나 이번 사고는 고의가 아니더라도 사람이 죽었고, 하나도 아니고 둘이고, 열사병인지 탈수증인지 뭔지는 몰라도 폭염이 기승을 부리는 시기에 좁고 무더운 징벌방에서 일어난 일이었다. 더군다나 한 명은 출소를 보름 남짓 남겨놓은 노인이고 보니 간단한 문제일 수 없었다. 탁 사장은 죽은 노인들보다 교도소와 교도소장을 걱정했다.

"새로 온 교도소장은 상황파악을 못했을 텐데. 제대로 보고 받았다면 이 지경이 되도록 처박아두진 않았을 거 아니오."

어제까지 칭송의 대상이었던 교도소장인지라 누구도 그에 대한 원망은 없었다.

"그 양반은 초장에 똥 밟은 거네요?"

교도소장에 대한 총무의 동정에 레옹과 쇼군이 달달한 해설을 덧붙였다.

"일주일이면 찍인데 너무 오래 박아뒀어요."

"상처가 심하니 어느 정도 나을 때까지 거기서 치료할 생각이었겠지. 다 낫지도 않은 사람을 그대로 출소시킬 순 없잖아."

총무는 두 노인의 죽음을 어이없어했다.

"여하튼 그 어르신네들 팔자가 참 웃기네요. 어디 죽을 데가 없어 교도소 징벌방에서……."

레옹이 농담을 했다.

"좋은 데로 가셨겠죠. 징벌방에서 땀 뻘뻘 흘리다가 KTX 타고 시원한 하늘나라로 논스톱으로 갔겠죠. 지금쯤 하늘나라 풀장에서 비키니 아가씨들하고 한참 물장구치고 놀고 있을지도 몰라요."

나이 든 사람들은 가만히 있는데 저 혼자 나불나불 떠들어대는 레옹에게 탁 사장이 짜증을 부렸다.

"야, 이 자식아! 좀좀 까불지를 말아라. 하늘나라라고 신고도 없이 막바로 떵까떵까 놀겠냐? 아직 저승사자하고 가고 있을지 염라대왕한테 신입신고 하고 있을지 니가 어떻게 알아?"

"하늘나란데 왜 염라대왕이오, 옥황상제지."

"야, 인마! 그 양반이고 그 양반이고 다 마찬가지야. 여기나 저기나 이감 가면 신고부터 하고 방 배정받는 거야."

"아고, 사장님. 거기가 뭐 징역이오? ……하늘나라가 빵이오?"

교도소라는 곳은 드세고 괴팍한 범죄자들을 강제로 가두어두는 곳이라 어지간히 탄탄하고 농밀하게 조이고 감시해도 어이없는 일이 수시로 일어났다. 그중에서 가장 경계하는 사건은 탈옥과 자살이고, 이 두 가지에 관한 사전정보를 보고하는 수용자는 수감성적에 특별가산점을 받았다. 하지만 탈옥과 자살을 그렇게 엄벙덤벙 준비하는 바보가 있을 리 없으니 교도소는 모든 시설에 대비책을 마련하고 있었다. 2중 3중으로 둘러싼 8척 시멘트 담과 그 위에 설치된 가시철조망과 CCTV가 그러하고, 그 끄트머리마다 자리한 감시초소가 그러했다. 그러한 시설이 외부의 방책이라면 출입구마다 설치된 시건장치는 내부의 방책이었다.

탈옥에 대한 대비책에 비해 자살에 대한 대비책은 훨씬 정교하고 야무졌다. 혼거실이든 독거실이든 모든 방의 선반과 상부구조물 모서리는 사선으로 다듬어져 목을 매고 싶어도 끈을 걸 만한 곳이 없었다. 천장을 가로지르는 빨랫줄 결합부도 겨우 빨래의 무게를 지탱할 정도로 약하게 설치해 그곳에 목을 매달아봐야 목적을 이룰 수 없다. 빨래보다 가벼운 몸이 아니라면 죽기 전에 방바닥으로 떨어져버리고 마는 것이다. 이렇게 용의주도한 방책을 마련한 이곳에서 일어난 두 노인의 죽음은 참으로 의외의 사건이 아닐 수 없었다.

"징벌방에 에어컨을 달아야 돼. 그러잖으면 또 죽는다."

탁 사장의 제안에 총무가 웃으면서 대꾸했다.

"그럼 좋겠네요. 너도나도 사고 치고 징벌방 갈라겠어요."

빵잡이답게 징역살이 역사를 들먹이며 쇼군과 레옹은 교도소 사동 에어컨 설치에 대한 자신의 생각을 말했다.

"지랄이다, 지랄…… 여기가 도둑놈 깡패새끼들 유람시키는 데도 아니고…… 그렇다고 영감님들처럼 더위 먹고 단체로 죽으라고 처박아둘 수도 없고……."

"형님, 옛날엔 거실에 싱크대가 없었잖아요. 근데 빵 살고 나간 여자가 법무부장관 하더니 싸그리 싱크대 설치했잖아요. 그러니 이참에 법무부장관 할 사람 한 명 잡아다 징벌방에 찡 박아야겠어요. 그래야 나중에 에어컨을 달죠."

"지랄을 해라, 이놈아!"

공장은 어수선한 상태 그대로였으나 털보와 빈대코는 인성교육을 받으러 떠났다. 그들이 나가자마자 교도소장의 긴급한 지시가 공장으로 하달됐다. 즉시 에어컨 설치할 자리를 만들라는 명령이었다.

그리하여 털보와 빈대코가 점심 먹으러 공장으로 돌아왔을 때엔 천장에서 풀풀거리던 구식 실링팬 대신 구석에 떡하니 선 대형 에어컨이 넓은 공장을 시원하게 식히고 있었다. 아옹다옹 다투다가 사이 좋게 징벌방으로 간 어부 노인과 세무서 노인은 제1위탁공장 수용수들에게 초강력 무풍에어컨 두 대를 선물로 남기고 훨훨 하늘나라로 떠나가셨다.

19. 레옹

레옹은 징역살이 마치면 소설을 쓰겠다는 장래희망을 가지고 있지만 소설가가 되고 싶지는 않다고 한다. 그런 조리 맞지 않는 소리에 총무가 가르침을 주고자 했다.

"소설 쓰면 소설가가 되는 거야. 소설가가 되기 싫어도 소설 쓰면 저절로 소설가가 된단 말이야."

"그래요?"

"생각해봐. 빵 만들어 팔면서 나는 빵장사 아니라면 말이 되냐?"

"이 사장님은 장기 잘 두지만 장기기사는 아니라잖아요."

타공기 앞에 앉아 쉬고 있는 이 사장을 곁눈질하며 레옹이 말했고 역시 이 사장을 손으로 가리키며 총무가 반박했다.

"야야, 장기나 바둑이나 그런 건 취미로 하는 거잖아. 이 사장님은 직업으로 장기 두는 사람이 아니잖아."

"아이, 사장님…… 나도 그렇단 말이오. 소설 쓰더라도 직업으로 하고 싶지는 않아요."

듣고 보니 그 말도 그럴듯해 총무는 머쓱한 표정으로 다시 물었다.

"그럼 넌 뭐 할래? 직업은 뭘로 할래?"

"직업은 필요 없어요. 그냥 폼으로 소설 쓸 건데요 뭐."

"뭘 먹고 살라고? 돈 버는 직업은 있어야 할 거 아니야."

"굶어 죽기야 하겠어요. 인생이 다 폼인데."

무기수인 레옹은 몇 년 전 옥중결혼 했다가 올해 봄 이혼했다. 교도소에서 펜팔로 사귄 처녀와 결혼까지 했다니 속사정은 모르지만 여하튼 글 솜씨를 인정하지 않을 수 없었다. 말발이 달린 총무는 좋은 말로 이야기를 마치려고 이전에도 여러 번 했던 말을 다시 했다.

"넌 어려서부터 특별한 경험을 했으니까 좋은 소설을 쓸 수 있을 거야. 공부도 열심히 했고 책도 많이 읽었잖아. 그러니 열심히 해봐라."

기계조를 돕기 위해 이번에 레옹이 자리를 옮긴 사정은 총무하고 연관이 깊었다. 서울에 소재한 명문대학 영문학과 출신으로 20년 넘게 국영기업체에 근무한 총무는 직장을 그만둔 뒤 영어 학원을 운영했다. 그러다가 우연히 알게 된 사람의 부탁으로 영문서류를 번역해 줬는데, 그 일로 인해 외환관리법 위반으로 기소됐고 항소심에서 2년 징역형을 선고받아 법정 구속된 '어쩌다 깜빵'의 전형적 사례였다. 쉬는 시간이면 영어원서를 읽곤 하는 그에게 제자로 받아달라고 청한 청년 수용수가 레옹이었다.

"고등학교 과정까지는 검정고시로 했죠. 지금 독학사 하고 있어

요."

본인이 영어공부 해야 하는 이유를 레옹은 그렇게 설명했다.

"영문과 국문과는 어려워 할 수 없대요. 토목과나 전기과 같은 공대나 농대 계통이 쉬워요. 그래서 저는 원예학곱니다."

지난 몇 달간 총무는 틈나는 대로 레옹의 영어공부를 지도하면서 장님 코끼리 다리 만지듯 그에 대해 어렴풋이 파악했다. 우선 그의 별명이 레옹인 이유는 그의 죄명과 관련이 있는데, 살인에 사체유기에 사체훼손이 그의 죄명이었다.

'레옹'은 영화 「레옹」에 나오는 인간적인 살인청부업자 이름이지만, 무기수 청년의 별명 레옹은 그 영화의 주인공을 연기한 영화배우의 전작 영화 「니키타」와 관계가 있다. 「니키타」의 등장인물 빅토르는 살인청소부로 죽음을 두려워하지 않고 목적을 완수하기 위해 최선을 다하는 인물이다. 하지만 레옹이 레옹이란 별명을 얻은 이유는 그런 측면 때문이 아니라 살인청소부인 그가 총에 맞은 피해자를 욕조에 구겨 넣고 약품을 쏟아부어 살인을 완성하고 증거인멸을 시도하는 장면 때문이었다.

중학교를 중퇴하고 양아치 짓을 하던 레옹은 조직 같지도 않은 동네 똘마니 조직에 몸담고 있었다. 만으로 열여섯 살이었다. 세상 무서운 게 없는 데다 제대로 된 건달도 아닌지라 자신을 괴롭히는 동네 선배를 산으로 불러 삽으로 까고 산 채로 묻었다. 그런 뒤에도 분이 풀리지 않아 주물공장 다니는 친구와 화공약품상에서 6리터짜리 황산용액 두 통을 샀다. 묻었던 선배를 파낸 레옹은 그야말로 살인청소부처럼 황산 두 통을 몽땅 쏟아 주검의 살도 뼈도 다 녹여버렸다. 그래서 레옹이 레옹인 것이다.

"사장님, 인생이 참 엉성해요. 어물어물하다가 끝나버린 여름방학 같거든요. 방학숙제 하나도 못 했는데 벌써 개학이구나 하고 놀라던 여름방학 말입니다."

소년범으로 시작해 17년이란 세월을 무기수로 지내는 처지건만 레옹은 깜짝 놀랄 만큼 감상적이고 영리한 면이 있었다. 그래서 총무는 소설을 쓰겠다는 그의 의견을 무시하지 않고 이런저런 책을 읽으라고 조언했다. 교도소엔 여기저기 책이 넘쳐나 언제든지 어떤 책이라도 어렵지 않게 구해 읽을 수 있고, 세계명작소설이라면 혼거실 공용선반에도 복도 한쪽에 서 있는 책장에도 즐비했다.

"지루하지만 깡으로 다 읽었어요."

웬만한 사람은 끝까지 읽기 어려운 두꺼운 책을 레옹은 그야말로 깡다구로 읽었다. 도스토옙스키도 톨스토이도 그렇게 읽어 독서량이 만만찮았다.

"사장님, 『마담 보바리』도 『전쟁과 평화』도 『안나 카레니나』도 다 바람난 여자 얘기잖아요. 이 소설가들 왜 이래요? 여자들하고 무슨 원수졌어요?"

정작 그 소설을 읽지 않은 총무가 그 소설가들을 비호했다.

"니가 그런 소설만 찾아 읽었구만."

"다 세계명작이라잖아요. 근데 바람난 여자 욕이나 하고…… 내가 보기엔 철학이 없어요."

레옹은 특별하게 똑똑했다.

"『햄릿』도 그렇고 『죄와 벌』도 그렇게 다 씨발놈들 얘긴데 뭘 그래요. 자기 형 죽이고 형수하고 결혼한 새끼나 돈 없다고 전당포 할매 까죽이는 새끼나 다 죽일 놈들 아니오?"

"그러니 넌 착한 사람들 얘길 써라."

"그런데 내가 착하다고 생각하는 사람은 딴 사람들이 착하다는 사람들하곤 좀 달라요. 난 다른 사람들 생각이 싫어요. 그래서 소설을 쓰겠다는 거요."

"니가 생각하는 착한 사람은 어떤 사람들인데?"

"사장님…… 사람들한텐 다 자기 생각이 있고 자기 운명이 있잖아요. 의도하지 않았으나 자기에게 주어진 인생이 있단 말이죠. 나는 그런 운명에 굴복하는 사람들을 좋아해요. 다른 사람들이 어떻게 생각하든 나는 그런 사람들의 자세에 대해 소설을 써요. 운명에 굴복하는 사람들의 장렬한 삶의 태도 말입니다."

그러면서 레옹은 아주 멋진 말을 했다.

"우물쭈물하다가 끝나버린 여름방학 같은 인생에 대해 변명하는 그런 좆같은 소설은 싫어요. 내가 지금 엉뚱한 곳에서 어정거리고 있다는 사실을 깨달았으면서도 중얼중얼 지랄을 떠는 그런 소설은 싫어요."

그러더니 마지막으로 한마디 더 했다.

"사장님, 인생 참 웃기죠? 순 똥폼인데요, 뭐."

심심해 그러는지 학구열과 호기심이 팽배해 그러는지 레옹은 총무에게 배우는 영어공부에 만족지 않고 이 사장을 졸라 박보장기도 배웠다. 모든 일에 무심한 표정으로 말이 없는 이 사장이 징역살이하게 된 사연은 총무와 비슷했고 그 역시 '어쩌다 깜빵'이었다.

몇 년 전 대단찮은 교통사고로 병원 응급실에 실려 간 이 사장은 병원 측의 강권으로 두 달간 장기 입원했고 아픈 데 없으니 무위도식으로 지내다 퇴원했다. 그로부터 3년 지난 뒤 그 병원의 비리를 조사하던 경찰은 그의 날라리 입원경력을 발굴했고 의료보험법 위반으로 입건했다. 불구속 재판 1심에서는 집행유예였으나 항소심에서 10개월 징역형으로 법정 구속됐는데, 초범에 잔여형기가 두 달 남았지만 형기가 너무 짧아 가석방 대상이 아니라고 했다.

　여하튼 레옹은 영어공부와 박보장기를 핑계로 기계조 근방에서 맴돌다가 기어이 한 식구가 됐고 털보와 빈대코의 빈자리를 잘 메꿨다. 징역살이 오래 한 그는 쇼핑봉투 원지가 도착하면 척척 접어 타공기 펀치 간격을 조절했으며 타공기고 천공기고 다루지 못하고 고치지 못하는 기계가 없었다. 그런 그가 새로 입고된 부티크 브랜드 업체의 쇼핑봉투 원지를 접어 형태를 꾸미고 있었다.

20. 들고양이

"사장님, 이거 무슨 뜻입니까? 어떻게 읽어요?"

'CHAT SAUVAGE'라 적힌 디자인 멋진 쇼핑봉투를 쳐들어 보이며 레옹이 총무한테 물었다.

"이걸 어떻게 읽어요?"

"그건 영어가 아니고 불어다."

"그래요? '차트 사베지'가 아니고요?"

"아마 '샤소바쥬'라 발음할 거다. 그냥 봉투나 접어라."

"무슨 뜻인데요?"

"뜻은 '들고양이'일 거다. 집구석에선 한나절도 견디지 못하는 발광한 아가씨들을 가리키는 말이니 니하곤 상관없어."

"왜 상관없어요, 딱 내 취향인데. 사장님, 난 말이죠. 그런 애들이 좋아요. 하루 살고 인생 딱 접을 줄 아는 그런 애들요. 바바리안 같은 애들요. 내일도 없고 내세도 없고, 물욕도 없고 가족애도 없고, 법이나 질서 같은 건 생각도 하지 않잖아요, 걔들은."

무기징역이 끝나고 가석방으로 출소하면 레옹은 그런 소설을 쓰겠다고 선언했다. 그가 형태를 잡은 크고 딱딱한 들고양이 브랜드 쇼핑봉투의 윗부분은 진주색이고 아랫부분은 초록색 땡땡이 무늬였다. 30센티미터 플라스틱 투명 잣대로 능숙하게 쇼핑봉투 입을 재고 구멍의 간격을 계산하면서 레옹은 또 말했다.

"그런 새끼들 이야길 딱 한 편 쓰고 그만둘 겁니다. 구질구질 소설 많이 쓰는 놈치고 잘 쓰는 놈 없어요.『닥터 지바고』같이 소설 딱 한 편으로 쇼부 치는 거죠."

"뭘? 들고양이 아가씨 이야길 쓰겠다고?"

"네, 그런 애들하고 비슷한 놈들 이야기죠. 징역살이하면서 날 때렸던 새끼들에 대해 다 적어놨어요. 그 새끼들 이야길 소설로 쓰겠어요. 아주 개새끼들이죠. 죽어도 싼 놈들이긴 하지만 철학이 있는 새끼들이죠."

번쩍, 살기로 빛나는 두 눈을 감았다 뜬 레옹이 한숨을 내쉬었다.

"바바리안 같은 새끼들이요. 그런 놈들은 그냥 죽이고 소리 지르고 때려 부수고 불태우고 세상을 돌아다니다가 어느 날 슬그머니 죽어요. 멋대로 살다가 슬그머니 죽을 줄 아는 그런 새끼들 이야길 딱 한 편 쓰겠어요."

플라스틱 상자로 꾸민 집무용 탁상에 엎드려 졸다가 깨어난 쇼군을 돌아보며 총무가 말했다.

"조장님, 레옹 저놈 저거 미친놈 아닙니까?"

잠 덜 깬 목소리로 쇼군이 대답했다.

"야, 총무야. 넌 빵돌이 애하고 무슨 얘길 그렇게 길게 하나? 저런 새끼들하곤 말을 섞지 마."

얼굴의 근육이란 근육을 다 일그러뜨리며 쇼군은 얼굴 가득 주름을 잡았다.

"마흔을 처먹든 쉰 살을 처먹든 빵잡이 놈들은 징역살이 시작할 때 그 나이로 나갈 때까지 사는 거야. 밖에 나가서 직사하게 고생을 해봐야 나이를 먹든가 말든가 할 텐데 열일곱 살에 징역 들어와 지금까지 여기서 사는 놈이 어떻게 세상을 알겠나."

공장 출입구 벽에 매달린 시계를 쳐다보면서 쇼군이 또 말했다.

"지가 언제 돈을 벌어봤나 다른 사람 위해 눈물을 흘려봤나 땀을 흘려봤나? 고생도 모르고 세상도 모르니 저런 놈은 지 말대로 인생이 다 폼인 줄 알지."

들고양이 쇼핑봉투를 들고 쇼군 앞으로 온 레옹이 자기를 욕하는 쇼군의 말에 대응했다.

"조장님, 내 생각이 맞는지 세상 사람들 생각이 맞는지는 알 수 없어요. 그렇게 딱 옳다 그르다 편을 가를 수 있다면 바바리안 개들은 다 뭐게요. 바바리안 생각에는 바바리안이 옳고 바바리안 아닌 애들 생각에는 바바리안 생각이 틀린 거죠. 그러니 알 수 없어요."

쇼군이 히쭉 웃었다.

"미친놈, 지랄을 한다."

레옹이 화를 냈다.

"내가 옳은지 다른 사람이 옳은지는 알 수 없다고요. 그래서 철학이 있는 거요."

쇼군이나 총무한테 드러내놓고 화를 낼 수 없으니 레옹은 말발로 대들었다.

"이거저거 소설을 읽어봐도 다 웃기잖아요. 걔들이 나처럼 살아봤어요? 톨스토이고 뭐고 도스토옙스키고 뭐고 걔들 인생이 더 위대한지 내가 산 인생이 더 위대한지 알 수 있어요? 그러니 난 내 생각으로 살고 내 생각을 소설로 쓴다고요. 씨발놈들이 아니라고 지랄해도 난 내 인생이 더 위대하다고 생각하니까요. 인생이 다 똥폼인데 누가 옳고 누가 틀리다고 못 박을 수 있어요? 안 그래요?"

그때 전화하러 갔던 동한이 녀석이 돌아왔다. 자기가 일하는 1반대로 가지 않고 막바로 쇼군 앞으로 걸어온 동한은 쇼군 앞에 놓인 의자에 슬그머니 주저앉으며 대성통곡을 했다.

"왜 그래, 이 자식아?"

울면서 동한이 말했다.

"방장님, 우리 애를 데려갔대요."

"뭔 소리야?"

"애 엄마가 애를 데려갔대요. 어제요."

이제 세 살 먹은 동한의 아들은 그동안 신체장애인 아이 엄마가 친정에서 키우고 있었다. 어떤 이유에선지 한 달 전 아이 엄마는 아이를 시댁인 동한이 집에 맡기고 다시는 찾아오지 않겠다는 말과 함께 돌아가버렸다. 이러나저러나 저희 핏줄이라 동한의 부모는 손자를 거두어 먹이고 입히고 재우며 돌봤고, 그러다 보니 정이 들었다. 이제는 동한이 나올 때까지 아이를 키울 생각이었는데, 또 무슨 바

116

람이 붙었는지 아이 엄마가 나타나 아이를 데려가버리니 동한이 집
안이 초상집이 됐다는 사연이었다. 방금 전 전화 통화로 그러한 사
실을 알게 된 동한이 통곡을 하며 쇼군에게 하소연했다.

"우리 애를 데려갔대요, 방장님……."

"그러니 어쩌라고 이 자식아! 애 엄마가 자기 애 데리고 갔다는데
왜?"

눈물 콧물 줄줄 흘리면서 동한은 주머니에서 아들 사진을 꺼내 들
었다.

"얘를 데리고 갔대요."

그 꼬락서니를 내려다보면서도 쇼군은 더 이상 입을 열지 않았다.
아무런 감정도 없는 눈빛으로 개새끼들 가운데 한 놈의 이마를 지그
시 바라보고만 있었다. 들고양이 쇼핑봉투를 들고 그들 옆에 서 있
던 레옹이 총무를 돌아보며 천천히 말했다.

"사장님, 아무래도 곧 전쟁이 날 것 같죠?"

동한이 놈은 여전히 아들 사진을 머리 위로 추켜든 채 엉엉 울고
있었다. 그를 향하고 있던 시선을 유리창 너머 하늘 한가운데로 옮
기며 총무는 레옹의 물음에 간단히 대답했다.

"그래…… 그럴 것 같다."

21. 돈

"저 영감은 인성교육 받을 필요가 없는 영감인데……."

"왜?"

"저 영감은 죄 짓고 벌 받으러 들어온 게 아니라 밥 먹고 편히 살려고 일부러 들어온 영감이야."

"응…… 그런 영감 여럿 있지."

인성교육은 오전 강의 네 번 오후 강의가 네 번인데 오후 마지막 두 시간은 영화감상으로 대체했다. 털보는 영화감상에 열심이었으나 빈대코는 보는 둥 마는 둥 영화감상 시간이면 졸다 깨다 했다. 강의에도 흥미 없는 빈대코는 그래서 쉬는 시간 10분이 가장 즐거운 시간으로, 그때면 말똥말똥하게 정신이 들어 털보와 도란도란 이야기를 나눴다. 지금은 강의실 왼쪽 맨 앞자리에 앉아 있는 늙은 수용수를 가리키며 그에 대해 이야기하는 중이었다.

"나하고 미징역방에 같이 있었는데 자기는 일하기가 죽기보다 싫대. 그러니 출역 나가지 않고 종일 애들한테 쿠사리 맞으며 궁상을 떨어요. 그래도 그게 좋대. 욕은 먹더라도 이거저거 얻어먹으니까."

"완전히 거지잖아."

"이번이 네 번째래. 전에는 6개월 8개월짜리였는데 이번에는 판사님이 후하게 때려 1년형을 줬다고 아주 좋아하더구만."

빈대코가 턱짓하는 백발의 수용수를 바라보며 털보가 물었다.

"몇 살이나 먹었는데?"

"개띠야, 58년생 개띠. 난 나보다 10년은 더 먹은 줄 알았는데 알고 보니 한 살 위야. 겉으로만 팍삭 늙어가지고."

"뭘로 들어왔는데?"

"전에는 무전취식으로 들어왔는데 이번에는 그게 안 통하더라는 거야. 이 식당에서 밥 먹고 돈 없다고 끌려가도 안 되고, 저 식당에서 밥 먹고 술 먹고 경찰 부르라고 지랄을 뻗어 경찰서까지 가도 통 징역을 보내주지 않으니…… 경찰도 귀찮지. 저런 사람 징역 보내자고 서류 만들자면 얼마나 귀찮겠어. 그래서 나중에는 경찰서 앞에 서 있다가 지나가는 처녀 치마를 홀떡 걷어 올렸대요. 그러니 막바로 유치장에 집어넣더니 1년을 때려주더래."

"성공했구만."

"그래, 그래서 싱글벙글 밥은 엄청 먹어요. 지는 돈 한 푼 없지만 방에서 단체로 뭘 먹으면서 영감을 못 본 체할 수 없잖아. 그러니 여러 가지 잘 얻어먹지."

"나하고 미결방에 같이 있던 노인은 80살 좀 넘었는데 17범인가

18범인가, 여하튼 노숙자 생활하다가 너무 춥고 몸이 이상하면 여기로 들어온다는 거야. 편의점 들어가 먹고 싶은 걸 들고 나오다가 걸리지 않으면 그냥 먹고, 걸리면 징역 들어와 잘 먹고 의무실에서 치료도 받고 머리도 깎고 몇 달 편히 살다 나간다니 참…… 그런데 저 영감은 아직 환갑도 안 됐는데 너무 늙었다. 58년 개띠면 올해가 환갑인데."

"그러게 말이야. 허리를 펴시오 펴시오 해도 안 된대. 저절로 등이 굽는대."

"왜 그런가? 영양이 부족해 그런가?"

"모르지…… 여기서 잘 먹고 잘 살다 나갈 때 되면 등이 쭉 펴지고 이도 새로 나려는지 알 수 없지."

이어진 시간에는 인성평가 검사를 했다. 강사가 저 혼자 말씀하시는 시간이라면 슬슬 졸겠으나 종이접기라든가 서넛이 팀을 짜 과제를 수행하는 시간엔 졸 수 없으니 빈대코로선 여간 고역이 아닌데 이번 시간도 마찬가지였다. 도무지 알아먹을 수 없는 문서를 나누어 주면서 뭘 어쩌라고 하니 미칠 노릇이었다. 털보의 답안지를 그대로 베끼던 빈대코가 특별한 검사항목을 발견했다.

"야, 친구야. 이건 뭐 어쩌라는 거야?"

손을 들어 빈대코의 검사지를 더듬으며 털보가 설명했다.

"여기 이 말 중에 자네가 좋아하는 말을 고르는 거야. 이걸 죽 읽어 내려가면서 자네가 좋아하는 말을 골라봐. 첨에는 여덟 개 고르고, 그담에는 그중에서 네 개를 고르고, 마지막엔 네 개 중에서 두 개만 골라 여기 적어 넣으면 돼."

빈대코는 200여 개에 달하는 낱말을 죽 훑어 내려갔다. 인성평가 프로그램에서 검사자가 제시한 200개가 넘는 낱말 가운데 피검사자 자신이 특히 가치 있다고 여기는 낱말을 골라내는 항목이었다. 그 애매한 검사를 하느라 애를 태우던 빈대코는 최종적으로 단 한 개의 낱말을 골랐는데, 그 낱말은 '돈'이었다. 일곱 개를 더 골라야 한다는 털보의 말대로 다시 한 번 하나하나 낱말을 훑어 내린 빈대코가 털보한테 질문했다.

"아무래도 신통한 게 없다. '밥'도 없고 '떡'도 없고 '술'도 없잖아. 나는 아무래도 외자로 된 말하고 궁합이 맞는가 봐. 그런데 여기에 는 '물'도 없고 '흙'도 없으니…… 외자로 된 말은 '돈'밖에 없네?"

팔꿈치로 툭툭 털보를 건드리며 또 이런 질문을 했다.

"이거 '자유'라는 건 뭐 어떤 거냐?"

"자유가 자유지 뭐냐. 지금 징역살이하지 않고 교도소 나가 맘대 로 돌아다니는 게 자유 아니냐."

털보의 설명을 듣던 빈대코가 말했다.

"그게 다 돈이지 뭐야. 징역살이 나가는 것도 돈이고 맘대로 돌아 다니는 것도 다 돈인데……."

자유에 대한 빈대코의 지극히 자의적인 해석에 털보는 놀랐다. 하 지만 빈대코로선 어쩔 수 없는 일이었다.

"여기 '평화'는 또 어떤 거냐?"

"그건 다 함께 평화롭게 살자는 뜻이잖아. 이런저런 걱정 없이 맘 편히 조용하게 살자는 뜻이지."

빈대코는 이번에도 제대로 이해하지 못했다.

"그래? 그것도 다 돈이잖아. 돈 없이 어떻게 걱정 없고 맘 편히 살 수 있나."

"그럼 이걸로 해라."

털보는 볼펜 끝으로 빈대코의 검사지에 있는 낱말 두 개에 동그라미를 그렸다. '사랑'과 '건강'이라는 그 두 가지 낱말에 대한 자신의 의견을 빈대코가 말했다.

"사랑도 다 돈이야. 돈 없이 사랑이 되는가 한번 해봐라. 건강도 다 돈이고. 돈이 있어야 약방에도 가고 병원에도 가지."

"야야, 그럼 어쩌라고? 그냥 아무거나 적어. 시험 치는 것도 아닌데."

그래서 빈대코는 이것저것 여덟 개를 적고 최종적으로는 '돈'과 '우정'을 골랐으며 털보는 '가족'과 '건강'을 마지막으로 선택했다. 검사지를 거두어들인 강사가 낱말 고르는 항목에 대해 언급했다.

"젊은 분들은 대개 '희망'이나 '사랑'을 선택합니다만 연세 드신 분들은 96퍼센트가 '가족'과 '건강'을 선택합니다. 그만큼 가족과 건강이 중요하다는 뜻이죠."

자신은 정답을 맞혔다는 듯 털보는 빈대코의 팔을 툭 치면서 싱긋이 웃었다. 하지만 빈대코는 '돈'을 제외한 그 어떤 낱말에도 애정을 줄 수 없는 자신의 심정을 배반하고 싶지 않았다. 그 많고 많은 낱말 중에는 '개'도 없었고 '사과나무'나 '단감나무'나 '복숭아나무'도 없었고 '과수원'이나 '어머니'도 없었다.

22. 도둑놈들

징역살이 10개월이 지났는데도 빈대코의 식탐은 여전했다. 밥이고 과자고 커피고 더 먹으면 더 먹었지 거절하는 법이 없었다. 줄어들 때가 됐으나 지금도 여전한 식탐은 교회 헌금함을 털다가 특수절도죄로 2년 징역형을 살고 있는 종수 때문이라고 할 수 있었다.

"사장님, 나는 탄수화물 중독이라서 어쩔 수 없어요."

오늘 아침에도 배식 받자마자 서너 사람 몫이나 되는 밥을 제 밥그릇에 퍼 담으며 종수가 말했다.

"대신 반찬은 덜 먹잖아요."

그 말도 말뿐이지 사실은 그렇지 않았다. 서너 명 분의 밥을 먹으며 국이나 반찬을 덜 먹을 리 없었다. 하지만 어쩔 수 없는 일이었다. 자신이 먹는 밥은 밥이 아니라 약이며 그럴 수밖에 없는 병명이 탄수화물 중독이라니 빈대코나 탁 사장이나 야박하게 굴 수 없었다.

10방에 혼거하는 일곱 명 중에서 선임 격인 넷은 출입문 쪽 밥상에서 밥을 먹고 신참 셋은 배식구 앞에서 허드렛일을 하며 밥을 먹었다. 탁 사장과 종수와 빈대코가 신참이었다. 그중에서 탁 사장은 국과 반찬을 받고 종수가 밥을 받고 빈대코는 옆에 있는 밥상으로 건네주기 위해 반찬을 둘로 나누는 역할을 담당했다.

플라스틱 밥통을 장악하고 있는 종수가 제 몫으로 밥을 너무 많이 덜어버리니 다른 수용수의 몫은 줄어들 수밖에 없었다. 누구 못지않게 먹성 좋은 배불뚝이 탁 사장은 종수한테 눈치를 주면서도 병 탓이라니 어쩔 수 없이 컵라면이나 컵자장면으로 배를 채웠다. 하지만 그런 음식을 먹을 줄 모르는 빈대코의 사정은 곤란하기 그지없었다. 허기는 견딜 만했지만 화를 참을 수 없었던 빈대코가 종수한테 따지고 들었다.

"넌 왜 그러는데? 탄수화물 중독이라는 병은 대체 뭐냐?"

종수는 서른일곱 살 총각인데 나쁜 놈은 아니지만 이기심이나 야박하기가 딱 빵잡이였다. 서너 명 분의 밥을 게걸스럽게 먹어치우며 그놈이 말했다.

"밥이 탄수화물이잖아요. 내가 왜 이러는지는 나도 잘 몰라요. 엄청 먹히니 어떡해요."

"병이라며? 병원에는 가봤냐?"

"참 내, 사장님도…… 밥 많이 먹으면 되는 병을 왜 병원까지 가요. 탄수화물 부족으로 생긴 병이니까 탄수화물 공급해주면 되죠."

이렇게 약고 뻔뻔한 놈이 왜 도둑질로 살다 붙잡혔을까 생각하니 밥맛도 뚝 떨어졌다. 그런데 종수 놈은 남의 집 담을 타넘고 다니며 귀금속을 훔치고 장물애비와 거래하는 탁 사장의 고전적 절도를 우습게 봤다. 자신은 현금 아니면 손대지 않고 남의 집 담을 타넘지도 않을뿐더러 이리 뛰고 저리 뛰지도 않는다면서, 자신의 신식 절도에 대한 자부심을 막강하게 드러냈다.

"카드도 그냥 버려요. 증거 될 만한 건 아예 손을 대지 않아요. 헐떡거리고 뛰어다니지도 않고요."

어리석어 보이지만 도둑질에 관한 말을 알아듣지 못할 리 없는 탁 사장이 뿔을 냈다.

"야, 인마! 그런 놈이 왜 CCTV 있는 교회를 털어, 이 새끼야!"

"열두 개 중에 딱 하나였어요. 그것도 찍새 놈이 상황판단을 잘못한 거요."

열두 군데 교회 헌금함을 털었는데 CCTV가 없거나, 고장 난 곳이거나, CCTV 피해 움직이는 동선을 사전 정탐한 공범이 딱 한 군데 실수했다는 말이었다. 이제껏 자신의 절도행각에 대해 이처럼 자세히 말한 적 없었기에 궁금증 동한 탁 사장이 한 걸음 더 나갔다.

"너 그런 교회 열두 군데 돌려면 밤새웠겠다?"

"쫌 바빴죠."

"얼마나 쎄볐는데?"

"몇 푼 되지도 않았어요. 헌금함 텅 빈 데가 네 군데였는데요."

"야, 인마! 그 짓을 하자고 밤을 새우냐?"

그러면서 사물함 미닫이를 열더니 자신의 스크랩북을 꺼내 방바닥에 펼쳐놓았다. 스님과 빈대코가 종수와 함께 탁 사장의 절도계획에 관한 스크랩북을 들여다보았다.

"이런 준비물이 필요하다. 간단히 한탕 하고 얼른 빠져나오자면 인마!"

그곳엔 스키 모자와 수술용 장갑을 그린 조악한 그림이 있고 백팩과 등산용 줄사다리와 조깅용 운동화 그리고 철사로 만든 갈퀴 그림도 있었다.

"이런 걸 왜 여기 그려놨어요? 사장님은 나 도둑놈이라고 자랑하고 다녀요?"

절도 전과 8범으로 인생의 절반 이상을 징역살이로 보낸 탁 사장은 교회 헌금함이나 터는 조무래기 도둑놈의 힐난에 화가 났다.

"야, 이 새꺄! 내가 기억력이 좀 그래서 이런다. 기억력도 좋지 않고 또 몇 년 쉬다 보니 다 잊어버려서 그림을 그려놨다. 이 머리가 정상이 아니야."

탁 사장은 손바닥으로 제 머리통을 철썩철썩 때렸다.

"왜 그런 줄 아냐? 야야…… 내가 그 형들하고 본드를 너무 많이 했어요. 그 본드 땜에 내 인생이 이렇게 됐다."

스크랩에 있는 철사로 엮은 조그마한 갈퀴 그림을 가리키며 종수가 말했다.

"이건 뭐요? 이런 게 왜 필요해요?"

"이건 나만 가지고 다니는 거야. 내가 만든 거야. 여기저기 쓸 데가 많은데 내가 이걸 만든 이유는……."

절도물품을 짊어지고 달아나다가 숨이 차거나 추적자가 있으면 적당한 곳에 장물이나 백팩을 파묻기 위한 도구라고 탁 사장이 설명했다. 탁 사장은 머리도 쓰지 않고 도둑질하는 종수를 몰아세웠다.

"너 자물통은 딸 줄 아냐?"

"모르죠. 난 그런 전문가 아니에요."

"이 새끼, 기본기술도 없으면서 무슨 절도를 하겠다고, 에라 이 자식아!"

반라의 여배우 사진이 끼워진 스크랩북 몇 장을 넘긴 탁 사장은 신문에서 오려낸 2층 양옥 사진이 있는 페이지에서 멈췄다. 그 사진을 툭툭 때리면서 탁 사장이 말했다.

"뚜룩은 토끼기만 하면 되지만 절도의 기본은 따기와 달리기야. 너 이 집 같은 델 넘어갔다고 쳐봐라. 여기서 여기까지 오가는 거리가 얼마냐. 그리고 여기 이 담 넘기가 보통이 아니다."

스크랩북에 저장된 양옥 사진을 들여다보던 스님이 너털웃음을 터뜨렸다. 사진 하단에는 '대선출마를 선언한 뒤 장고에 들어간 모(某) 당 전(前) 대표 모(某) 의원의 저택. 고요하기만 하다'라는 사진 해설 기사가 있었다. 스님이 웃는 이유를 알 리 없는 종수와 빈대코는 양옥 사진을 들여다보면서 과연 탁 사장이 이 집을 안전하게 털 수 있을까 걱정하고 있었다. 그들의 꼬락서니를 둘러보면서 스님이 탁 사장에게 물었다.

"이 사진은 어디서 났어? 진짜 이 집 털려고 그래?"

그러자 탁 사장이 자세히 설명했다.

"이런 집이 딱이오. 이런 집은 돈이든 패물이든 다 2층 침실에 있거든요. 옛날 집이라 담이 낮고 정원에…… 여기 봐요. 여기 여기 정원수가 있어서 숨기 좋고 골목에 있어서 길만 알면 토끼기도 좋아요. 가까이 있는 경비초소만 피하면 엄청 쉬워요."

23. 시청자들

산골에서 들바람 산바람 맞으며 여름을 나던 빈대코로선 밤낮 드르륵거리고 돌아치는 선풍기의 미지근한 바람이 비위에 맞을 리 없었다. 혼자 사는 방이 아니니 싫어도 싫다고 말할 수 없다는 점 또한 참기 어려운 일이었고, 후텁지근한 바람에 의지해 폭염을 견디느라 헉헉대는 동료 수용자의 안타까운 형편도 두고 보기 힘들었다.

그러나 무엇보다 빈대코를 곤혹스럽게 하는 환경은 텔레비전 시청이었다. '복면가왕'이나 '불후의 명곡'은 그나마 볼만했다. 노래하러 나왔으면 노래나 할 것이지 괜한 말장난으로 난리 치는 꼴은 못마땅했으나 어쨌든 노래를 하니 듣고 보기에 무리가 없었다. 문제는 연속극이나 드라마라는 사람 사는 이야긴데, 빈대코 머리는 그 희비의 곡절을 이해하기 힘들었다.

"저 새낀 며칠 전부터 하는 짓이 이상하더라고…… 내 저럴 줄 알았어. 저 새끼 눈빛이 아주 범죄형이야."

교도소 텔레비전 방송은 일반사회 텔레비전 방송 가운데 일부를 선별해 방송하고, 뉴스를 제외한 모든 프로그램은 며칠 늦게 방영했다. 하지만 신문은 제 날짜에 배달되므로 몇몇은 드라마 진행방향을 미리 읽어 알고 있었다. 그러다 보니 러닝셔츠 바람으로 모여 앉은 수용자들은 드라마를 이끌어가는 등장인물의 인성을 평가하고 그 죄의 유무와 죄질의 경중을 가리는 데 열중했다.

"요즘도 저런 여자가 있을까? 저런 죽일 놈한테 저렇게 당하면서도 참고 사는 여자가 정말 있어?"

"드라마잖아요. 드라마에선 누구든지 한쪽은 쪼다 짓을 해야 드라마가 되죠."

"왜 쪼다야 인마! 응? 얼마나 착하고 그거 하냐. 그거…… 정말 순결스럽다."

드라마는 그야말로 막장 드라마였다. 처녀총각 시절 시골 성당에서 만난 초등학교 총각 선생님과 간호사 처녀의 연애로 시작한 이야기는 23년을 훌쩍 건너뛰어, 각자 가정을 가진 두 남녀가 조우한 서울의 한 종합병원을 배경으로 진행하더니 이젠 그들의 가정으로 자리를 옮겼다. 초기 대장암 치료를 위해 입원한 남자는 병실에 나타난 수간호사를 보고 깜짝 놀랐다. 그리하여 병자와 간호사는 불같은 중년의 불륜을 펼쳐 보이며 주변의 모든 인간관계를 파탄지경으로 몰아넣었다. 각자의 아내와 남편은 물론이고 가족과 친구와 직장동료까지 파국에 휘말리는데, 보다 심각한 문제는 여자의 스물세 살짜리 딸과 남자의 스물두 살짜리 아들이 펼쳐 보이는 비련의 러브스토리였다.

"로미오와 줄리엣이 따로 없구만."

호호백발 최 사장이 두 젊은이의 사랑을 두둔하며 동정했고, 한 걸음 더 나아간 망치는 그들의 관계를 밝힐 수 없는 수간호사의 입장을 안쓰러워했다.

"탁 털어놓지 못하는 엄마 심정은 어떻겠어?"

내막은 그들이 남매지간이라는 사실이었다. 23년 전 교장선생님 큰딸과 결혼한 총각 선생님에게 버림받을 때 간호사 아가씨는 임신한 몸이었고, 그 사실을 숨긴 채 서울에서 직장생활 하는 청년과 급하게 결혼했다. 그래서 태어난 딸이 지금 자신의 친동생인 줄도 모르고 연하의 청년과 불이 붙은 것이다.

"첨부터 잘못됐어. 그때 중절수술을 해야 했는데 그걸 모른 척하고 중매한 보건소장…… 그년이 나쁜 년이야. 그래서 이렇게 된 거라고. 착한 저 사람만 좆 됐잖아."

처음부터 조리 있게 설명하는 망치의 인생진단에 탁 사장이 초를 쳤다.

"보건소장 그 여자 남편이 개새끼요. 그 새끼가 저 여자하고 서울서 회사 다니는 면장 아들하고 결혼시키고 제방공사 따내려고 대가리 굴린 거잖아요. 그 새끼가 천성적으로 사기꾼이오. 그 새낀 구속시켜야 해요."

"뭘로 구속해 인마? 처녀총각 중매해줬다고 구속시킨다고?"

"그게 아니라 싸가지가 없잖아요. 자기 이익 보자고 남 인생 좆 만든 거."

"그게 구속사유가 되냐?"

"뭐 어떻게 하든지 몇 년 징역살이 시켜야 돼요, 저런 놈은!"

연한 플라스틱 지주 탓에 귀를 후벼도 영 시원치 않은 면봉을 들고 인상을 쓰던 스님이 얼굴을 더 우그러뜨리며 두 사람 대화에 끼어들었다.

"내가 보기엔 저 애들보다 쟤들 엄마아빠가 큰일이구만."

대단한 법문이라도 하듯이 스님은 점잖은 목소리로 사리분별을 가렸다.

"어린애들은 저러다가도 말잖아. 그리고 실제로 남매지간이고. 근데 쟤들 엄마아빠는 23년 만에 다시 만나 지금 푹 빠졌으니 저걸 어떡하나?"

벙어리가 아닌지 궁금할 정도로 입을 열지 않는 기획부동산 팀장 조 사장도 어렵게 한마디 거들었다.

"바람난 여자남자보다 그 사람들 남편하고 마누라가 더 큰일이죠."

탁 사장이 맞장구쳤다.

"그래요, 그래요. 저놈 저 봐요…… 저 눈빛이 딱 범죄형이잖아요. 옛날 배신할 때도 저랬어요. 저런 자식…… 저런 놈은 딱 5년은 징역 살려야 돼요."

쓰레기통에 면봉을 던져 넣으며 스님이 말했다.

"다 팔자 탓이지 뭘 그러나. 징역 살린다고 될 일이 아니지."

잠자코 있던 좀도둑 종수 놈이 아는 체했다.

"저런 놈은 대개 풍수 탓이라던데요? 조상 묘를 잘못 쓰면 저렇게 싸가지 없는 놈이 나온대요."

탁 사장이 종수를 욕했다.

"야, 인마! 가정교육 잘못돼 그렇다는 말은 들어봤어도 조상 묘 잘못 써 싸가지 없는 놈 태어났다는 말은 첨 듣는다, 이 새끼야! 저런 놈은 가정교육이고 유치원교육이고 전적으로 어릴 때 교육이 잘못됐다고요. ……씨발, 저런 놈은 징역살이 좀 해봐야 돼."

다들 천재로 떠들어대니 빈대코는 끼어들 틈도 없었고 그럴 지식도 없었다. 사실 빈대코는 텔레비전보다는 동료 수용수의 잡담을 통해 드라마 내용을 짐작하고 있었다. 그들이 떠들어대지 않는다면 내용은 고사하고 누가 나쁜 사람인지 누가 좋은 사람인지 분간할 눈치도 없었다. 그때 텔레비전 화면에서는 연적이 된 수간호사와 남자의 아내가 머리채를 바꿔 잡고 한판 전쟁을 치르는 중이었다. 누구 하나 입을 열지 않는 그 틈에 빈대코가 한마디 했다.

"우리가 너무 잘살아서 그래. 먹고살기 힘들면 저 지랄을 할 힘이 있겠나."

거실 바닥에 남자의 아내를 패대기친 수간호사가 저주를 퍼부으며 문을 나서자 화면은 그녀가 근무하는 종합병원 전경으로 변했다. 서른일곱 살짜리 좀도둑 종수가 말했다.

"아마 저 여자 아까 그 남자 본처를 독살할 모양이에요. 간호사잖아요."

천천히 부채질하면서 호호백발 최 사장이 고개를 끄덕였다.

"그럴 수도 있지. ……그러면 20년이다."

범죄와 징역살이 얘기가 나오자 탁 사장이 반색을 했다.

"25년이오! 직업이 간호사잖아요. 그런 사람이 자기 전문기술을 이용해 살인하면 가중처벌이 있어요. 딱 25년이죠!"

"참 내, 사장님도. 누가 걸리게 해요? 그러면 저 드라마 뭐가 되겠어요? 그럼 재미있겠어요? 요즘은 착한 사람 죽도록 고생하다 죽고 나쁜 놈들 계속 잘 살아야 드라마가 떠요. 세상이 그렇기 때문에 그렇게 리얼하게 만들어야 시청자들이 좋아한다고요."

"그럼 어떻게 하나?"

"독살하더라도 피해자 발톱 밑에 독약을 주사해 죽이겠죠. 그리고 자기는 잘 사는 거요. 그러다가 자기 딸의 비밀이 밝혀지고…… 결국 자기 딸의 자살로 자기 인생도 작살나고 비참해진다…… 그렇게 구라를 치겠죠."

"씨발놈…… 니가 드라마를 써라. 그렇게 똑똑한 놈이 왜 교회 헌금함을 터냐, 인마! 넌 주님한테도 하나님한테도 용서받기 틀렸어, 이 새끼야."

그러나 마나 빈대코는 피죤 베개를 베고 방바닥에 누워 온몸을 쭉 뻗었다. 세탁물 표백제 용액을 담고 있던 비닐 백에 바람을 불어넣은 피죤 베개는 목침만큼이나 시원한 데다 말랑말랑하기까지 했다. 미결방이나 미징역방에 있을 때 빈대코는 나는 언제나 한번 저 베개를 베고 누워보나 소망했는데 이 방에서 그 소망을 해결했다.

하해와 같은 망치의 영도력으로 피죤 베개를 하사받은 빈대코는 그 핑크빛 피죤 베개를 베고 누워 행복하기 그지없는 표정으로 눈을 감았다. 남들이야 연애를 하건 불륜을 하건, 로미오와 줄리엣이 독약을 마시든 자해를 하든 빈대코로선 알 바 아니었다. 그들을 전부 잡아넣어 징역살이 시켜야 한다는 탁 사장의 헛소리만이 들어도 들어도 지겹지 않은 위안의 말이었다. 죄가 있건 없건 세상 사람 모두 이 교도소로 불러들여 평화롭고 평등하게 함께 살았으면 좋겠다고 생각하면서 빈대코는 슬며시 초저녁잠에 빠져들었다.

24. 이혼법정

　빈대코의 이혼은 장마에 불어난 계곡의 물처럼 순식간에 닥쳤다. 물이 불어나리라는 사실을 모르지 않았지만 잠시 머뭇거리는 사이에 상상치 못할 속도로 달려든 우뚝 선 모양의 물은 물이라기보다는 물의 산이었다. 목요일 아침 배식시간 사동 복도 창가에 나타난 출정 담당 교도(矯導)는 빈대코의 수번과 이름을 부르며 오전 여덟시 삼십분 출정을 통보하고 준비를 요구했다.

　"어디요?"

　월요일 오전 변호사 접견을 통해 오늘 오전 가정법원으로 출정해야 한다는 말을 들었어도 막 밥을 먹으려던 참이었기에 빈대코는 그러한 사실을 까맣게 잊고 있었다. 설마 그럴까 하는 자기위안과 조바심 속에 이어진 느린 대비와 달리 저편의 도발은 급격하고 빈틈없고 산뜻했다.

"법원입니다."

그리고 교도는 돌아갔다.

"네에……."

여기저기서 몇 마디 거들 만도 한데 아무도 입을 열지 않았다. 밥상 앞에 앉아 숟가락을 들고 있던 10방 수용자 일곱 중에 가정을 가진 사람은 빈대코와 최 사장과 조 사장 셋이었다. 그들이 아니더라도 지금 빈대코가 맞이한 가정법원 출정이 뜻하는 곡절을 이해하지 못할 사람은 없었다. 초록색 플라스틱으로 찍어낸 수저를 밥상 위에 떨군 빈대코와 마찬가지로 나머지 여섯도 더 이상 밥을 삼키지 못했다.

공장에 출근한 뒤 인원점검이 끝나자마자 출정 담당 교도관이 빈대코를 데리러 왔다. 그를 따라간 사동 출입구 현관에서 신원확인이 있었고 호송 담당 주임이 지켜보는 가운데 수갑과 포승을 든 CRPT 요원이 빈대코를 불러 자기 앞에 세웠다. 오늘 다른 출정자는 없어 현관은 한적했다. 빈대코는 수갑을 든 요원을 향해 두 손을 내밀었다. 수갑을 채우고 조임 상태를 살핀 뒤 요원이 명령했다.

"팔 들고 뒤로 돌아요."

가슴을 동여 등에서 매듭을 지은 그가 다시 명령했다.

"돌아요."

가슴에 다시 매듭을 짓고 수갑 찬 손목까지 포승으로 엮었다. 그런 뒤 파일을 든 출정 주임을 뒤따라 출입문을 나선 빈대코는 자신을 호송하는 CRPT 요원 두 명의 부축을 받으며 합승차에 올랐다. 변두리 도로를 벗어나 교외 4차선 도로로 달려가는 합승차 안에서 빈대코는 지금 자신에게 닥친 이혼이라는 사건을 차갑게 받아들이려

지극히 당연한 생각을 했다. 그런 여자하곤 살 수 없다, 하고 그는 자신을 위안했다. 오늘 이혼하지 않는다고 해서 내일 그 여자가 달라질 리 없다, 하고 지금 자신이 맞닥뜨린 이혼이 마치 자신의 의지인 양 자기를 기만하고 있었다. 입을 다문 채 긴 숨을 콧구멍으로 뿜어낸 다음 어금니를 악물면서 빈대코는 자신이 이혼해야 하는 이유를 속으로 중얼거렸다.

"사노라면 난관은 또 닥칠 텐데 영범이 같은 놈한테 남편을 설득해달라고 꾀를 부리는 여자를 어떻게 아내라 믿고 살아갈 수 있나? 다른 일도 아니고 어머니 묘지를 파내자고 외간남자와 작당하는 여자가 어디 있나? 그런 여자는 죽어도 남편 말을 귀담아 들을 여자가 아니다. 지난 시절 좋은 날, 즐거운 날, 함께 고생한 날이 없지 않았으나, 그러나 이젠 우선은 믿을 수 없고, 정도 떨어졌고, 그러니 그런 여자하고 한 집에서 살 수 없다. 잘됐다! 이참에 깨끗하게 갈라서자!"

이전에 재판 받던 법정을 상상했으나 가정법원 법정은 작은 사무실로 규모도 아담한 데다 방청객이 없었다. 가운데 빈자리를 만들며 이쪽저쪽 멀찌감치 떨어뜨려 놓은 책상과 의자로 인해 저편에 앉은 아내의 얼굴은 볼 수 없었다. 판사의 호명과 질문에 답하는 목소리로 아내가 저편에 있다는 사실을 빈대코는 짐작할 수 있었다. 판사도 서기도 양쪽 변호사도 다 여자였다. 남자는 빈대코와 혹시 폭력적인 상황이 발생할까 빈대코 곁에 서서 예의 주시하고 있는 CRPT 요원뿐이었다.

판사의 판결은 간단했다. 흉악한 범죄자로 현재 수용자 신분인 피

청구인과 더 이상 결혼관계를 유지할 수 없다는 청구인의 소청을 본 법원이 인정한다는 판결과 함께, 이로 인한 위자료 등 재산분할에 관한 결정은 양측 변호사의 합의에 따른다고 결론 내렸다.

"합의내용 양쪽 다 이해하고 계시죠?"

판사는 이 자리에서 위자료와 재산분할에 관한 합의서 열람과 서명을 끝내라고 명령했다.

"날인 받으세요."

판사의 지시에 따라 서기는 서류를 들고 와 빈대코 앞 책상에 올려놓았다. 형사재판과 같은 피고의 마지막 진술 따위의 절차는 없었다. 이전에 변호사로부터 통보받긴 했지만 빈대코는 그래도 그러랴 싶어 이제껏 마지막 순간에 자신의 의견을 호소하리라 생각하고 있었다. 그러나 상황은 몰아치는 계곡의 물보다 더 급하고 냉정했다.

"저기 저…… 과수원도 그렇고 어머니 묘지는?"

빈대코의 더듬거리는 말에 판사가 되물었다.

"변호사가 설명하지 않았어요?"

"그런데 어머니 묘지는……."

"양측 변호사가 이미 문서화했어요. 거기 읽어보시고 날인하세요."

빈대코를 호송해 온 CRPT 요원이 빈대코 곁으로 다가왔다. 그 요원과 함께 국선변호사 아가씨는 책상에 놓인 서류를 내밀며 번갈아 명령했다.

"여기 지장을 찍으세요."

요원은 포승과 수갑으로 결박한 빈대코의 오른손 손목을 잡아 인주 통으로 당겼다. 울상을 한 빈대코는 곁에 앉은 국선변호사 아가씨를 바라보았다.

"제가 저번에 다 말씀드렸는데요?"

병신 같은 빈대코의 얼굴을 향해 국선변호사 아가씨가 그렇게 말했다.

"그래도……."

월요일 변호사 접견실에서 국선변호사 아가씨는 이혼 결정이 나면 위자료 청구와 재산분할에 관한 결정 또한 이러이러하다고 극히 명료하게 설명했다. 두 사람이 함께 경영한 과수원 8천 평은 평당 공시지가 2만 5천 원, 지상권 2만 5천 원, 합계 4억 원으로 계상해 양분하고, 이에 따라 피청구인 몫인 2억 원의 과수원은 과수원 분할 대신 청구인 단독재산인 공시지가 2억 원 상당의 청구인 주소지 인근 도청소재지 소재 모(某) 아파트 몇 동 몇 호로 대체한다는 결론이었다. 시골집은 지상권으로 계산한다지만 어머니 묘지에 관한 언급은 없었고 그에 대한 빈대코의 의견은 묵살됐다.

지금도 마찬가지로 빈대코가 얼결에 여기저기 지장 날인을 하고 CRPT 요원이 건네주는 화장지로 손가락에 묻은 인주를 닦아낼 때까지 누구도 빈대코 어머니 묘지 소유권에 대해 언급하지 않았다. 그렇게 빈대코의 이혼소송 판결과 위자료 청구 및 재산분할에 관한 가정법원의 판결은 종료됐다.

"어머니……."

교도소로 돌아오는 합승차 안에서 포승에 묶인 몸을 웅크린 채, 수갑과 포승으로 결박당한 두 손으로 얼굴을 감싸 안고 빈대코는 울었다.

"어머니…… 어머니……."

그러면서 여러 번 어머니를 불렀다.

25. 이혼

"그 여자도 안됐지 뭘 그래. 누군 좋아서 이혼을 하겠어? 이유가 어떻든 자길 두들겨 팬 남자하고 어떻게 같이 사나."

"그래? 그렇기도 하네."

"첨부터 그 여자가 문제를 만들었잖아요. 살아 있는 시어머니도 아니고 죽은 시어머닌데 그 묘소가 꼴 보기 싫다고 파내자면 그게 말이 돼요?"

"말이 되고 안 되고 싫은 걸 어떡하나? 꼴도 보기 싫은데."

"그래도 부부라면 남편 말도 좀 들어야지 그렇게 싫은 걸 왜 결혼했대요?"

"첨부터 잘못된 일은 없어요. 살다 보니 그렇게 되는 거지."

"그럼 결국 남편이고 뭐고 결혼이고 뭐고 다 싫어졌다는 얘기 아니오?"

"그러니 때리지는 말았어야지. 손찌검하는 남자하고 어떻게 살아?"

"참 내, 누굴 때리고 싶어 때렸겠소?"

빈대코 이혼으로 빵잡이들 간에 싸움이 벌어질 판이었다. 점심 먹고 빈대코와 털보가 인성교육장으로 떠나자 빵잡이 여럿이 수갑 차고 이혼법정 다녀온 빈대코 신세를 동정하러 기계조로 몰려들었다. 공구조장과 이발과 6반대장은 쇼군 곁에 앉고 작업반장과 창고조장은 털보와 빈대코가 앉았던 식탁 끝에 앉아 커피를 마시며 아가리질을 했다.

무기수 둘, 단기수 셋으로 이루어진 기계조를 제외한 빵잡이 다섯의 형량을 합하니 100년이었다. 100년 중에서 형기가 긴 25년짜리 공구조장과 6반대장은 여자의 입장을 옹호하는 편이었다.

"어떤 여자든 태어날 땐 다 공주로 태어나는 거요. 말은 하지 않지만 다 자기가 공주라고 생각해요. 그러니 결혼하면 왕비가 돼야 하지 않겠소. 그런데 남편이란 놈이 영 아닌 거요. 왕이 될 놈 같지 않아. 그럼 어떡하나? 이혼해야지 별수 있겠어요?"

잘생기고 장신에 체격도 좋은 공구조장이 말했다.

"그래서 좆도 아닌 시아버지 시어머니의 존재를 부정하는 거요. 그런 시아버지 시어머니를 인정하느니 차라리 자기 남편은 알을 깨고 나왔다고 하는 거요. 우물에서 솟아올랐다든가, 하늘에서 떨어졌다든가 아니면 늑대가 젖을 먹여 키웠다고 쌩을 까는 거요. 그래야 남편이 왕이 되고 자기는 왕비가 되잖아요."

그와 함께 여자의 입장을 옹호하던 6반대장도 공구조장의 현학에 반발했다. 알랭 들롱같이 시니컬한 미소를 띠며 6반대장이 말했다.

"야야, 요즘 너 무슨 그런 만화책을 보냐? 지금 여기서 그런 만화책 얘길 하면 먹히겠냐? 그리고 저 사장님 아주머니가 왕비가 되고 싶대? 그래서 이혼했대?"

"형님, 만화가 아니라 사실이 그래요. 옛날 사람 구라가 지금도 그대로 통한다고요. 저 사장님도 왕족이 아니란 사실이 탄로나 이혼 당한 거요. 그러지 않으려면 마누라 하자는 대로 좆도 아닌 어머니 묘를 버리고 마누라 깍듯이 모시고 살아야지 왜 시건방을 떨면서 뻗대요 뻗대길…… 그러니 이혼 당하죠."

"그게 아니라……."

6반대장이 자신의 판결을 설명했다.

"집 앞에 있다는 노친네 산소가 문제야. 요즘 세상에 눈만 뜨면 보이는 시어머니 산소에 기분 좋을 여자가 어딨냐? 그러니 짜증 부릴 만도 하지. 그래서 옛날부터 산소는 먼 산에 쓰는 거야. 우리 사장님이 그걸 몰랐어요, 그걸! 아니면 이참에 화장을 하시든가. 이것도 아니고 저것도 아니니 문제가 생기지."

이발은 화를 냈다.

"아니 아무리 세상이 뒤집어졌대도 우리나라 남자 중에 효자 아닌 남자 어디에 있어? 시집살이 시키는 것도 아니고 병수발 하는 것도 아닌데 멀쩡한 어머니 묘를 파내자면 가만히 있을 남자가 어디에 있어? 니들은 편을 들 걸 들어라…… 그 여자가 바람을 피웠는지 말았는지, 신체장애인 시누이를 내쫓았는지 않았는지, 과수원을 말아 먹으려고 수를 썼는지 아닌지는 나는 상관 안 해. 그건 둘째 셋째 문

제야. 그러나…… 그러나…… 난 내 어머니 묘지 파내자는 여자하곤
못 살아!"

"그래서 이혼했잖아요."

빵잡이 다섯 중에 가장 어린 작업반장이 이발의 핏대에 물똥을 처
발랐다.

"형님, 요즘은 효자의 시대가 아닙니다. 요즘은 착한 남편의 시대
예요. 요즘은 결혼하고 이혼하는 여자는 있어도 시집가는 여자는 없
어요. 그래서 요즘 여자들은 시금치도 안 먹고 시계도 안 보고 시도
안 읽는다잖아요."

"아이고 시발……."

다 웃었다.

"자기는 나중에 시어머니 안 된대?"

"그래서 아들보다는 딸을 낳죠. 위험한 며느리를 피하고 말랑말랑
한 사위 새끼 조지며 노후를 보내는 거요."

빵잡이들은 또 웃었다.

"이거 무슨 커피냐? 맛있다!"

쇼군이 총무에게 물었다.

"총무야, 이 커피 무슨 커피냐?"

"카누 커핍니다. 인성교육 가서 사장님들이 얻어 왔어요."

"그 사장님이 인정이 있어. 시골 사람이라 어쩌다 마누랄 두들겨
팼지만 심성이 고운 사람이야."

인성교육 시간이면 강사들은 수강하는 수용수를 위해 교도소에서
맛볼 수 없는 일회용 막대커피와 사탕을 나누어줬다. 털보와 빈대코

가 얻어 온 맥심 카누 커피를 마시면서 쇼군이 빈대코 편을 들었다.

"이혼을 하더라도 출소한 담에 그러지 짐승새끼처럼 포승으로 묶어다 놓고 재산까지 다 뺏고 이혼하는 그런 여자가 어딨나? 죽어도 제 명에 못 죽을 개쌍년이다."

그러자 징역살이 시작한 지 오래지 않은 창고조장이 괜한 소리를 했다.

"형님, 그 아주머니라면 카누 커피 말고 스타벅스 커피를 드렸을지도 몰라요."

자신을 쳐다보는 쇼군의 험악한 눈에 바싹 쫀 창고조장은 자신의 말이 농담이었다는 사실을 증명하려 싱거운 소리에 간을 쳤다.

"우리가 남자라고 남자 말만 듣고 여자를 욕할 순 없죠."

쇼군이 화를 냈다.

"공평하기도 하다, 이 새끼야! 그래서 니도 수갑 차고 손도장 찍으러 갈래?"

공구조장과 6반대장이 분노한 쇼군을 말렸다.

"형님, 어쩔 수 없어요. 이혼할 사람은 이혼하고 결혼할 사람은 결혼하고 그러는 거지 인생이 뭐 한길이오? 서로 믿을 수 없고 속일 수밖에 없으니 그 혼란을 어쩝니까? 이혼한다고 다 죽지 않아요. 저 사장님은 어쩌면 잘됐는지도 몰라요."

"잘되긴 뭐가 잘됐냐? 과수원도 다 뺏겼다는데."

"에이씨…… 다시 시작하면 되지 왜 그래요? 다시는 결혼하지 말고 혼자 열심히 잘 살면 되잖아요."

잠자코 있던 레옹이 그렇게 자신의 긴 침묵을 깨뜨렸다.

"결혼도 천재지변이랄 수 있어요. 그러니 과수원이고 뭐고 확 홍수에 떠내려갔다고 생각하면 되잖아요. 아니면 산불에 확 탔다고 생각하고…… 그리고 앞으로 일 열심히 하면서 혼자 살면 되지 왜 그래요."

빵잡이들도 기계조 조원들도 대꾸하지 않았다. 그래서 옥중에서 결혼했다가 옥중에서 이혼한 레옹이 한마디 더 보탰다.

"여우한테 홀려 밤새도록 산속을 헤매다가 구사일생 살아났다고 생각하면 맘 편하지 뭘 그래요. 죽진 않았잖아요."

26. 바닷가 주유소

"친구야, 자네 생일이 언제라 그랬나?"

인성교육 쉬는 시간에 빈대코가 물었고 털보가 대답했다.

"4월 24일이야. 음력으로는 3월 17일인데 아들도 손주들도 다 양력으로 하니 나도 이제는 그냥 양력으로 한다."

"그래? 나는 음력으로 쇠는데……."

"자네는 언제야?"

"동짓달 스무아흐레."

"11월이구나. 11월 29일. 양력으로는 12월인가?"

"그렇지."

"몇 달 남지 않았구나. 그러면 작년에는 여기 들어와 생일 밥 먹었겠구나."

"생일 밥은 뭐…… 조사받느라 구치소에서 검찰로 들락거리다가 며칠 지난 뒤에 보니 지나갔더라."

대머리를 긁는 빈대코의 팔꿈치를 슬쩍 만지면서 털보가 자기 이야기를 했다.

"나는 올봄 생일이라고 아들이 접견 왔더라. 그래봤자 잠깐 얼굴 보고 갔고 방에서는 애기도 하지 않았다. 기분 이상하더구만. 생일인데 죄수복 입고 혼자 운동장 빙빙 돌면서 하늘 쳐다보니 내가 왜 여기 이러고 있나 하는 기분이 들어 야릇하더라. 대체 이게 무슨 팔자 소관인가 하는 생각에 어이가 없어."

"자네는 1년 더 남았지?"

"만기가 내년 10월 3일이니까 앞으로 1년 1개월 19일 남았다. 자네는?"

무기수가 아닌 한 형이 확정된 수용자는 하루하루 자신의 만기일을 셈하며 살아가고 그 셈은 정확했다. 출소 19일 전인데 누군가 출소 20일 전이라고 하면 분개하는 까닭은 아침에 눈뜰 때마다 남은 날짜를 계산하기 때문이다. 그럴 때 그들은 오늘은 셈에서 제외하고 출소하는 날 또한 셈에서 제외하는 지극히 이기적 셈법을 사용했다. 벌금형 수형자는 가석방 심사 대상이 아니므로, 초범이지만 본 형기 끝나도 벌금형까지 살아야 하는 털보의 출소일자는 정해져 있었다. 벌금형 수형자 이외에도 누범자와 조직폭력단체 소속이나 성범죄자와 마약사범은 대체적으로 가석방 심사 대상에서 제외됐다.

"나는 만기가 내년 봄이지만 가석방이 있잖아. 두세 달 된다는데."

초범에 폭행범인 빈대코는 가석방 심사 대상이었다.

"그러면 내년 1월 말이나 2월 말이지."

"올해 생일 밥도 여기서 먹겠네?"

"자네하고 있으니 자네한테 얘길 할게. 달력을 보니 이번엔 양력으로 내년 1월 4일이고 내년에는 12월 24일이더라. 내 환갑 생일이 크리스마스 하루 전날이야."

"크리스마스이브야? 자네 환갑날이?"

"어어, 그래. 그때는 우리 둘 다 밖에 있을 테니 같이 한잔하자!"

"당연하지, 이 사람아!"

다음 쉬는 시간에도 두 사람은 도란도란 이야기를 했다. 강의가 끝나자 졸졸 붙어 화장실에 갔는데 소변기 앞에 서서도 이야기를 멈추지 않았다.

"친구야, 나는 어떡하든 다시 주유소를 하긴 해야 하는데, 이전처럼 고향에서 할 순 없고 이제는 고향에서 살고 싶지도 않아."

어딘지 정하지 않았으나 자신은 어딘가 멀리 바닷가 마을 국도변에서 주유소를 운영하면서 살아가겠다고 털보는 장래계획을 말했다. 오줌을 싸면서 빈대코가 그에게 물었다.

"거기가 어딘데?"

"아직은 어딘지 모르지만 곧 나타나겠지. 우리나라 여기저기 3면이 바단데 바닷가 어딘들 주유소가 없겠나. 국도든 지방도든 다 길이 있으니 어딘가 그런 곳이 있을 거다."

먼저 바지 앞 단추를 잠근 털보가 덧붙였다.

"자네도 거기서 나하고 같이 살자."

"나는 뭐 하고?"

"친구야, 나하고 그냥 살면 되지 뭘 뭐 해? 주유소에서 날 도와주며 같이 살면 되지."

"난 과수원을 해야 살지 그냥은 못 살아."

"그럼 그 근방 과수원을 알아보자고……."

교육장 강의실로 돌아와서도 둘은 이야기를 계속했다. 어떤 얘기 끝에 털보가 말했다.

"친구야, 내가 재밌는 얘기 하나 해줄게."

그러면서 저승사자의 실수로 다른 사람 대신 저승으로 끌려간 한 남자에 대한 이야기를 시작했다.

"옥황상제가 명부를 딱 펼쳐놓고 보니까 이놈이 아닌 거야. 다른 놈 대신 실수로 잡아온 거지. 그래서 옥황상제가 그 사람한테 말했 대. 자네는 벌써 죽어 장사를 치렀으니 이전에 살던 몸으로 돌아갈 순 없고 다른 좋은 곳에 새로 태어나게 해주겠다. 그러니 니가 살고 싶은 곳이 어딘지 말해라. 어디든지 니 소원대로 보내주겠다."

마치 그 불운한 남자가 자신이라도 되는 듯이 빈대코는 이야기에 심취한 눈으로 털보의 입을 바라보고 있었다.

"그래서 그 남자가 말했대. 저는 부도 명예도 다 필요 없고 그저 처자식하고 오순도순 걱정 없이 살아가는 초가삼간 한 채면 됩니다. 그런 곳에 다시 태어나게 해주십시오. 그러자 옥황상제가 화를 내면서 이렇게 말했단다."

잠깐 말을 멈추고 빙그레 웃던 털보가 대단원을 마무리했다.

"야, 이놈아! 그런 데가 있으면 내가 가겠다!"

빈대코가 물었다.

"그런 데가 없다는 거지?"

"이 친구 이거…… 그래 그런 말이야."

"나도 그런 뜻인지 알았다, 친구야."

빈대코의 엉뚱한 반응에 털보는 농담을 하나 더 했다.

"그러니 어디 가서 징역살이 편하더라는 소문내지 마라. 옥황상제도 징역살이 들어올라."

"알았다. 내가 어디 가 그런 소리 할 리 있나. 나는 자네가 옆에 있으니 좋다는 거지 자네 없으면 여기 징역살이가 좋을 리가 있겠나."

아직 이혼 후유증이 가시지 않은 빈대코는 털보의 우스갯소리에도 웃지 않았고 수시로 눈물을 비쳤다. 지금도 느닷없이 두 눈 가득 그렁그렁 눈물을 담더니 그 눈으로 털보를 바라보며 말했다.

"이봐, 친구야…… 우리는 앞으로 잘 살자. 이렇게 기막힌 데서 만난 기막힌 친구니 앞으로는 기막히게 잘 살아보자."

"그래, 내가 분명히 바닷가에 있는 좋은 주유소를 찾아낼게. 자네는 그 옆에서 과수원을 해라. 그러고는 소주 한잔 하면서 지금 이 징역살이를 추억으로 이야기하자."

27. 작별인사

빵잡이들은 감옥은 나가는 맛으로 들어온다고 한다. 징역살이를 취미로 하는 사람이 있을 리 없으니 들어가기는 당연히 고통스러운 일이고, 출소할 날을 하루하루 손꼽아 기다리는 세월 또한 참담하지 않을 수 없다. 그러니만치 그 끝을 장식하는 석방은 그만큼 감격스러운 일이었다.

이번이 세 번째 징역살이로 상습사기범인 조 사장은 2년 형을 마치고 만기출소를 나흘 앞두고 있었다. 마지막으로 자신을 정리하려는 본인을 위해서도 그렇고, 그러한 동료를 곁에 두고 보기 힘든 다른 수용자를 위해서도 이런 만기출소자는 출소 사나흘 전에 만기방으로 개별 수용했다. 내일 아침 만기방으로 옮기는 조 사장을 위해 10방 수용자들이 작별식을 마련한 시간은 저녁 설거지가 끝난 뒤였다.

"조 사장, 이번에 아주 고생 많았어. 나가서 사업 잘 하시고 건강해

요."

익숙하게 인사를 마친 방장 망치가 나머지 다섯을 둘러보며 인사를 권했다.

"한마디씩 해요. 저기부터."

조 사장의 손을 잡고 건강하라고 당부하는 탁 사장과, 간단하게 잘 가시라는 말만 하는 종수와, 나도 곧 따라갈 테니 자리 잘 잡아놓고 기다리라는 최 사장의 인사가 끝나자 스님 차례였다.

"조 사장, 시작이 있으면 끝이 있는 법이오. 우리 몇 달 됐나? 대여섯 달 됐지?"

조 사장은 봉제공장에 있다가 일이 힘들다고 제1위탁공장으로 옮겨 10방에서 지낸 지 세 달이 지나지 않았다. 워낙 말수 적다 보니 언제부터 같이 살았는지 헷갈린 스님은 그보다 오래라 여긴 모양이었다. 망치가 세 달도 안 됐다고 지적하자 스님이 그 말을 받았다.

"그것밖에 안 됐어? 난 더 된 줄 알았는데…… 여하튼 그동안 내가 쭉 지켜보니 조 사장은 매사 꼼꼼하고 철두철미해 나무랄 데가 없어. 그러니 이번이 마지막이라 여기고 다시는 여기 들어오지 않도록 해. 애도 벌써 고등학생이잖아. 애 엄마도 그동안 얼마나 맘고생 심했겠어. 이제는 호강 좀 시켜드려야지. 자아…… 조 사장, 인연이 있으면 세상 어디서고 다시 한 번 보기로 하고…… 잘 가시오."

미련해 보이고 머리 나빠 보이지만 조 사장은 경륜 있는 사기꾼이었다. 웬만한 사람은 아무리 지적도(地籍圖) 뒤지고 도시계획을 캐봐도 실상을 알아내기 힘든 애매한 토지로 사기 치는 전문가의 일원으로, 그중에서도 봉을 낚아 배를 째는 선수 중의 선수였다. 어떤 놈이든 일단 통장으로 입금하기만 하면 그때부터는 돌부처처럼 버티며 상대의 진을 뺐다. 이런 전형적 사기꾼에게 걸려들면 누구라도 돈을 돌려받을 방법이 없다. 왠가 하면 선수들은 이미 자기 형량을 계산하고 징역살이 들어갈 준비를 할뿐더러 징역살이 자체를 사업상의 과정으로 여기기 때문이다. 스님의 평가대로 싹싹하고 눈치 빠르고 말수 적은 조 사장이 바로 그런 프로선순데, 물론 그에게도 부처님의 품성이 전혀 없지는 않았다. 마지막으로 빈대코가 작별인사를 했다.

"고맙습니다."

이혼법정 다녀온 이후 힘들어하는 빈대코를 대신해 빈대코 차례의 설거지를 도맡아 한 동료가 조 사장이었다. 그러니 빈대코의 인사는 실존에서 우러나온 진정한 감사의 인사였다. 그때까지 양쪽 무릎에 얹은 두 팔을 늘어뜨려 초코 비스킷과 말랑쿠키 두 개를 손으로 뒤적이던 조 사장에게 망치가 지시했다.

"조 사장도 한마디 해야지."

좋아서 그러는지 나쁜데도 그러는지 조 사장은 늘 하던 대로 실실 웃고 있었다. 그런 사람 좋은 얼굴을 들어 과자와 종이 잔이 놓인 신문지 둘레에 러닝셔츠 바람으로 앉아 있는 혼거수 여섯을 향해 딱 한마디로 작별인사를 끝냈다.

"잘 살다 갑니다."

사기 3범다운 내공으로 그렇게 작별인사를 마친 조 사장은 잠자리에 들어서도 더 이상 말이 없었다. 다음 날 아침밥을 먹자마자 데리러 온 교도관과 사동봉사원을 앞세운 조 사장은 칫솔치약과 세면

수건만 챙겨든 채 머리만 꾸벅하는 인사를 끝으로 10방에서 떠나갔다. 조 사장의 처신이야말로 입신의 경지라 하지 않을 수 없었다.

"내가 4년을 살면서 수없이 많은 출소자를 겪어봤지만 조 사장이 뽄때다, 뽄때!"

스님의 칭송에 종수도 층을 지어 떡을 쌓았다.

"나도 저렇게 표표히 떠나야겠어요."

그러나 무기수 망치는 히죽이 웃고 징역살이에 이골 난 탁 사장은 종수를 향해 악의 없는 욕을 했다.

"도둑놈 새끼, 표표히 떠나라 표표히 떠나……."

여하튼 조 사장은 다른 싱거운 놈들처럼 제가 가진 물품으로 방을 난장판으로 만들지 않았다. 초범 단기수나 속 좁은 놈들은 출소 직전 자신이 가지고 있는 내의와 양말, 시계와 전동면도기, 먹다 남은 영양보조제와 우표와 편지지 따위 물품을 이놈저놈한테 나누어주느라 야단법석을 떨었다. 조 사장은 그 모든 것을 있는 그대로 사물함에 남겨둔 채 이번 사업의 성공적 마무리와 징역살이의 미학을 여실히 증명해 보이며 만기방으로 떠나갔다.

그런데 그날 점심시간에는 예기치 않은 작별이 하나 더 있었다. 주인공은 의료보험법 위반으로 8개월 형을 살고 있는 박보장기의 고수 이 사장으로, 영문도 모르고 불려간 사무실에서 포기하고 있던 가석방 결정을 뒤늦게 통보받았다. 얼뜬 표정으로 사무실에서 나온 이 사장은 우선 쇼군 앞으로 달려갔다.

"조장님, 가석방이라네요."

매월 10일을 전후해 교도소 전체에서 일고여덟 명이 지방교정청 가석방 심사를 받고 그 대부분이 법무부 교정국 심사를 통해 월말이면 가석방으로 출소한다. 그러자면 중순경 통보받고 이틀 동안 만기 출소자와 함께 출소교육을 받는데 이 사장은 그 과정을 건너뛰었다. 이번 가석방 대상자가 적어 교정국에서 급히 한두 명씩 더 심사신청하라고 지방교정청으로 하달한 결과였다.

"낼 당장 나가시겠네요?"

그동안 늘 반말로 대하던 쇼군이 이제는 세상으로 나가게 된 이 사장에게 존댓말로 인사했다.

"네에, 그런답니다."

과묵하기만 하던 이 사장은 감격에 겨운 눈빛으로 자신이 결코 과묵한 사람이 아니라는 사실을 증명했다.

"낼 오전에 여기서 그냥 나간다네요."

곁에 서 있던 총무가 잽싸게 날짜 계산을 했다.

"그러니 한 달하고 며칠을 먹었네요?"

"한 달 이틀이지."

"그게 어디예요. 생각지도 않은 걸 날로 먹었는데."

털보와 빈대코는 인성교육 받으러 떠나고 오후 작업이 시작되자 쇼군은 이 사장을 작업에서 제외했다. 쇼핑봉투 만드는 일이 내일 집에 가는 사람까지 동원해야 할 만한 국가대사도 아닐뿐더러 벌렁벌렁 흥분한 사람을 기계 앞에 앉혔다가 무슨 사고라도 날까 염려스러웠기 때문이다. 이 사장은 쇼군과 함께 기계조 식탁에 앉아 두 달 남짓 생활한 공장을 바라보고 있었다. 커피를 권하면서 쇼군이 이 사장에게 덕담을 했다.

"어딜 보나 이 사장님은 여기 오고 싶어도 올 이유가 없는 사람인데 말이오. 이번에는 재수 없어 어쩌다 들어왔다 치고, 앞으론 절대 여기 다시 올 일 없도록 해요."

"네네, 저야 뭐."

더는 할 말이 마땅찮은 둘은 다정하게 마주 앉아 커피를 마셨다. 총무와 레옹이 두 대의 타공기 앞에 앉았고 탁 사장은 작업 전 쇼핑봉투와 작업 후 쇼핑봉투를 이리저리 정리하고 있었다. 회한에 찬 눈빛으로 한참 동안 그 풍경을 바라보던 이 사장이 간곡한 작별인사를 했다.

"조장님, 몇 달 지내보니 징역살이 이거 진짜 사람이 할 짓이 아닙니다. 조장님도 얼른 나가셔야 하는데……."

"저는 앞으로 한 10년 내다봅니다. 옛날에는 무짜들도 20년쯤 잘 살면 내보내줬는데 요즘에는 그렇지 않아요. 25년짜리 30년짜리가 있으니 아무리 잘 살아도 무짜를 그놈들보다 적게 살릴 순 없지 않겠소. 나는 10년 더 있으면 25년이 되는데 그때쯤엔 뭔 소리가 있겠지."

'무짜'는 무기수를 가리키는 빵잡이들의 은어다. 그렇게 자신의 신세를 말하는 너그러운 쇼군 쪽으로 몸을 기울이며 이 사장은 그동안 가슴속에 담아뒀던 얄궂은 이야기 한 토막을 털어놓았다.

"이전에 텔레비전을 보니 감옥 갔다 나온 전(前) 대통령이 집 앞 골목에 서서 그러더라고요. 국민 여러분은 절대 감옥 가지 마시오. 거기 사람 갈 데가 아닙니다. 그러기에 그때는 저 양반이 무슨 저런 소릴 하시나 했는데, 내가 들어와 살아보니 그분 말이 맞아요. 여기 정말 사람 살 데가 아닙니다."

28. 비

인성교육을 마치고 공장으로 돌아가려고 복도로 나섰을 때 폭우가 쏟아지기 시작했다. 한 달 동안의 폭염을 뚫고 쏟아지는 거칠고 굵은 장대비는 미처 여미지 못한 창을 통해 복도로 들이쳐 털보와 빈대코의 얼굴에 튀었다. 그리고 그들이 도착한 공장에서는 맑고 경쾌한 여가수의 노래가 울려 퍼지고 있었다.

"나 이제 가노라 저 거친 광야에…… 서러움 모두 버리고 나 이제 가노라…… 내 맘의 설움이 알알이 맺힐 때…….

오랜만의 비는 수용자들을 숙연하게 했다. 더위에 시달리면서 그렇게 기다렸건만 막상 비가 쏟아지자 누구도 함부로 입을 열지 않았다. 그만큼 기다리던 비였고 그만큼 거친 비였고 그래서 모두 서러운 기분에 빠져들었다.

"깔은?"

총무가 탁 사장에게 물었다. '깔'은 교도소에서 통용되는 칼의 은어다. 어떤 경우든 칼이나 송곳과 같이 흉기가 될 수 있는 도구 소지를 금지하건만 칼이 없는 방은 없었다. 건전지로 작동하는 전동면도기를 분해하면 수염 올이 들어가는 구멍이 촘촘히 뚫린 스테인리스 강철판 부속물이 나온다. 그 강철판을 납작하게 편 뒤 한쪽 면을 시멘트 바닥에 갈아 날을 만들고, 그 반대편은 화장지로 감싼 뒤 접착테이프로 감아 손잡이를 만들면 '깔'이 된다. 교도관과 CRPT 요원이 수시로 점검하지만 어떤 수단을 쓰더라도 감추어 보관하는 이유는 칼이 그만큼 요긴한 도구기 때문이다.

"여기!"

탁 사장은 천장에 매달린 수복 하의 밑단에 테이프로 붙여둔 깔을 꺼내 총무한테 건네줬다. 어제까지는 식기보관함 맨 뒤에 놓인 빈 플라스틱 고추장 통 밑바닥에 붙어 있었으나, 식중독을 염려한 복지과에서 배식 이외 수용자가 따로 보관하는 반찬을 일시 점검하는 바람에 오늘 오전 그리로 옮겨둔 것이다.

일과를 끝내고 퇴근 시간을 기다리는 널널한 시간에 총무는 반소매 티셔츠를 민소매 티셔츠로 만들기로 했다. 쇼군이 만들어 입은 민소매 티셔츠처럼 소매를 뜯어내기 위해 총무는 반소매 티셔츠 본체와 소매를 봉합한 어깨솔기를 칼로 자르기 시작했다. 그 곁에 앉은 레옹은 에밀 졸라의 『제르미날』을 읽고 쇼군은 2리터짜리 생수 여섯 개들이 두 팩을 아령처럼 양손에 나누어 들고 조용조용 삼각근을 단련하는 중이었다.

"너의 침묵에 메마른 나의 입술 …… 차가운 네 눈길에 얼어붙은 내 발자국……."

높은 천장 구석에 매달린 스피커에서 울려 퍼지는 노래는 같은 여가수의 다른 노래였다. 그 노랫소리가 무색하게 유리창을 두들기는 빗소리는 요란하고 엄숙했다. 공장 건물 벽면과 대운동장 바닥을 후려치는 장대비 소리는 화음을 이루며 화급하고 짓궂은 저만의 음향으로 공장 안을 휘저었다. 퇴근을 기다리며 각자 작업대 앞에 망연히 앉아 쉬고 있는 수용수들은 그러나 이상할 만치 조용했다.

조 사장이 만기방으로 옮기고 하루가 지나도록 10방에는 새로운 전방수가 없었다. 내일이 주말이라 월요일까지는 여섯이 지내려 했으나 그렇지 않았다. 퇴근해보니 전방 온 수용수가 홀로 창가에 서서 창밖에서 벌어지는 폭우의 난동을 감상하고 있었다. 늙은 신입 수용수는 향정신성의약품관리법 위반사범, 즉 마약사범을 특징하는 파란색 명찰을 달고 있었다.

저녁배식과 설거지가 끝나고 마련된 입방식을 통해 신입 수용수는 용접 직업훈련을 갔다가 징역이 깨지는 바람에 본소(本所)인 이곳으로 돌아왔다고 자신의 근황을 말했다. 얼굴 가득 주름살투성이에 거미원숭이 같은 그는 일흔한 살 먹도록 감옥을 들락거린 마약중독자였다. 교도소가 아니라면 어디서고 적응하기 어렵겠다는 느낌이 10방 혼거수 여섯이 받은 그에 대한 첫인상이었다. 그는 검은 피부에 왜소한 체구였으나 왼쪽 어깻죽지부터 팔뚝까지 이어진 흑장미 넝쿨 문신은 묘한 매력을 풍겼다.

'징역 깨진다'는 말 또한 수용자들 간의 은어로 좋지 못한 사건으로 인해 정상적으로 진행되던 수감생활이 궤도를 이탈했다는 뜻이다. 가석방 대상자라면 가석방이 취소되고 수감태도와 교도소 배정을 결정하는 급수 또한 강등되게 마련이지만, 이 늙은 마약사범은 죄명으로 보나 누범경력으로 보나 가석방하곤 인연이 멀었고 사건이 경미했던지 급수 강등도 없었다. 미징역방에 두 달 앉아 있다 하도 더워 공장으로 나왔다고 자신이 출역 나온 이유를 말했다.

"비가 오니 일찍 침구 폅시다."

망치의 명령으로 서둘러 잠자리를 정하고 일찍 누웠다. 화장실 쪽 맨 구석 자리는 망치, 다음이 스님, 만기방으로 간 조 사장이 자던 다음 자리에 신입 약쟁이 노인이 눕고, 그다음이 빈대코 그리고 출입문 쪽으로 종수와 최 사장의 잠자리고, 탁 사장은 사물함 아래 가로로 누웠다. 빗소리가 심하니 텔레비전 감상하기도 여의치 않아 모두 잠자리에 누운 채 창밖에서 야단을 떠는 빗소리에 귀를 기울이고 있었다.

"그 간장병은 뭐요?"

좀 전 저녁밥을 먹으며 자기 혼자 밥을 비벼 먹고선 사물함에 넣어두던 간장병에 대해 스님이 물었고 약쟁이 노인이 대답했다.

"신앙촌 간장이오."

"그걸 왜?"

빈대코는 왼쪽으로 나란히 누운 약쟁이 노인과 스님의 대화를 엿듣고 있었다. 잠시 말이 없던 약쟁이 노인이 이윽고 더듬더듬 하는 말을 들으니 자신은 다른 사람과 다른 똥을 싸기 위해 늘 그 간장으로 밥을 비벼 먹는다고 했다. 어깨를 마주한 스님과 약쟁이 노인의 목소리는 빗소리와 텔레비전 소리에 섞여 바싹 귀를 기울여야 할 정도였다.

"왜? 사장님은 자기 똥냄새가 싫소?"

"내 똥은 내 똥냄새가 나야죠."

"그게 무슨 소리요?"

"똥을 싸고 내 똥냄새가 다른 사람 똥냄새하고 같으면 기분이 나빠…… 서럽고 슬픈 기분이 듭니다."

"그래요?"

스님은 이상한 똥냄새 얘기의 핵심인 약쟁이 노인의 결벽증이 이해하기 어려운 모양이었다.

"사장님이나 그렇지 여기 징역살이하면서 모두 같은 밥 먹고 같은 반찬 먹으니 똥냄새도 다 같은데 그 냄새 이상하게 생각하는 사람이 어디 있어요?"

"나는 내 똥냄새 나는 똥을 싸고 싶어 그러니 그만 그런 줄 아시오."

또 잠깐 있다가 스님이 다시 물었다.

"언제부터 그랬소? 언제부터 저 간장을 드셨어요?"

"들어올 때마다 그랬고 역사가 아주 오래됐어요. 첨부터 그랬어요. 내가 열여덟 살 때부터."

"사장님은 어디 오 씨요?"

"고아원이 고향이니 어디 오 씨고 뭐고 알 수가 없소."

"죽 거기서 컸어요?"

"네."

또 잠깐 멈췄다가 텔레비전 소리가 잦아들었을 때 스님이 다시 물었다.

"그 간장은 어디서 구해요? 요즘 여기서 구매하는 간장이 아닌데."

"구매품 가지고 오는 사람한테 부탁하면 구하는 수가 있어요."

스님은 이번에는 혼잣말을 했다.

"대단하시오, 대단해……."

그러더니 다시 물었다.

"이 어깨에 이 문신은 언제 했소?"

"한 40년 됐어요."

잠깐 있더니 자랑이라기보다는 감회에 젖은 목소리로 약쟁이 노인이 말했다.

"같은 방에 있던 사람이 해줬는데 대학에서 그림을 공부했다면서 아주 공들여 해줬어요. 그런데 빨간 물감을 구하지 못해 이파리는 파랗게 하고 꽃은 까만색으로 했어요. 오래됐죠."

"보기 좋습니다. 아주 실력 좋은 솜씨요."

"네, 다들 그럽디다."

"빨간 장미보다는 흑장미가 좋아요. 분위기가 있어요."

빈대코는 망치가 아주 가지라고 준 피존 베개를 베고 있었다. 시원하고 말랑말랑한 피존 베개의 촉감에 기분이 좋았고, 세상을 너덜너덜하게 적시며 쏟아지는 장대비 소리만이 아니라 스님과 흑장미 문신을 한 약쟁이 노인의 두런거리는 이야기를 듣고 있노라니 어쩐지 행복하다는 생각이 들었다. 그래서 온몸을 사로잡고 있던 맥을 다 풀어놓으며 스르르 잠속으로 빠져들었다.

29. 발톱

새벽에 비가 그치자 어제 아침보다 더 쨍쨍한 해가 떠올랐다. 말복이 지나고 일주일이 넘었으나 여전히 무더운 8월 네 번째 금요일이었다. 그리고 그날은 빈대코에게 겹치기 불행이 몰아친 날이었다. 여기저기 몸을 다쳤는데, 우선은 오른팔 어깨 인대였다.

"얼른 가자."

점심을 먹자마자 빈대코는 털보를 끌고 공용화장실로 달려갔다. 먼저 간 빈대코가 옷을 벗어 걸 때 비누와 수건을 챙겨든 털보가 뒤따라왔다. 곧 설거지를 시작하기 때문에 그 전에 목욕을 마쳐야 했으나 작정하고 달려온 덕분에 털보와 빈대코뿐이었다.

"먼저 비누칠을 하자."

빈대코는 바가지를 집으려 물이 가득 찬 재생고무 물독 뒤로 다가 갔다. 그러다가 사고가 났다. 우울한 기분으로 동작이 굼뜨고 고무신

뒤꿈치를 꺾어 신은 채 서두르다 보니 물독 뒤편에서 고꾸라지고 말았다. 알몸인 데다 넘어지는 자세도 엉성했다. 물독 뒤 물때 낀 바닥에 손을 짚고 넘어지면서 무릎이 까졌고, 그만 그러고 있었으면 좋았으련만 농부의 고집으로 오른손을 뻗어 대변소 문짝을 붙잡았다. 알몸으로 버둥거리며 용을 쓰고 일어서느라 다시 미끄러졌고 그때 오른쪽 어깨를 저미는 시큰한 통증을 느꼈다. 장소가 장소일뿐더러 서둘러 목욕을 마쳐야 하기에 기어이 바가지를 집어 들고 털보 곁으로 돌아왔다.

"괜찮다. 무릎이 좀 까졌네."

빈대코는 털보의 등에 물을 끼얹고 그가 머리를 감을 수 있도록 세숫대야에 물을 퍼 담았다.

"여기 수건에 비누칠해뒀다."

털보가 머리를 감는 동안 빈대코는 수건 두 장에 비누칠을 했고 자신의 몸에 물을 끼얹었다. 피가 비치며 욱신거리는 무르팍은 크게 신경 쓰지 않았다. 머리를 감고 일어선 털보가 물었다.

"야, 친구야. 어때? 많이 다치지 않았나?"

괜찮다는 손짓을 하면서 빈대코는 비누칠한 대머리를 세숫대야를 향해 숙였다. 그런 빈대코 등에 비누칠을 시작한 털보는 등에서 허리와 엉덩이를 거쳐 허벅지와 종아리까지 비누칠했다. 전신에 물을 끼얹어주는 털보를 빈대코가 말렸다.

"됐다, 됐다."

이제는 자신의 몸에 물을 끼얹으며 털보가 말했다.

"오늘은 사람이 없다."

"어제 비가 와서 그래."

"천천히 해도 되겠다."

"아니야, 금방 소지반대 애들이 들어온다. 그놈들 설거지할 땐 오줌도 못 누게 하잖아. 얼른 끝내자."

"다 됐다."

인성교육 수강 이후 공장으로 돌아왔다가 퇴근한 뒤에도 별 이상이 없었다. 까진 무릎에는 후시딘 연고를 바르고 잠자리에 들었다. 그러나 빈대코는 목을 타고 정수리까지 치뻗는 오른쪽 어깨의 통증으로 한밤에 깨어났다. 붕붕거리는 선풍기 소리 아래 잠든 10방 수용수들의 형태를 희미한 보안등 불빛이 드러내 보여주고 있었다.

오른쪽 어깨를 감싸 안은 빈대코가 자리에서 몸을 일으켰다. 물을 마시고 오줌을 눌 생각이었으나 한 걸음 내딛는 순간 이불귀를 밟은 발이 미끄러지고 말았다. 정신 차릴 틈도 없이 꼬꾸라지며 스테인리스 철제 싱크대 모서리에 입술을 박았다. 눈에서 번쩍 불이 일었으나 기어이 참고 몸을 바로 세웠다. 물을 마시려던 생각은 잊어버렸다.

얼얼한 입술을 매만지며 살금살금 화장실 문을 열었다. 그 순간 빈대코는 세숫대야에 담아둔 오렌지 주스 페트병을 밟았고 또다시 꼬꾸라졌다. 두 손으로 변기 물통을 잡아 몸은 겨우 지탱했지만 화장실 바닥 타일 틈서리에 낀 오른발 엄지발톱은 어찌할 수 없었다. 인대를 다친 오른쪽 어깨와 찰과상 입은 오른쪽 무릎 탓이기도 했지만 페트병을 밟고 미끄러진 왼발 때문에 오른발의 동작이 정상적이지 못했던 탓이었다.

다 잠든 때라 신음도 내지 못했다. 한밤 화장실 이용 시 지켜야 하는 혼거실 규칙에 따라 오줌 소리를 내지 않기 위해 바지를 내리고 변기에 올라앉았다. 그러나 오줌이 나올 리 없었고 오줌을 누러 일어났다는 생각도 없었다. 그 순간 빈대코의 머릿속으로 이상한 생각이 스쳐 지나갔다. 자신의 인생이 도저히 헤어 나올 수 없는 깊디깊은 수렁으로 빠른 속도로 빨려들고 있다는 느낌이었다. 손끝으로 더듬어보았으나 입술은 멀쩡했다. 하지만 눈알이 빠질 듯한 치통이 몰려왔고 흔들어보지 않았지만 싱크대 모서리와 박치기한 윗니의 상태는 짐작할 만했다. 이어진 통증은 발가락 끝에서 명치를 타고 치밀어 오르는 가혹한 감각이었다.

사동을 훑고 지나가는 서치라이트 불빛 속으로 오른발을 들어 올렸다. 뒤집어진 엄지발톱은 발가락 끝에 직각으로 매달려 있었고 그 아래 속살이 희게 드러나 보이며 흰 속살 주변으로 피가 번지고 있었다. 빈대코는 덜렁 들린 자신의 엄지발톱을 발견한 순간 돌연 고향 산속에 산다는 식냉이를 떠올렸다. 산속에서 길을 잃고 헤매던 나그네가 물을 찾으면 물 흐르는 소리로 유혹하고, 나물 뜯는 아낙네는 아기 울음소리로 유인해 목숨을 앗아간다는 산귀(山鬼)의 이름이 식냉이였다. 전신을 쥐어짜는 통증을 견디며 빈대코는 천천히 눈물을 흘렸다. 그러면서 이혼한 아내의 얼굴을 떠올렸다.

아내는 예쁘고 부지런하고 암팡지고 싹싹한 여자였다. 하지만 어느 날부터 눈빛이 변하더니 슬슬 거짓말을 하고 그때그때 적당히 둘러대면서 변덕과 투정을 일삼았다. 자신이 불리하면 나는 모른다고 딱 잡아떼거나 터무니없이 화를 내고, 당신 없이도 잘 살아왔다며 이죽거리고, 한나절이고 두 나절이고 입을 봉한 채 궁리한 말을 줄

줄이 늘어놓으며 조목조목 변명하고, 그러고도 말이 달리면 모든 문제를 돈 탓으로 돌렸다. 이러다가는 굶어 죽겠다는 엄포를 연발하다가, 또 어느 날엔 나는 당신뿐이라며 울며 매달리는 귀신 짓을 되풀이했다. 지금 생각해도 그 이유와 진실은 알 수 없었다.

물을 마시고 오줌을 누러 일어났지만 갈증도 요의(尿意)도 없었다. 어깨 통증도 없었다. 그러나 치통과 발가락 통증은 발끝에서 머리끝까지 신경을 찢어발기는 듯 부단했다. 하지만 빈대코는 싱긋이 웃고 있었다. 이웃에 사는 여러 살 아래 동생이고 베트남 여자가 달아난 뒤 아들과 단둘이 살고 있는 정영범의 얼굴이 눈앞에 떠올랐기 때문이다.

영범이란 놈이 자신의 과수원과 자신의 아내를 탐내 그런 짓을 저질렀다는 상상은 불쾌한 기분에 빠지도록 했다. 그의 행위가 아니라 자신의 상상에 대한 불쾌함이었다. 그에 대한 악감정은 없었다. 중요한 일은 빈대코 자신의 인생이었다. 아내나 정영범이나 치통이나 발가락 통증이 아니라, 자신의 보잘것없는 인생에 대한 안타까움과 불안 때문에 빈대코는 천천히 눈물을 흘렸다. 사람인지 귀신인지, 한 놈인지 두 놈인지 모르지만, 여하튼 자신의 인생을 나락으로 잡아끄는 그 식냉이 같은 놈을 향해 눈물과 콧물을 번갈아 빨아먹으며 빈대코는 욕을 했다.

"야, 이 개쌍놈의 자식아! 세상천지 어디 뜯어먹을 데가 없어 나한테 붙어 이 지랄을 하나?"

얼굴을 일그러뜨리고 양변기에 걸터앉은 채 빈대코는 또 욕을 했다.

"야, 이 벼룩의 간을 빼 먹을 놈아!"

야비하고 인색한 놈에 대한 욕은 더 있었다.

"야, 이 어린애 살에 붙은 밥알도 떼 먹을 놈아!"

이혼한 아내나 정영범이나 식냉이가 아니라 자신의 인생에 빨대를 꽂은 이 세상에 대한 처절한 욕이었다.

"야, 이 비렁뱅이 똥구멍에 박힌 콩나물도 뽑아 먹을 놈아! 야, 이 문둥이 콧구멍에 박힌 마늘까지 빼 먹을 놈아!"

욕을 마친 뒤에도 빈대코는 여전히 싱긋이 웃고 있었다.

30. 폭력배들

토요일 아침 기상시간이 돼서야 빈대코는 퉁퉁 부어오른 입술과 발톱 뒤집어진 엄지발가락의 상태를 확인했다. 의무실에서는 팔을 들 수 없을 정도로 통증 심한 오른쪽 어깨는 신경도 쓰지 않았다. 입술과 발가락에만 연고를 바르고 반창고를 붙여주기에 절름거리며 방으로 돌아왔다. 6방 창가를 지날 때 이쪽을 바라보는 털보와 눈을 마주치긴 했으나 빈대코는 싱긋이 웃으며 그냥 지나쳤다.

"우리 동네에선 이럴 때 지실 든다고 해요."

방으로 돌아온 빈대코에게 망치가 위로의 말을 했다.

"자잘한 사고가 겹치기로 일어나 사람이 쪼그라든다는 말이오. ……사장님 힘내요! 다 살라는 세상이지 죽으란 법이야 있겠소?"

아침 설거지가 끝나자 사동은 운동 나갈 준비로 수런거렸다. 공장은 주 5일 근무로 토요일과 일요일에는 방에서 쉬는데, 토요일엔 운동시간이 있지만 일요일은 종일 방에 틀어박혀 금고형을 치렀다. 오늘은 토요일이라 30분 동안 오전 운동이 있었다.

"날 따라와요, 사장님. 사장님은 12방에 가 있어요."

자살예방 차원에서 교도소는 어떤 경우든 수용자를 혼자 두는 법이 없었다. 운동장으로 나갈 수 없는 빈대코를 위해 웬만하면 한두 사람 남아주면 좋으련만 오늘은 고액권 우표가 현금 대신 오가는 족구경기 중에서도 가장 큰 판이 벌어지는 날이었다. 그래서 망치는 빈대코를 운동장에 나가지 않는 수용자들을 모아두는 12방에 데려다 놓았다.

12방에 남은 수용자는 다섯이었다. 환자는 빈대코와 똥가다 둘이지만 조직폭력배 중고참인 똥가다를 위해 졸개 둘이 곁에 붙었고, 나머지 한 명은 징역살이고 세상살이고 다 싫다는 표정으로 혼자 두면 언제 목을 맬지 모를 중늙은이였다. 그 중늙은이는 방에 들어오자 구석자리에 자리를 잡고 누웠지만 대낮에 방에 누워본 적 없는 빈대코는 사물함 미닫이문에 등을 붙이고 앉았다. 살집 뒤룩뒤룩한 똥가다는 며칠 전 달리기 시합에서 넘어져 팔과 다리를 깠다. 상처에 바른 연고가 진물과 함께 흘러내렸고 졸개 둘이 그 옆에 부동자세로 서서 시중을 들고 있었다.

"야, 저 앤 요즘 누구하고 산다냐?"

윗도리를 벗어 문신투성이 상체를 드러낸 채 방 한가운데 앉은 똥가다가 물었고 졸개 중에서 조폭 조직원이 아니라 조폭 조직원인 체하는 '30년'이 대답했다.

"재미교포라고 합니다, 형님!"

살인죄라지만 전례 없이 30년형을 받아 30년이라는 별명으로 불리는 20대 중반의 수용수가 허리를 숙이며 말했다.

"재미교포 3센데 얼굴도 잘생기고 아버지가 돈도 많답니다, 형님! 지금 대학에 다닌다는데요, 형님!"

똥가다가 근황을 물은 여가수는 미모와 가창력이 뛰어나고 데뷔하면서부터 염문을 몰고 다니는 신인이었다. 지금 텔레비전 화면에서 노래하고 있는 그녀를 바라보며 똥가다가 또 물었다.

"재도 대학 나왔냐? 쟤는 고등학교만 나왔다던데?"

이번에는 조직 직계후배인 다른 졸개가 지방에 있는 한 고등학교를 거명하며 대답했다.

"그 고등학교 졸업하고 서울 올라와 재수학원 다니다가 떡볶이집에서 스카우트 됐답니다, 형님! 그런데 데뷔하고 뜨더니 작년에 대학 갔습니다, 형님! 그리고 형님……."

그는 좀 전 30년이 아뢴 그녀의 근황에서 잘못된 점을 바로잡았다.

"지금 교제하는 남자가 대학생이 아니고 대학원생인가 대학원 졸업했든가, 하여튼 대학생은 아닙니다, 형님! 돈 많은 재미교포 3세는 맞습니다, 형님!"

그러더니 한마디 더 덧붙이며 차렷 자세로 상체를 숙였다.

"그 남자가 아주 잘해준답니다, 형님!"

똥가다는 양쪽에 붙어 서서 지나치게 아부하는 졸개 둘을 물리쳤다.

"야야, 까마귀 뜨면 시끄럽게 군다. 니들 거기 가만히 앉아 있어라."

'까마귀'는 CRPT 요원을 가리키는 수용자들의 은어다. '교정국 기동순찰팀'의 영문약칭인 CRPT는 교도관과 함께 수용수의 생활을 보호하고 통제하는 부서(部署)인데, 그 요원들 제복이 까만색이고 그들이 쓴 팔각모 또한 까만색이라 까마귀라는 별명으로 불렸다.

"그 재미교포가 진짜 애인인지 알 수 없다는 말도 있습니다, 형님!"

똥가다의 명령에 한 걸음 떨어진 자리에 주저앉으며 30년이 말했고 똥가다가 대꾸했다.

"그럼? 다른 애인이 또 있대?"

"전에 사귀던 탤런트가 있잖습니까, 형님!"

"야, 인마! 걘 벌써 다른 애하고 사귄다고 신문에 났던데 뭘 그래?"

똥가다가 짜증을 내자 30년은 머리를 방바닥으로 깊숙이 숙이며 용서를 구했다.

"그렇습니까, 형님! 저는 거기까진 몰랐습니다, 형님!"

그런 시시껄렁한 수작을 지켜보면서 빈대코는 시큰거리는 어깨를 주무르고 있었다. 텔레비전에서는 떼를 지어 달려 나온 사내자식들이 이리 뛰고 저리 뛰고 난리를 치며 손짓을 해댔다. 그들에 대해 똥가다와 두 졸개는 또 연예계 뒷얘기를 주고받으면서 능력 있는 여자는 열 명이든 백 명이든 여러 남자를 거느려도 상관없는 세상을 저주했다. 그래서 별 볼일 없는 자신들은 이렇게 감방에 찌그러져 있다는 한탄이 그들이 내린 결론이었다. 천방지축 날뛰며 북치기 박치기로 주절거리는 보이 그룹의 노래를 감상하던 똥가다가 직계후배한테 물었다.

"야, 닌 노래 좀 하냐? 쟤들 정도는 아니더라도 좀 해?"

"형님, 제가 메들리 들어가면 도우미 애들 다 죽습니다, 형님!"

이번에는 왼쪽에 앉은 30년에게 물었다.

"니는?"

"네, 형님! 저도 좀 하긴 합니다."

"이 새끼…… 니는 제대로 할 것 같지 않다. 니는 뭐 하나 여자를 끌어댕길 재주가 없어 보인다. 그래서 니 같은 새끼들이 칼 들고 여자화장실 가는 거야, 인마! ……니 같은 놈들 때문에 여자들이 남자를 무서워하는 거라고. 돈이 없으면 노래라도 하든가, 아니면 춤이라도 저렇게 좀 추든가, 이 새끼야!"

그러자 30년이 정색을 하고 말했다.

"형님, 저가 그 새끼하고 같이 운동했습니다, 형님! 묻지마 살인 했다고 신문에 난 그 새끼 말입니다, 형님!"

"어디서?"

"재판 받을 때 미결방 같은 사동에 있었습니다, 형님!"

"그런데 왜? 그 새끼가 뭐래?"

"형님! 그 새끼가 자기는 묻지마가 아니랍니다, 형님! 어쩌다 보니 그렇게 됐답니다, 형님!"

"야, 이 새끼야! 징역 온 새끼 말을 어떻게 믿냐? 그리고 그 새끼 말이 맞더라도 사람이 죽었는데 그게 말이 되냐? ……응? ……사람이 죽었는데?"

유명 여자 영화배우 이름을 대면서 30년이 다시 말했다.

"나이트클럽에서 그 여자 배우 핸드폰 주워 그 안에 든 누드사진으로 협박하다 잡힌 새끼도 그때 같이 있었습니다, 형님! 그 새끼도 억울하다고 그럽니다, 형님!"

성난 사무라이 얼굴이 문신으로 박힌 왼쪽 어깨를 치켜든 똥가다가 30년의 머리통을 쥐어박았다.

"야, 그런 잡범들 얘기는 하지도 마라. 재수 없다, 이 새끼야!"

똥가다의 자부심을 증명하듯이 노란색 명찰이 좌우에 붙은 그의 수복이 벽에 걸려 있었다. 일반 수용수 명찰은 흰색이지만 특별한 색깔의 명찰이 세 가지 더 있었다. 사형수는 빨간색이고 마약사범은 파란색이고 조직폭력배는 노란색이었다. 아가리질을 그친 졸개들은 또 뭔가 아부할 거리를 찾더니 곧 커피타임을 벌였다.

"사장님은 얼마나 남았어요?"

커피를 마시던 똥가다가 빈대코에게 물었다. 초범으로 가석방이 있어 이제 대여섯 달 남았다는 대답에 그가 말했다.

"가석방 거부하는 사장님도 있어요, 사장님. 우리 공장에 쓰레기 관리하는 그 어르신 알죠? 그 어르신 가석방 8개월 먹었는데도 싫다고 그냥 살잖아요. 나가봤자 갈 데도 없고 보호관찰 받기도 귀찮다고 여기서 다 때우고 나가겠대요. 그래서 지금 그냥 살잖아요."

그의 조직 직계후배가 아는 체하며 나섰다.

"그러면 다음 들어와 그 가석방 찾아먹을 수 있어요."

그러더니 빈대코에게 한 가지 정보를 건네줬다.

"사장님은 초범이니까 형기 80퍼센트 지나고 징벌이나 벌점 없으면 1급 달아줘요. 1년 6개월 형이면 15개월째 1급 달아요."

빈대코 대신 똥가다가 따져 물었다.

"이 사장님이 1급 달아서 뭐 하게? 그때면 가석방 나간다는데 1급이고 2급이고 뭘 달고 말고 하냐, 이 새끼야!"

"형님! 1급 달면 다음 들어올 때 가산점 있습니다, 형님!"

"이 새끼 이거 정말 돌이구나. 야, 인마? 이 사장님이 뭐 하러 여기 또 들어오겠냐? 이 사장님이 조직이냐 향이냐?"

'조직'은 조직폭력단체 조직원의 준말이며 '향'은 마약사범을 가리키는 은어로 '향정신성의약품관리법 위반사범'의 준말이랄 수 있다. 그들이 그러나 마나 빈대코는 똥가다의 몸통을 바라보며 요란한 문신을 감상하고 있었다.

한편으로는 어머니가 곱게 낳아준 몸뚱아리를 저렇게 만화책으로 만들어놓은 정신머리가 한심하다고 생각하면서도, 한편으로는 그렇게 해서라도 남을 제압해 밥 먹고 살고자 하는 노력을 칭찬하지 않을 수 없었다. 하지만 빈대코 자신은 조금도 겁나지 않았다. 그의 어깨에서 배꼽을 향해 기어 내려오는 뱀은 대가리 생김새로 보건대 물뱀이나 꽃뱀이랄 순 있어도 독사는 분명히 아니었다.

31. 일요일

빈대코와 스님은 창가에 서서 교도소 담 너머 민가의 풍경을 바라보고 있었다. 가끔 마을버스가 지나다니고 띄엄띄엄 승용차와 경운기가 오가는 시골길 건너편은 비탈밭이었다.

"들깨밭인가?"

혼잣말인지 빈대코 들으라는 말인지 스님이 중얼거렸다.

"요즘도 들깨를 심어요?"

빈대코가 보기에 노파인 듯한 사람이 이리저리 움직이는 그 밭은 참깨밭이었다. 저녁나절이라 그다지 덥지 않았고 담 너머 높다랗게 자란 포플러나무 이파리를 흔들며 한 줄기 바람이 지나갔다.

"참깨요. 저기 참깨를 말리고 있잖소. 들깨는 아직 때가 이르지요."

"그래요? 들깨는 언제 추수합니까?"

"참깨는 추석 전에 털고 들깨는 추석 쇠고 베지요. 저 집은 좀 늦었네. 그늘 드는 땅이라 이제 베서 말리고 있구만."

나머지 수용자는 다 낮잠 자는 중이고 두 사람만 깨어 있었다. 한 동안 말없이 그러고 있던 빈대코가 스님에게 물었다.

"사장님은 뭘 어쩌시다가 여길 왔소?"

노파가 참깨밭 귀퉁이에 놓은 불은 불꽃은 보이지 않고 가느다란 연기만 피워 올렸다. 그 연기가 이리저리 흔들리는 모양을 감상하면서 스님이 대답했다.

"잘난 척, 아는 척, 있는 척하다가 보면 이 꼴 납니다."

여전히 저 멀리 참깨밭 귀퉁이에 시선을 고정한 채 스님이 말했다.

"어디서건 그 세 가지만 조심하면 만사가 편합니다. 알아도 모르는 척, 잘나도 못난 척, 있어도 없는 척하고 살아가면 되는 걸 그러기가 쉽지 않아요."

그 말을 받아 빈대코가 말했다.

"애초부터 없이 살고, 모르고 살고, 지가 잘났는지 못났는지도 모르고 살면서 그런 척하지 않으면 젤 편하겠네요."

"그러면 척을 할 수도 없으니 그런 척은 척이 아니죠."

"척할 필요가 없으면 좋지 뭘 그래요."

"세상살이 하면서 어떻게 그렇게 살 수 있겠습니까. 그러면 사람이 아니고 짐승이지요."

"그럼 어쩝니까?"

"그러니 문제가 아닙니까. 있어야 하고, 알아야 하고, 잘나야 인간이지만 또 그렇지 않은 척하면서 살아야 하니 여간 어려운 일이 아니다 이 말입니다."

스님은 먼 데 있던 시선을 교도소 담 위 가시철조망으로 옮겼다. 뱅글뱅글 원을 그리며 가시철조망은 시멘트 담을 따라 끝없이 이어지고 있었다.

"교도소도 사람 사는 곳이라 저 담 너머 세상하고 똑같아요. 이런 척 저런 척하지 말고 살아야 만사가 편합니다."

키가 큰 스님은 목을 틀고 이마를 숙여 빈대코를 돌아다보았다.

"나는 벌써 4년을 여기서 살았소. 양아치 놈들 야단치다가 징역이 깨져 가석방도 날아갔어요. 아침저녁으로 참회하고 수시로 수양하고 살아도 부족하니 어쩌겠소? 인간사 가시덤불을 벗어날 길이 없네요."

두 사람이 있는 제1위탁공장 출역수 사동 10방은 3층에 위치해 그 아래편 원예반 건물과 묘포장과 온실이 발아래 있었고, 그 옆에 자리한 제2위탁공장의 기다랗게 생긴 지붕도 내려다보였다. 그 풍경을 천천히 더듬어 살피면서 스님은 이런저런 이야기를 했다.

"사장님도 어제 봤죠?"

무슨 소린지 몰라 빈대코는 스님의 옆얼굴을 쳐다봤다.

"어제 12방에 있던 애들 말이오."

그제야 빈대코는 스님의 말을 알아들었다.

"그런 애들이 양아칩니다. 우선 조심해야 할 귀신들이죠. 시골바닥에서 꼴같잖은 놈들이 모여 조직 같지도 않은 조직을 만들어서는, 조직입네 뭐네 까불면서 폭력배 같지도 않은 폭력배 꼴을 해요. 여기 교도관들이 다 이 지역 사람들이다 보니 그런 놈들이 교도소 주인행세를 합니다. 그러니 그런 놈들하곤 말도 섞지 마세요."

폭행죄로 징역살이하는 빈대코는 미결수 시절 강력방에서 그런 애들하고 살았지만 그들하고는 할 말이 없으니 문제 될 일도 없었다.

"그다음이 악마 같은 놈들입니다. 사사건건 트집 잡고 괴롭히며 사고를 만듭니다. 아주 야비한 빵잡이 놈들인데, 그놈들이 지랄을 떠는 이유는 결국은 돈 내놓으라는 얘깁니다. 다 거지새끼들이죠. 돈 뜯어내려고 그렇게 거머리처럼 달려들어요."

스님은 양아치와 악마와 마귀와 돌변으로 이어지는 징역살이 귀신들의 족보를 열거하면서 그들의 성질과 대처법을 강론했다.

"여기는 1, 2급 경경비교도소라 더 심한 놈은 없어요. 3, 4급수는 형 확정되면 중경비교도소로 배속되거든요. 그런데 어쩌다 숨어 있는 놈도 한둘 있긴 있습니다."

유리창은 방 안의 사물함 위쪽에 위치했다. 사물함 상부가 창턱 역할을 하고, 그곳에는 혼거수들의 이런저런 공용물품이 놓였다. 막대커피와 녹차티백이 든 종이상자를 옆으로 치우며 스님은 다른 손으로 빈대코의 등을 쓰다듬었다.

"사장님은 이제 곧 밖으로 나가실 텐데 뭘…… 여기는 그런 놈이 별로 없습니다만 뭣도 모르고 기술 배우러 직업훈련 갔다가 그런 놈 만나 징역 깨는 수가 있습니다. 전국 여기저기 교도소에서 이런 놈 저런 놈이 아주 작정을 하고 몰려들거든요. 그런 데서 마귀를 만납니다. 악마 중의 악마랄 수 있죠. 어지간한 악마는 육갑도술을 부려도 마귀까지 진급하기 어려워요. 이놈들은 천성을 그렇게 타고난 놈들이니까요."

스님은 아랫입술을 여덟팔자로 일그러뜨리고 미간에 주름을 잡으며 넌더리난다는 표정을 지었다.

"이놈들은 피를 빠는 거머리가 아니라 날로 배를 째는 진짜 귀신들입니다. 돈 달라고 찍자 부리는 얼치기 악마하고는 수가 달라요. 돈 없고 찾아오는 사람 없고 몇 년씩 빵에서 썩다 보면 그렇게 본성이 겉으로 흘러나와 우선 눈빛부터 변합니다. 그동안 억눌려 있던 인간의 악한 면이 겉으로 드러나지요. 왜냐구요? 그놈도 그러고 싶어 그러겠어요? 뱀 굴에서 토끼처럼 살 수 없으니 저도 살자고 그렇게 변하는 거요. 갱생? 웃기는 소립니다."

스님은 꾹 다물었던 두 입술을 불시에 떼면서 쩝, 하는 소리를 냈다.

"인간 자체가 악이라 갱생이 불가능해요. 이놈들은 몇 년 만에 밖으로 나가면 눈이 부시고 어지럽답니다. 오래 배를 타다가 여러 달 만에 땅에 오른 뱃사람들이 멀미를 하듯이 이놈들은 교도소 밖 세상이 흔들리고 낯설고 이상해 견디기 힘들다고 해요. 그러니 이놈들은 제 고향인 깜빵에 들어앉아 갖은 잔인하고 야비한 짓으로 주변 사람을 괴롭힙니다. 우선은 곁에 있는 멀쩡한 수형자들을 괴롭히지만 교도관들도 가만두지 않아요."

다시 쩝, 스님은 입술 소리를 냈다.

"이놈들은 좋은 뜻으로 만든 청원제도를 악용해 직원들을 놀리고 괴롭혀요. 만화책을 빌려주고선 수용자 만화책 빼앗아봤다고 고발하고, 배식 때마다 정량계측하자고 대들고, 대수롭지 않은 농담을 인격모독이라며 청원서를 획획 날립니다. 정신적으로 예민한 탓이라고요? 아닙니다. 이놈들은 그런 짓으로 깜빵살이를 즐깁니다. 모든 인간을 속이고 배신하고 인간관계를 파탄지경으로 몰아넣으면서 그런 자신의 아이디어와 실천을 자랑스러워해요. 그런 소영웅주의 심리가 있습니다. 악의 자기현시욕이죠. 그래서 이놈들을 마귀라 부릅니다."

통증으로 저린 자신의 어깨를 짚고 있는 스님의 손목을 잡으며 빈대코가 말했다.

"이쪽 어깹니다."

"아이고…… 그렇지!"

스님은 얼른 손을 거두어들였다.

"그리고 마지막 귀신이 바로 돌변입니다. 조심하세요, 사장님도. 이놈은 언제 어디서 만나게 될지 모릅니다. 귀신 중의 상귀신이니까요."

"미쳤단 말이오? 돌았다는 뜻이오?"

"그렇기도 하고 그렇지 않기도 합니다. 돌변은 돌연변이라는 뜻도 아니고 정신이상자라는 뜻도 아니긴 하지만, 그렇다고 그렇지 않다고 할 수도 없어요."

잠깐 생각한 뒤 스님이 말했다.

"우리 공장에 게이 영감 있죠? 저 4반대에서 일 열심히 하고 배식 타러 다닐 때 이렇게 이렇게 여자처럼 걷는 영감 말이오."

고개를 갸웃이 기울이고 어깨를 오그린 채 엉덩이 일렁이며 걷는 똥똥하고 키 작은 노인 수용수를 흉내 내면서 스님은 주의를 당부했다.

"그런 사람을 조심해야 합니다. 언제 어디서 무슨 일이 일어날지 몰라요. 그런 영감이 바로 돌변입니다."

32. 계간

"왜 저래?"

창가에서 물러서려던 스님이 창밖으로 고개를 빼 원예반 건물 주변으로 몰려드는 교도관과 CRPT 요원들을 내려다보며 물었다.

"무슨 일이야?"

스님이 모르는 일을 빈대코가 알 리 없으니 대답할 사람은 없었다. 일요일인데도 불구하고 과장 계장까지 등장했고 그야말로 까마귀가 내려앉은 듯 적지 않은 CRPT 요원이 묘포장을 휘젓고 다녔다. 그중 몇몇은 키만 껑충 웃자란 식물이 심긴 플라스틱 화분을 서둘러 들어내면서 그 식물을 뽑아 내동댕이쳤다.

"무슨 일인지 몰라도 뭔가 큰일이 터진 모양이다."

간간이 서늘한 바람이 불어오는 8월 마지막 일요일은 그렇게 저물어갔다. 그리고 다음 날 아침 제1위탁공장이 작업을 시작했을 때

어제 오후 원예반에서 벌어진 사건의 전말과 그 사건이 드러나게 된 기막힌 사건의 전모 또한 드러났다.

어제 CRPT 요원들이 플라스틱 화분에서 뽑아 묘포장 가장자리로 내던진 식물의 정체가 알려졌는데, 호리호리하게 키가 큰 그 식물은 다름 아닌 대마였다. 삼베 소재인 대마피를 생산하기 위해 교도소 원예반에서 대마를 키울 리 없으니 그곳에서 왜 대마를 재배했는지는 분명했다. 교도소 안에서 이러한 일이 일어났다면 누구나 믿으려 하지 않겠지만, 그런 일을 저지를 수 있는 기발하고 무모한 범죄자들이 사는 곳이 교도소라면 설명이 되겠다. 씨앗을 몰래 들여왔는지 모종을 숨겨 왔는지는 끝내 알려지지 않았으나 어쨌든 대마초를 제조하기 위해 원예반 소속 수용수들이 그곳에서 대마를 재배했다는 사실은 분명했다.

원예반의 대마 재배가 발각되기까지는 그에 앞서 벌어진 복잡하고도 미묘한 사건 서너 가지가 더 있었다. 몇 달 전 목공공장에서 벌어진 계간사건이 시발점인데, 사건의 주인공은 목공공장을 쥐락펴락하는 소인증 수용수였다. 나이는 마흔으로 키가 140센티미터 정도인 그는 역시 소인증 장애인 쌍둥이 동생과 호프집 여주인을 강간살인한 중범죄로 25년 징역형을 살고 있는 전과 3범의 빵잡이였다. 신체적 결함을 상쇄할 만큼 머리 회전이 빠르고 나름대로 주변 사람을 휘어잡는 카리스마가 있어 그는 반대장과 창고조장을 겸하고 있었다.

소인증 원인 중에는 성적 조숙도 있다니 이들 쌍둥이 형제의 소인증은 신체발육과정에서 발생한 화학적 문제일 가능성이 크다. 범죄 내용이 그렇고 이번에 저지른 사건이 계간이라는 사실 또한 그러한 짐작을 뒷받침했다. 여하튼 소인증 형은 형기를 시작한 지 3년에 출역한 지 한 해가 지나지 않아 주임 교위의 신임을 얻었고 목공공장을 장악했다. 공범인 동생은 3, 4급 중경비교도소로 배치받았지만 지난 수감기간 수감성적이 좋았던 형은 이 교도소에 눌러앉았다. 수완 좋은 데다 목공에 관한 기능이 뛰어났고 대인관계도 원만해 세 번째 징역형을 무난하게 지내고 있었다. 그런 솔선수범하고 철두철미한 작업태도 때문에 누구도 그의 왜소한 신체에 담긴 과다한 성욕과 포악성을 눈치채지 못했다.

그의 첫 번째 계간은 몇 달 전 우연히 시작됐다. 그래서 이번 계간 사건의 책임이 그보다는 첫 번째 상대에게 있다는 말이 돌기도 했다. 잠자고 있던 소인증 강간살인범의 성욕을 자극한 사람은 농구선수처럼 키가 크지만 근력이라곤 없어 보이는 절도범 청년 수용수였다.

"그 자식은 내가 알아요. 그 새끼 게이야 게이!"

그와 같이 미징역방에 있었다는 창고조장이 빵잡이들에게 말했다.

"우리 방에 있을 때도 이상한 짓 많이 했어요. 여자처럼 샐쭉샐쭉 쪼개고 밥도 요렇게 요렇게 처먹고 아주 이쁜 짓을 재수 없게 했어요. 엄청 못생긴 놈이 말이죠. 게이들 중에는 그렇게 개뼈다귀처럼 생긴 놈이 있잖아요. 분명히 그 새끼가 먼저 엉덩일 들이대고 흔들었을 거요."

그 절도범에 대해 알지 못하는 나머지 빵잡이들은 그래서 그런가 보다 했다. 이번 사건의 전말을 가장 많이 수집한 작업반장이 기계조 식탁에 둘러선 빵잡이들에게 자기가 들은 대로 털어놓았다.

"그런데 그 새끼가 6월에 달가로 나갔대요."

'달가'는 특정한 기념일 가석방이 없는 달에 실시하는 정기 가석방을 줄여 부르는 교도소의 은어다. 가석방은 매달 있는데, 삼일절과 부처님 오신 날, 광복절과 10월 28일 교정의 날, 크리스마스에 실시하는 기념일 가석방이 있고, '달가'라는 그 외 일곱 달의 정기 가석방은 대개 매달 마지막 주 금요일에 실시했다.

"그래서 다음 타자로 찍힌 놈이 그놈이래. 아주 귀엽게 생겼다더구만. 대학교 다니다 들어왔다니 아직 애지. 그러니 얼마나 보들보들하겠어. 순진하고."

똥 씹은 표정으로 듣고 있던 이발이 그때 물었다.

"걘 왜 들어왔는데?"

"보피로 3년 먹었대요."

'보피'는 보이스 피싱의 약칭인데 다른 범죄에 비해 형량이 상당했다. 작업반장은 소인증 강간살인범 반대장의 섹스파트너가 된 보피 청년 수용수의 처지를 설명했다.

"그런 애가 뭘 알아? 창고 구석으로 끌고 가 얼굴에 쌍판 들이대고 잠깐 들여다보기만 해도 바싹 얼지. 거기 목공 자재창고 알죠, 형님?"

잘 안다는 뜻으로 쇼군이 턱을 끄덕였다.

"거기서 틈만 나면 그 지랄을 했다는 거요. 그래도 누가 알 수 있나?"

소인증 형의 계간이 교도소에 고발된 경위에는 또 다른 수용수 한 명이 등장했다. 그는 사흘 전 금요일 새벽 만기출소한 사람으로 전직 대형 슈퍼마켓 대표이사였다. 인물 좋고 점잖은 대표이사는 배임

횡령으로 2년 징역형에 1년 2개월짜리 벌금 노역형을 살았는데, 나가는 길에 생선회 한 접시로 낮술을 마시고 고속도로 휴게소 공중전화 부스에서 교도소로 전화를 했다. 목공공장 난쟁이 자식이 지금 어린애를 계간하고 있다는 내용이었다.

"그 사장님 점잖은 사람인데 목공에 있으면서 그 새끼한테 엄청 괴롭힘 당했대요. 왜 그랬냐면…… 그 새끼가 옆에 있는 줄 모르고 무심결에 난쟁이 반대장이라고 했다는 거야. 그 뒤로 사사건건 수를 틀고 씹어 그 사장님 엄청 고생하면서 아주 곱징역을 살았대요. 그래서 나가면서 에라 이거나 처먹어라, 하고 쥐약을 던져준 거지."

"그 사장님은 어떻게? 그 새끼 그러는 줄 어떻게 알았대? 그 사장님도 당했나?"

"아니죠…… 그 사장님이 왜 그런…… 그런 게 아니고 그 애가 창고에만 갔다 오면 질질 짜고…… 또 운동 끝나고 샤워하면서 똥구멍을 보니 그렇더라는 거요. 딱 따먹힌 똥구멍이야. 그래서 그 사장님이 알았고 반대에서 다 알게 됐대요."

쇼군 옆자리에 앉은 공구조장이 동갑내기 작업반장에게 물었다.

"그땐 그냥 조용했네?"

"반대장 그 새끼가 영악하잖아. 지도 눈치 긁고 며칠 뜸 들이다 하고 또 뜸 들이다 하고 그랬겠지. 어쨌든 그랬는데 그 사장님이 가석방 나가면서 그 새끼 똥구멍을 제대로 쑤셔준 거야."

쇼군은 앉아 있고 작업반장은 서서 떠들고 있었다. 그래서 쇼군은 아가리질에 신난 작업반장을 쳐다보며 살짝 짜증을 냈다.

"그래서 인마! 그게 대마초하고 어떻게 연결됐다는 거야?"

작업반장이 얼른 대답했다.

"네에, 그런데 그 사이에 또 술이 있어요. 이번 사건이 아주 재밌는 게 빠구리로 시작해 따까리로 건너갔다가 뽀끔이로 끝났다는 겁니다."

33. 술

    국가가 개인의 범죄를 다스리는 방법은 폭력을 기본으로 하는데, 그 제도적 폭력은 인간의 자유의지와 생물학적 욕망을 통제하는 여러 가지 수단으로 이루어져 있다. 따라서 교도소에서는 성행위와 음주와 흡연을 엄격히 금지한다. 하지만 범죄자란 대부분 통제와 금지에 저항해 기발한 생각을 개발하고 과감하게 실천하는 특별한 사람들이다. 하지 말라는 짓은 용케도 찾아 하는 그들이 바로 수용수들이라 교도소 안에서 계간사건이 발발하고 야릇한 재료로 만든 술과 담배가 그 안에서 돌아다니기도 한다.

    계간이 들통 나기 전 소인증 형은 목공공장 창고에서 은밀히 술을 제조하고 있었다. 예전에는 이스트 들어간 빵을 효모로 술을 만들었기에 근래 교도소에선 그런 빵의 공급을 차단했다. 하지만 외부업체와 거래하는 목공공장에는 위탁업자가 별생각 없이 들고 오는 그런

빵이 있었다. 소인증 형은 특히 모닝빵을 좋아했고 입맛도 입맛이지만 그 빵의 효모가 이스트라는 사실도 무시할 수 없는 이유였다.

모닝빵만이 아니었다. 소인증 형은 머핀에 박힌 건포도와 시절 과일로 누구나 구매 가능한 감귤을 적당히 발효시켜 술을 만드는 재주가 있었다. 그러한 사실을 아는 수용수가 가까이 있었고 원예반까지 소문이 났다.

"형, 건포도 있어?"

원예반에서 가까운 출역수 사동 맨 아래층을 담당하는 소지 녀석이 소인증 형에게 은밀히 말했다. 그 소지 녀석은 원예반 옆을 통과해 일하러 다니는 영선반 출역수들과 접촉하면서 실크로드의 허브 역할을 하고 있었다.

"왜?"

"원예에서 바꾸자는데?"

"뭐하고?"

녀석은 대마초와 술을 맞바꾸자는 솔깃한 제안을 소인증 형의 귀에 대고 속삭였다. 딱딱한 표정으로 소인증 형이 대꾸했다.

"너 누구 죽는 꼴 보자고 그러냐?"

"걱정 마. 형만 조심하면 이쪽은 널널해. 완전 치외법권 지역이야. 하나에 하나!"

1.8리터짜리 오렌지 주스 페트병에 든 술 한 통과 허브 향 캐러멜 통에 든 대마초 열 개비를 맞바꾸자는 뜻이었다.

"꼭 건포도야?"

"아니…… 형, 뭐가 있는데?"

"이번에는 그냥 빵으로 하자. 딴 건 시간이 걸린다."

"좋아! 그렇게 얘기할게. 언제?"

"일주일은 걸리지."

"좋아, 형!"

그래서 소인증 형은 페트병 두 개에 쌀막걸리를 삭히기 시작했다. 보피 놈에게 막걸리도 한잔 먹이고 뽀끔이도 한 모금 선물하기 위해 정성스럽게 진행하고 있었다. 이제 다 익어 오늘 퇴근시간 들고 나갈 만큼 모닝빵과 쌀로 제조한 막걸리는 잘 삭고 있었으며, 니스 깡통 뒤에 숨겨둔 페트병 뚜껑을 열었다 닫았다 괴어오르는 술의 상태를 조절하기 위해 소인증 형은 가끔 창고를 드나들었다.

그러던 차에 계간사건을 제보받은 보안과에서 급파한 CRPT 요원 둘이 목공공장으로 들이닥쳤다. 마침 퇴근 준비 중이었기에 곧 창고로 들어가 페트병을 들고 나올 생각이었지만 소인증 형은 그럴 처지가 아니었다. CRPT 요원들에 포위돼 조사실로 끌려간 그는 생각지도 못한 운명의 여신과 마주한 채 계간사건에 관한 질문을 받았다. 어쩌면 그쯤에서 대강 철저히 끝날 만도 했으나 운명의 여신은 또 한 번 소인증 형을 배반했다.

점심 전에 봉한 뒤 여러 시간 방치한 탓에 페트병 속에서 골골거리던 막걸리는 여름날 대낮의 무더위와 발악하고만 싶은 본질을 억제치 못하고 플라스틱 뚜껑을 밀어내며 마침내 분출했다. 그때 창고 안에서는 보안과 소속 교위와 CRPT 요원 둘이 보피 청년 수용수를 심문하는 중이었다. 뺑! 하는 소리에 놀라 일어서는 그들 앞에서 다시 뺑! 하면서 갓 괴어 잘 익은 술이 창고 천장으로 마그마처럼 튀어

올랐고 그리고 사건은 한 걸음 더 전진했다.

"야야, 너 참 가지가지 한다."

조사관은 그러면서 얼른 해결하자고 소인증 형을 얼렀다.

"걔가 다 털어놨어요. 너 혼자 엉뚱한 소리 계속해봤자 소용없어. 자자, 우리 빨리 끝내자."

그런 엄포에 넘어갈 소인증 형이 아니었다. 계간 같은 문제야 큰일 만들어봤자 즐거울 리 없는 교도소 측이 제 풀에 유야무야 접어버리리라 예상하고 징벌방에서 이틀 밤을 지내면서 악착같이 버텼다. 하지만 제보가 밖에서 들어온 데다 보피의 일관된 진술과 호소가 있으니 보안과에서도 없던 일로 마무리할 순 없었다.

그래서 소인증 형은 또 한 번 꾀를 써 술에 관한 전말까지 실토하기로 마음먹었다. 자기 혼자 계간으로 엮이느니 돈 있고 백 좋아 신선놀음하고 지내는 원예반 수용자들을 달고 들어가기로 했다. 소인증 형이 자신의 계간과 모닝빵으로 술을 제조하게 된 저간의 사정을 털어놓은 시각은 일요일 저녁배식이 있기 바로 전이었다.

"그래서 그 난리를 쳤네요, 형님."

11방 방장을 겸하고 있는 공구조장이 어제 저녁 목격한 원예반의 소동을 상기시켰다. 쇼군을 상대로 이야기하면서도 공구조장은 기계조 식탁 주변에 몰려선 창고조장과 작업반장과 이발을 죽 둘러보았다.

"화초 사이에 심어뒀으니 모르는 사람이 보면 그게 대만지 뭔지 어떻게 알겠어요."

작업반장이 혀를 찼다.

"어쨌든 원예반은 아주 줄초상 났네요. 빽 좋은 영감님들 탱자탱자 하면서 세상 편하게 징역살이하더니만."

나름대로 건전하게 징역살이한다고 자부하는 이발은 이 모든 사건이 추잡하게 여겨졌다. 몇 년을 살든 죄짓고 벌 받는 사람들이 반성은커녕 못된 짓으로 한심한 인생을 더욱 더럽히고 있다는 불만이 평소 그의 생각이었다.

"야, 니들은 그렇게 술 생각이 나야?"

누구도 금방 대답하지 않았다.

"우리가 여기 들어온 이유 중의 하나가 그놈의 술 때문이 아니냐. 그런데도 아직도 술 생각이 나?"

"나는 가끔 소맥이 생각나긴 해요. 빈속에 한잔 짝 들이켜는 소맥이 여기로 짜릿하게 내려가는 그 기분이…… 아이고오……."

창고조장의 웃는 얼굴을 향해 이발이 말했다.

"야야, 니는 다시 들어온 지 얼마 되지 않아 그러는지 몰라도 나는 10년이 다 돼가니 술이고 담배고 이제는 생각도 없다."

"잘됐네요. 이젠 담배 끊겠어요."

"알 수 없지. 그건 나가봐야 알지."

구석에 있는 철제 의자를 당겨 그곳에 주저앉으며 공구조장이 이발을 향해 말했다.

"형님, 나는 막 들어와서는 담배하고 술 생각이 간절합디다. 새벽마다 여자 생각도 지랄 같고요. 근데 지금은 그런 생각이 없어졌네요. 그래서 난 저러는 사람들 이해가 안 가요. 아직 저러면 지금 도대체 어떻게 참고 산단 말이오?"

"그러니 말이다. 그러다 보니 새파란 애를 싹 조져놓고⋯⋯. 그 앤 앞으로 어떻게 살아가나. 평생 상천데."

소인증 형에게 계간 당한 보피 청년 수용수에 대한 이발의 동정에는 전부 동의했다.

"그 새끼 참 안됐어요. 어쩌다 징역 들어와 그 꼴을 당하나."

멍하니 앉아 있는 쇼군에게 공구조장이 농담을 던졌다.

"형님은요? 생각 있어요?"

무슨 소리냐는 눈빛으로 자신을 돌아보는 쇼군에게 공구조장이 말했다.

"뭐 이것저것 다요?"

씁쓸한 웃음을 지으며 쇼군이 대답했다.

"나는 수갑 차는 순간 다 잊었다. 아니지⋯⋯ 빽차 타는 순간 그렇게 되더라. 그래서 나는 여기서 술이니 담배니 여자니 하는 놈들 보면 철없는 애들이라는 생각이 든다. 구치소에서도 나는 그런 생각이 없었는데 뭘."

쇼군은 두껍고 커다란 손을 들어 얼굴을 쓸어내렸다.

"근데 3년이 지날 때까지도 그렇게 핸드폰이 생각나. 참 이상하데? 자다가도 이렇게 손을 들어보고⋯⋯ 뭘 하다가도 이래 이래 핸드폰 찾느라 더듬는데, 아이고 그게 슬프더라."

그때 휴식시간 종료와 작업개시를 알리는 요란한 벨소리가 공장에 울려 퍼졌다.

34. 아들

"이제는 나 하나만 잘 살면 된다고 생각한다. 어디서 뭘 어떻게 하면서 살든지 나만 잘 살면 돼."

인성교육 오후 강의 한 시간이 끝나고 쉬는 시간이었다. 아들의 화상접견 예약시간이 코앞에 닥친 털보는 교도관이 데리러 오기를 기다리며 자신의 생각을 말하고 있었다.

"아들도 이제는 내 아들이 아니지. 며느리 사람이지 내 사람이 아니야. 손자손녀야 내가 귀여워하는 거지 걔들이 뭘 아나."

"왜 그래? 친구야, 왜 그래?"

"이렇게 늙어가는 모양이다."

아들만이 아니라 손자손녀까지 보러 가는 자신을 부러운 눈으로 쳐다보는 빈대코의 처지를 생각해 털보는 과장된 언사를 남발하고 있었다. 속에 있는 소린지 속에도 없으면서 괜히 하는 소린지는 알

수 없었다.

"한 20년 됐나? 내가 잘 아는 친구가 새벽에 차를 몰고 가다가 길
가에서 돈 가방을 주웠거든. 현금이 꽉 찼다니까 몇 억은 됐을 거야.
그때 돈으로 몇 억이니 엄청난 액수잖아…… 그 친구는 그 돈 들고
막바로 캐나다로 떴어. 이 나라에서 기름장사 하러 죽어라 돌아쳐본
들 뭐 하겠냐면서 깨끗하게 떠나더라고."

고개를 비틀어 빈대코를 바라보면서 털보는 씩 웃었다.

"그런 복은 아니더라도 지금 내가 너무하다."

"뭐가?"

"응?"

"뭐가 너무해?"

잠깐 말을 멈췄던 털보가 대답했다.

"늙고 이혼하고 알거지에 징역살이까지 하는 내 팔자가 너무해."

또 잠깐 틈을 벌린 털보가 다시 말했다.

"내가 착한 사람이라고 아무리 말해봤자 이제 이 세상에서 내 말
믿어줄 사람이 한 사람도 없다. 내가 착한 사람이라는 사실을 아는
사람이 한 사람도 없다는 사실이 너무 억울하다."

그때 털보 아들보다 한참 어린 교도관이 강의실 앞에 나타났다.
그가 이름을 부르기도 전에 자리에서 일어난 털보는 빈대코에게 눈
짓한 뒤 담당 교도관 앞으로 다가가 화상접견 출타를 신고했다.

"아버지 그 옷 좋네요. 얼굴도 좋아 보이고요."

테이블에 놓인 모니터 화면에 나타난 아들은 우선 털보가 갈아입
은 푸른색 체크무늬 남방에 대해 말한 다음 안색을 살폈다. 그러는

중에 화면 한쪽으로 어린아이 손이 불쑥 올라왔고 그런데도 아들은 하던 말을 멈추지 않았다.

"식사는 잘 하세요? 날씨는 어떠세요? 그쪽은 여기보다 북쪽이라 좀 더 선선하겠네요? 여기도 아침저녁으로 이제는 덜 더워요."

털보가 대답할 사이도 없이 아들이 연방 질문을 퍼붓는 이유는 소파 아래 앉아 대기하고 있는 아이들 때문이었다. 그들은 저희 집 거실에 있었다. 낯익은 담황색 가죽소파가 아들 어깨 너머로 보였고, 털보의 눈앞에는 그 아래편 거실바닥에 앉아 있을 아이들의 얼굴도 또렷하게 떠올랐다. 스마트접견이 화상접견과 다른 점은 모니터 화면에 나타난 아들이 이리저리 움직인다는 사실이었다. 아들이 자신이 든 핸드폰을 공고히 고정시키지 못하는 이유 또한 아이들 때문이었다. 화면이 거칠게 흔들리더니 돌연 아이들이 화면에 나타났다.

"할아버지…… 할아버지…… 할아버지……"

울음이 턱밑까지 치밀어 올라 털보는 입술을 열 수 없었다. 손자는 흰색 면 티셔츠를 입었고 빵빵하게 바람을 불어넣은 고무장갑처럼 이마도 양 볼도 탱탱하게 살찐 손녀는 가슴 넓이 오글오글 주름 잡힌 병아리색 원피스 차림이었다. 바지 주머니에 든 묵주 두 개를 꺼내 든 털보는 그 묵주를 앞으로 쳐들어 아이들에게 보여주었다.

"할아버지…… 할아버지…… 할아버지…… 싸랑해요 할아버지이……"

동생인 여섯 살짜리 서영이가 그렇게 노래 부르며 두 손끝을 이마에 꽂고 두 팔을 대칭으로 둥글게 구부려 하트 모양을 만들어 보였다. 곁에 앉은 일곱 살짜리 오빠 주영이는 오른손 엄지와 검지 끝을 어긋나게 붙인 손가락하트를 앞으로 쭉 내밀었다. 여전히 털보는 말문을 트지 못한 채 눈앞으로 치켜든 묵주를 앞으로 더 내밀었다.

"주영아 서영아, 할아버지한테 그림 보여드려야지."

아이들 맞은편에서 핸드폰으로 촬영 중인 아들의 말소리가 들렸다. 아들은 아이들과 사전에 준비한 모양이었다. 그제야 정신을 가다듬은 털보가 아이들에게 인사를 했다.

"공부 잘하냐? 주영아……."

그 말끝에 다시 울음이 터져 서영이 이름은 부르지도 못했다. 손자가 쳐든 도화지엔 공룡인지 기린인지, 공룡이라기엔 너무 양순해 보이고 기린이라기엔 배가 불룩한 동물 그림이 있었다.

"공룡이냐?"

털보의 물음에 손자가 대답했다.

"아니요, 기린입니다. 할아버지 선물입니다. 할아버지 앞으로 드리는 선물요."

손녀는 사인펜으로 그림을 그렸는데 만화에 나오는 공주인 듯 삐쭉빼쭉한 왕관을 쓴 여자아이가 드레스를 입었고 손에는 왕홀인 듯한 막대를 들었다. 비로소 털보는 손녀의 이름을 부르며 그림솜씨를 칭찬했다.

"서영이가 그림 아주 잘 그리는구나. 공주마마가 아주 멋지다."

손자보다 눈썰미 있고 약은 손녀는 털보가 손에 든 묵주를 가리키며 말했다.

"할아버지 그거 주세요. 그거 절 주세요."

그러더니 뒤늦게 묵주의 정체에 대해 물었다.

198

"할아버지 그게 뭐예요?"

"그래, 이게 묵주다. 천주님 찬송하며 기도하는 묵주야. 서영이하고 주영이 주려고 할아버지가 준비했다."

"감사합니다, 할아버지…… 감사합니다, 할아버지…….."

둘은 한 손에는 그림을 든 채 빈손을 동시에 뻗어 털보가 든 묵주를 받으려 했다. 그러나 할아버지는 교도소 화상접견실에 앉아 울고 있었다.

"주영아 서영아, 엄마 말씀 잘 듣고 선생님 말씀도 잘 듣고 공부도 잘하고…… 그래라. 할아버지가 이 묵주 잘 간직하고 있다가 나중에 만날 때 줄게…….."

"언제요? 할아버지 언제 오세요?"

손자의 질문에 털보가 대답했다.

"주영이 학교 잘 다니고 있으면 금방 간다. 얼마 남지 않았다."

"할아버지 거기 미국이에요? 미국이죠? 아니면 중국이에요?"

손자의 질문에 거짓말하고 싶지 않은 털보는 엉뚱한 소리로 대답했다.

"아주 먼 곳이다. 친구 만나러 할아버지가 아주 먼 데 왔어. 그래서 주영이 입학식에는 가지 못하겠다."

양 갈래로 묶은 머리칼을 흔들고 야무진 표정을 지으며 손녀가 다시 물었다.

"우리나라에서 먼 데는 유럽이죠, 할아버지? 거기예요, 할아버지?"

이번에도 털보는 엉뚱한 대답을 했다.

"거기보다 더 멀다. 아주 먼 곳이다. 그렇지만 서영이 주영이 보러 곧 갈 테니 공부 잘하고 기다려라. 알았지?"

그러자 두 아이는 동시에 머리를 뒤로 젖히며 커다란 소리로 합창
했다.

"네에에……."

선생님은 사열대 위 시멘트 바닥에 세면수건을 깔고 홀로 앉아 있
었다. 새파란 하늘에 뜬 입체감 뚜렷한 뭉게구름을 쳐다보느라 족구
경기의 소란에도 사열대 뒤편 층계참에서 들려오는 패배용의 말소
리에도 관심을 가지지 않았다. 구름의 이편은 희고 뒤편은 은색으로
반짝였다. 허공에 둥실 뜬 뭉게구름은 하늘에서 흘러간다기보다는
땅에 매달린 연처럼 그곳에서 흔들리고 있었다.

"우리 마누라는 천생 여자였어."

그렇다고 등 뒤에서 들려오는 코맹맹이 소리의 내막을 모르지는
않았다. 다 듣고 있었지만 그러나 선생님은 자신과 상관없는 일이라
여겼고 그보다는 뭉게구름의 변형을 한순간이나마 놓치고 싶지 않
았다.

"모성애가 강하고 감정이 풍부한 천생 여자였어요. 여하튼…… 부

35. 며느리

『…로그로』 는 나 그러면서 아니, 바로 같을 어리주…』

미런는 일도 다른 해 보니…… 이라고 한다더 눈속 같로
읽로

빈대코는 날마다 인성교육 첫째 시간이 끝나면 의무실로 이동해
입술과 발가락을 치료했다. 다친 지 닷새가 지나자 통통 부었던 입
술은 가라앉았으나 윗니 하나는 완전히 죽어 시커멓게 변했다. 가끔
치통이 있고 손가락으로 다친 이를 만져보면 제자리에 다시 자리를
잡을지 말지 알 수 없었다. 의무실 도우미 수용수는 그쪽은 매월 중
순경 왕진 오는 치과의사에게 진료 받을 수밖에 없다면서 발가락만
치료해줬다. 뒤집어진 발톱 절반은 잘라냈고 있던 자리에 억지로 붙
인 절반의 발톱 위에 잔뜩 연고를 바르고 붕대를 감은 다음 테이핑
으로 마무리했다.

"대여섯 달 걸린다는데?"

목요일 오전 두 번째 강의가 끝날 때쯤 강의실로 돌아온 빈대코가
오른발을 내밀어 보이며 털보한테 보고했다.

"발톱이 다 나려면 반년이 걸린단다."

"그렇게까지 걸리진 않아. 네 달이면 돼. 네 달 지나면 완전히 회복되지는 않지만 아물기는 다 아물어 괜찮아진다. 그때까지가 문제지."

"날씨가 서늘해져 다행이다. 이젠 하루 한 번만 씻으면 되잖아."

"그래 다행이다. 그리고 이는?"

"이렇지 뭐."

손가락으로 윗입술을 치밀어 보여주는 빈대코의 윗니를 들여다보며 털보가 혀를 찼다.

"이건 나중에 빼야겠다. 아이 참…… 임플란트 해야겠어."

"아니야, 가만 두면 그 자리에 그대로 붙을 거야."

"야, 이 친구야! 너무 미련스럽게 굴지 마라."

그러면서 퉁을 줬다.

"어제 그 사과 먹지 말라는데 왜 그렇게 고집을 부려? 그러면 더 덧나고 아파. 자네는 어린애가 아니라 내년이면 환갑이 되는 노인이 아닌가. 제발 가만 뒀다 밖에 나가 빼고 임플란트 박아."

"알았다, 알았다, 친구야!"

털보가 말리는데도 빈대코는 어제 점심 뒤에 사과 한 개를 다 먹었다. 그에 대해 나무라는 자신을 바라보는 빈대코의 미안한 눈빛에 털보는 마음이 아팠다. 너무 심한 소리를 했다는 생각에 털보는 위로의 말을 덧붙였다.

"그래도 그만하니 다행이긴 해. 눈이라도 다쳤으면 여기서 어쩔 뻔했나."

"그래…… 그러게 말이야."

세 번째 강의를 기다리면서 두 사람은 노트와 볼펜을 올려놓은 책상 앞에 정좌하고 있었다. 오늘 오후로 예정된 스마트접견에 대해 털보는 덤덤한 표정으로 말했다.

"아마 애들이 재미있다고 또 한 번 하자고 애비를 졸랐겠지."

말은 그렇게 했지만 털보는 흥분상태였다. 화요일 스마트접견을 하고 어제 또 스마트접견 예정을 알리는 쪽지를 받아들고서는 비길 수 없는 기쁨으로 하루를 보내고 이제 그 시간을 기다리는 중이었다.

"우리 조장도 같은 시간이야. 내가 20분 앞이고 조장이 내 뒤야."

"그래? 그럼 좀 있다 둘이 같이 가겠구나."

"나는 여기서 나가고 조장은 공장에서 그리로 오겠지."

"손주들을 하루걸러 또 보네?"

빈대코의 부러운 눈빛에 털보는 말을 돌려 내일에 있을 인성교육 수료에 대해 말했다.

"그새 한 달이 갔네? 낼이 끝이잖아."

"한 달은 덜 됐다, 친구야!"

"응, 그래……."

빈대코는 벌초 얘기를 했다.

"오늘 아침 달력을 보니 오늘이 처서(處暑)더라. 벌초를 해야 하는데…… 자네는 누가 벌초를 하나?"

"나야 형님이 계시니까 그런 걱정은 없다."

"그래…… 자네는 다행이다, 친구야! 나는 그게 한걱정이다."

오후 첫 번째 강의가 시작되자 화상접견을 담당하는 교도관이 털보를 데리러 왔다. 복도로 나가니 말끔하게 수복 차림을 한 쇼군이

기다리고 있었다. 교도(矯導)는 앞뒤 20분 간격으로 스마트접견 하
는 둘을 한 몫에 인솔하려고 공장에 들러 이곳으로 오는 길이었다.
기분 좋게 출발한 이틀 만의 연이은 스마트접견은 그러나 영 이상한
환경을 연출하며 털보를 나락으로 처박았다. 손자와 손녀를 데리고
소파에 앉아 자신을 맞을 아들의 얼굴을 기대했건만 모니터 화면에
나타난 사람은 뜻밖에도 며느리였다.

"아버님, 저예요. 어떠세요?"

인사는 그렇게 했지만 표정이 좋지 않았다. 얼음조각처럼 싸늘한
목소리와 염려나 위안의 뜻이라곤 조금도 없는 눈빛에 질린 털보는
송수화기를 놓아버리고만 싶었다.

"그래, 잘 있다. 그런데 오늘엔 웬일이냐?"

"네, 제가 드릴 말씀이 있어서요."

"그래? 난 깜짝 놀랐다."

며느리는 미간을 조이며 몸을 옹크리더니 앉은 자리에서 자세를
가다듬었다. 엊그제 아들과 주영이와 서영이가 앉았던 담황색 소파
에 앉은 며느리는 제 손으로 핸드폰을 든 상태였다. 핸드폰 주인인
아들이 지금 어디 있는지는 알 수 없었다.

"아버님, 엊그제 이 핸드폰으로 주영이 서영이하고 영상통화 하셨
다는 말 저는 그날 저녁에 들었어요. 서영이가 그러기에요."

"그래?"

털보는 대응할 말도 힘도 없었다. 단지 대단히 잘못된 운명이 현
실을 덮치며 자신을 어딘가 멀고 낯설며 쓸쓸한 미래로 떠밀고 있다
는 느낌을 받았다. 스마트접견이고 화상접견이고 당장 때려치우고

싫었으나 그럴 처지도 아니었다. 털보는 자신을 향해 닥치는 잘못된 오늘을 그대로 맞아, 자신이 그 어떤 곳으로 떠밀려가든지 그냥 지켜보기로 했다.

"아버님, 애들이 이제 다 컸어요. 지금은 모르겠지만 곧 다 알게 돼요. 할아버지가 어떤 데서 자기들하고 영상통화 했는지 곧 알게 돼요. 그때를 생각해보셨어요?"

"그래, 내가 잘못했다. 내가 생각이 짧았다. 미안하다."

이러한 사죄의 말은 예상한 적 없었다. 그런데도 입에서 술술 흘러나왔다.

"내가 잘못했다. 앞으론 절대 그런 일 없도록 하마."

아마 눈물 대신 말이 이렇게 술술 흘러나오는 모양이라고, 며느리에서 용서를 구하면서도 털보는 생각지 못한 자신의 저자세에 놀라고 있었다. 며느리는 평소 입버릇처럼 되뇌던 말인 듯 스스럼없이 이런 말을 했다.

"아버님…… 아버님이 뭐 독립운동이라도 하신 줄 아세요?"

이번에는 말 대신 눈물이 핑 돌았다. 위아래로 후들거리는 입술 탓에 말은 나오려 해도 나올 수 없었다.

"앞으로는 서영이 아빠도 연락하기 힘들 거예요. 평일인데도 집에 앉아 애들하고 아버님 수발이나 들고 있을 순 없잖아요. 그렇게 굶어 죽을 순 없잖아요."

며느리는 다시 이렇게 오금을 박았다.

"그래요 안 그래요?"

결혼 전 유치원인가 유아원인가 그런 교육기관에서 보육사를 했다는 며느리는 그렇게 털보의 인식변화를 확인코자 했다.

"네? 그래요 안 그래요?"

그러나 며느리는 털보의 대답을 들을 수 없었다. 귀에 대고 있던 송수화기를 천천히 내린 털보는 앞에 있는 거치대에 송수화기를 단정하고 조용하게 내려놓았다.

좋은 일이든 나쁜 일이든 수용수가 눈물을 보이는 일은 흔한 일이었다. 스마트접견을 끝내고 눈물바람으로 문을 나서는 털보에게 그 이유를 묻거나 책망하는 사람은 없었다. 탈의실로 들어간 털보는 남방을 벗어 벽에 걸고 그곳에 걸려 있던 수복을 입었다. 그런 뒤 주먹으로 눈두덩을 훔치며 사무실 구석으로 돌아와보니 쇼군은 화상접견실로 들어가고 없었다.

멍한 얼굴로 플라스틱 간이의자에 앉은 털보는 화상접견 사무실에 있는 교도관들의 계급장을 하나하나 바라보았다. 좀 전 자신이 들었던 며느리의 목소리를 기억에서 지워버리려는 듯 털보는 교도관 계급장에 수놓인 무궁화 이파리를 하나하나 헤아리며 합산했다. 이파리가 아니라 꽃송이를 매단 교위를 제외하고도, 이파리 세 개를 여기저기 붙인 교사가 두 사람, 이파리 두 개를 모자와 어깨에 붙인 세 명의 교도가 앉거나 서거나 혹은 출입문을 드나들었으므로 무궁화 이파리는 아주 많았다.

36. 빠삐용

빠삐용이 출역 나온 날은 털보와 빈대코가 인성교육을 마친 다음 주 첫날로 8월의 마지막 월요일이었다. 늘 그렇듯이 작업 중에 복도로 들어선 네 명의 신입 출역수들은 사무실과 소지반대를 거쳐 이 반대 저 반대로 흩어졌다. 작업반장을 뒤따라 빠삐용이 나타났을 때 기계조 조원들은 저 사장님은 빠삐용이로구나, 하고 한눈에 알아봤다. 땀에 젖은 가슴에 나비 문신을 한 의기양양하고 건장한 빠삐용이 아니라 드레퓌스 대위의 의자에 앉아 저 멀리 대서양의 수평선을 바라보는 늙고 구부정한 빠삐용이었다.

빠삐용이라는 말을 모르는 빈대코는 빠삐용을 맞는 순간 오직 한 가지 생각을 했다. 은빛으로 반짝이는 백발과 앞니 세 개가 허물어져 합죽이 꼴을 한 용모를 보건대 자신보다 여러 살 더 먹었으리라는 짐작이었다. 그러나 빠삐용은 1959년생 돼지띠로 빈대코와 동갑이었다. 털보와 빈대코를 둘러보며 쇼군이 빠삐용을 소개했다.

"돼지띠 사장님들이 셋이 됐어요."

점심을 먹고 식탁에 둘러앉은 기계조는 빠삐용을 포함해 전부 여섯이었다. 털보와 빈대코의 인성교육이 끝나자 레옹은 창고로 돌아갔고 가석방으로 출소한 이 사장 자리에 빠삐용이 배치된 셈이었다. 쇼군이 권하는 카메오 비스킷과 말랑카우를 씹고 커피를 마시면서 빠삐용은 외로움에 지친 장기수의 무표정으로 가만히 앉아 있었다.

나중에 밝혀진 일이지만 빠삐용은 전직 비례대표 국회의원이며 변호사 출신이었다. 국회의원 임기가 끝나고 수도권 위성도시로 변호사 사무실을 옮긴 뒤 시장선거를 준비하던 차에 뇌물수수로 구속돼 5년 징역형을 선고받았다. 국회의원 재임 중에 일어난 본인도 제대로 모르는 사건이 한둘이 아니었다. 이후 그는 줄줄이 떠오른 세 건의 뇌물수수 사건 재판을 위해 수용수복 차림으로 수없이 재판정을 오갔다. 추가로 뜬 세 건이 각각 1년씩 도합 8년의 전과 4범 징역수로 이제껏 살아왔고 출소를 8개월 앞두고 있었다. 하지만 첫날 빠삐용은 그런 구구한 소리 대신 50대를 몽땅 빵에서 보내고 이제 몇 달 남지 않았다는 자신의 징역살이 인생을 간단히 소개했다.

"그럼 사장님은 쭉 서울에 있었어요?"

쇼군이 그렇게 물었고 빠삐용이 대답했다.

"서울에도 있었고 수도권에도 있었고 여하튼 지방은 이번이 처음입니다."

최근 법무부에선 유력인사 기결수 수감상태를 전수조사 했는데 이른바 백 있는 수용수들이 수도권과 시설 좋은 교도소에 밀집해 있다는 결론에 도달한 모양이라고 빠삐용이 설명했다. 그래서 지방으로 분산 수용한 유력인사에 자신이 포함됐다면서도 자신이 왜 유력인사인지는 밝히지 않았다.

커피타임은 그로써 끝났고 기계조는 구석에 있던 천공기를 끌어내 천공작업을 시작했다. 유명 아웃도어 브랜드 쇼핑봉투 제작이 한창이었으나 그 작업을 지체하더라도 급히 처리해달라는 제과제빵점 소형봉투 두 가지가 끼어들었기 때문이다. 리벳을 박지 않는 대신 힘이 드는 천공작업에는 탁 사장이 달려들었고 총무는 그 곁에 서서 빠삐용의 교육을 시작했다.

"사장님, 이건 천공기라는 건데요. 여기로 쇼핑봉투 입을 넣고 이걸 눌러 구멍을 뚫어요. 펀치죠 펀치!"

다음 날 운동시간 운동복으로 갈아입은 빠삐용은 전혀 다른 사람으로 보였다. 어제 오후 말끔하게 이발한 데다 후줄근한 수복을 벗어던지니 오래 다진 단단한 근육이 드러났다. 총무는 여전히 사열대 시멘트 층계에서, 오를 땐 앞으로 오르고 내려올 땐 뒷걸음질하는 저만의 운동에 열심이었다. 한 바퀴 운동장을 돌고 사열대 뒤편으로 걸어와 층계에 엉덩이를 올려놓는 빠삐용에게 총무가 물었다.

"어떠세요?"

질문의 뜻을 알았다는 듯 씩 웃으면서 빠삐용이 말했다.

"잘하시네."

그러면서 빠삐용은 돌처럼 둥글고 단단한 자신의 종아리를 앞으로 뻗어 보였다.

"운동은 평소에 꾸준히 해야지."

호호백발에 앞니 빠진 입이 흉하긴 했으나 빠삐용은 눈빛이 총총하고 어깨와 허벅지 근육이 다부졌다. 수감생활 시작부터 이제껏 까치발 걸음으로 근육을 다진 덕분이라며 재판 받으러 갈 때도 까치발 걸음을 포기하지 않았다고 그가 말했다. 운동을 멈추고 층계 위쪽에 선 총무가 층계 아래편에 앉아 있는 빠삐용에게 물었다.

"선배님은 대실에서 얼마나 있었어요?"

총무가 빠삐용을 '선배님'이라 칭한 이유는 어제 퇴근 무렵 빠삐용과 나눈 이야기 때문이었다. 빠삐용은 이 교도소에서 한 가지 다행한 점은 자신이 졸업한 대학교 이름이 박힌 우유가 나오지 않는다는 사실이라면서, 죄수복 입고 그 우유를 마실 때마다 너무 괴로웠다고 토로했다. 그래서 두 사람은 자신들이 대학교 선후배 사이라는 사실을 알게 됐다.

"응, 처음엔 7인실이었는데……."

빠삐용은 이곳으로 이감해 처음에는 7인실 미징역방에 있었다. 그러다가 스물다섯 명이 우글대는 대실로 간 이유는 양아치 놈들 때문이었다.

"그 자식들이 하도 불편하게 굴기에 소장 앞으로 청원편지를 썼어. 이 교도소는 교도관이 아니라 조직폭력배 애들이 관리하는 데냐고 따졌더니 방을 옮겨줬는데, 거기서도 고생했지. 열다섯이 정원인데 스물다섯을 넣어놓으니 어쩌겠어? 이 여름에 말이야. 게다가 화장실이 하나밖에 없어 새벽 네 시부터 줄을 서. 그러니 그게 사람 사는 데야?"

웬만하며 참고 지내다 11월 초 시작하는 직업훈련교도소로 달아

날까 했으나, 유력인사니 뭐니 다시 직업훈련 신청 받아줄지도 알수 없고, 그보다는 더위와 동료 수용수의 땀냄새와 몰상식, 그리고 스물다섯 명이 사용하는 화장실에 질려 출역하게 됐다고 빠삐용이 말했다.

"화장실에 대해서도 소장한테 청원편지를 썼거든. 답장이 왔는데 올가을에 사동 수리하면서 대방을 없애든가, 아니면 대방에 화장실을 하나 더 만들든가 하겠다고 해. 그러더라도 내가 그때까지 기다릴 순 없잖아. 그래서 출역 신청했더니 제1위탁이 젤 쉽다고 보내주데."

"선배님은 출역이 이번이 첨이죠?"

"그럼. 난 한 번도 일하러 나와본 적이 없어. 직훈 하면서 또 직훈 신청해 수료하면 그 자리에 그냥 주저앉고 주저앉고 했으니 본소로 갈 시간이 없었거든. 그러다가 이번에 아주 좋은 구경하네."

'직훈'은 직업훈련교도소에서 실시하는 직업훈련의 줄임말이다. 빠삐용은 다시 한 번 머리를 절레절레 흔들며 미징역방을 공포로 몰아넣는 양아치 놈들과 새벽부터 줄 서서 똥 싸는 스물다섯 명 혼거실에 대한 역겨움을 숨기지 않았다.

"더위는 여름이니 그렇다 치더라도 용변 보고 싶을 때 용변을 봐야지 않겠나. 야야…… 지옥에도 그런 방은 없을 거다."

총무는 아직 자신의 질문에 대한 대답을 듣지 못했다. 그래서 멈췄던 뒷걸음질로 땅까지 내려와서는 빠삐용에게 다시 물었다.

"거기 얼마나 있었어요?"

"어디?"

"7인실하고 대방하고 다 얼마씩 있었어요?"

이마를 스치는 햇빛을 피하느라 윗몸을 틀고 손바닥을 쳐들며 빠삐용이 대답했다.

"7인실은 이틀 만에 편지 썼고 다음 날 옮겼으니 사흘 있었나? 대방에선 일주일…… 나흘째 면담했더니 여기 위탁으로 가라고 출역 담당을 불러주더라고. 그러더니 어제 아침에 데리러 왔어."

"아이고 참, 선배님. 저는 대방에서 세 달 있었어요. 배식 때마다 밥상 다섯 개 펴고 꼭두새벽에 일어나 차례대로 화장실 앞 빨랫줄에 수건 쭉 걸어놓고…… 선배님은 별로 고생하지도 않았네요."

"난 그런 환경이 첨이라…… 꼭 전갈이 가득 들어 찬 유리병에 갇힌 기분이더라고. 아이고오…… 그런 지옥이 없어."

햇살 때문에 눈살을 찌푸려 일그러진 눈으로 총무를 바라보며 빠삐용이 또 말했다.

"이제 곧 맘 놓고 방귀 뀌면서 살겠지. 참지 않고 방귀 뻥뻥 뀌는 내 침대에서 자본 적이 언제였던지 기억도 없다."

나오는 방귀를 참느라 적지 않게 곤욕을 치르며 살아온 총무는 빠삐용의 푸념을 이해했다. 하루에도 서너 번씩 겪는 일이니 공감하지 않을 수 없었다.

37. 돼지들

며느리하고 스마트접견 한 이후 털보는 공장에서도 운동장에서도 멍한 표정으로 빈대코가 말을 붙여도 좀체 응대하지 않았다. 며칠째 면도하지 않아 덥수룩한 반백의 수염이 얼굴과 목을 뒤덮어 가을날의 갈대밭 꼴을 하고 있었다. 그 반백의 수염을 손등으로 쓰다듬으며 털보가 하소연했다.

"나는 앞으로 어딘가 바닷가 국도변에 있는 작은 주유소를 하면서 혼자 살겠다고 맘을 먹었는데…… 그래서 자네한테 같이 살자고 했잖아. 그런데 그게 말이야. 돈이 있어야 말이지. ……아무리 머리를 써봐도 돈 구할 구멍이 없네."

"형도 있고 동생도 있다면서?"

"나 주유소 하라고 사업자금 만들어줄 사람들이 못 돼."

"그럼 어떡하나?"

"그러게 말이야."

"얼마면 되나?"

"그런 주유소 하나 사고 기름 서너 차 넣자면 한 3억 들지. 적게 잡
으면 2억 5천이나 2억쯤."

"그래?"

빈대코는 가능한 한 털보가 기계 앞에 앉지 못하게 했다. 여기저
기 반대를 돌며 쇼핑봉투를 거두어 오거나 구멍 뚫은 쇼핑봉투를 박
스에 담는 일을 시켰다. 그러다 보니 빠삐용에게 타공기 작동방법을
실습시키는 임무도 빈대코 몫이 됐다. 철컥철컥 나이키 스포츠용품
쇼핑봉투 입새에 리벳을 박는 빠삐용 옆에 붙어 앉은 빈대코는 즐거
웠다. 기해생 돼지띠 동갑내기를 제자로 맞았고 그 제자가 영특하기
그지없었기 때문이다.

"그렇게 하면 돼. 손가락만 조심하면 되지."

동갑내기라 말을 놓기로 했고 그러자 징역살이가 징역살이 같지
않고 꼭 동무들과 어울려 소풍 온 듯했다. 싱글벙글 빈대코는 자신의
흔들리는 윗니와 비견해 세 대나 빠져나간 빠삐용의 앞니를 동정하
면서 유난히 하얗게 반짝이는 빠삐용의 머리칼에 관심을 드러냈다.

"머리는 언제부터 이랬어?"

더부룩할 땐 바보병신 같았으나 짧고 말끔하게 자른 뒤라 빠삐용
의 백발은 험해 보이진 않았다. 하지만 나이에 비해 심한 백발이라
는 사실은 분명했다.

"이태 전이었는데 스트레스 받으니까 딱 며칠 만에 이렇게 되더라
고. 나도 놀랐어."

빈대코가 다시 물었다.

"뭔 일로?"

"별일은 아니고 그때 그럴 만한 일이 있었다."

영양상태도 문제겠으나 수용수가 갑자기 머리칼이 세고 치아가 몰락해버리는 경우는 대개 스트레스가 원인이었다. 재판 받는 중에는 자고 일어나며 빠진 이를 뱉어내는 경우가 있고, 뿌리 쪽이 아니라 끄트머리부터 탈색하는 머리칼은 어느 날 서리가 앉은 듯 반짝이다가 한 달도 안 돼 호호백발로 변했다. 빠삐용은 머리칼 정도야 검든 희든 상관없다는 표정이었다.

"머리는 염색하면 되고 이는 임플란트 식립(植粒)하면 되지 뭐가 문제겠나. 걱정 마라."

자신의 말처럼 빠삐용은 외모에 신경 쓰기보다는 체력단련에 열중했다. 빠삐용이 가운데에서 걷고 털보가 왼쪽에서, 빈대코가 그 오른쪽에서 횡렬로 대운동장 가를 산보하고 있었다. 그동안 출역하지 않고 어디서 어떻게 지냈느냐는 빈대코의 질문에 빠삐용이 대답했다.

"내가 이번 달로 7년 4개월째 징역살이야. 그중에 3년은 재판 받았고 나머지는 직훈 받느라 화성에 있었단 말이다. 거기서 요리란 요리는 다 배웠어요."

빠삐용이 4년이나 있었다는 '화성'은 경기도 화성시 소재 화성직업훈련교도소를 가리키는 말이었다. 그는 그곳에서 한식, 중식, 일식, 양식, 출장요리, 프랑스요리, 이탈리아요리 과정에다가 제빵과 제과와 바리스타 과정도 수료했다. 그중에서 출장요리와 프랑스요리는 두 번이나 되풀이 수강해 반장까지 맡았다.

"내가 다른 거 할 게 뭐가 있나? 그래서 요리 배우겠다고 첨부터 작정했지. 그러다 보니 징역살이하면서 늘 잘 먹었어요. 심심하면 라면도 끓여 먹고 빵도 구워 먹고."

빠삐용은 직훈에서 요리만 집중해 공부한 이유와 그 미래를 설명했다. 출소한 뒤 어딘가 아무도 자신을 알아보지 못하는 경치 좋은 바닷가 언덕 위에 레스토랑을 짓겠다는 꿈이었다. 빠삐용은 탈옥 대신 요리공부를 선택했고 지금은 바야흐로 일곱 번째 파도를 기다리는 순간이었다. 카라카스에서 레스토랑을 차린 앙리 샤리에르처럼 빠삐용은 이곳에서 벗어나면 카라카스 못지않은 아름다운 마을을 찾아 그곳에 맛있고 친절한 레스토랑을 개업하겠다고 다짐했다. 빠삐용이 왼쪽에 있는 털보와 오른쪽 빈대코의 손을 양손으로 나눠 잡았다.

"이보게, 친구야! 그런데 그런 곳이 없을는지도 몰라. 지금 내가 생각하는 그런 바닷가 마을이 말이야."

오른손으로 그의 왼손을 잡고 그의 왼쪽에서 걸어가던 털보가 말했다.

"친구야, 걱정 마라! 우리 주유소 있는 마을이 바로 그런 곳이다. 자네는 우리 주유소 옆에 레스토랑을 차리면 된다."

"거기가 어디야?"

"아직은 나도 어딘지 모르지만, 친구야! 하지만 찾아보면 이 세상 어딘가에 있을 거다. 내가 꼭 찾아낼 테니 나만 믿어라, 친구야!"

털보는 걸어가는 빠삐용과 빈대코 앞으로 돌아 두 사람 앞에 멈춰 섰다.

"거기는 맑고 푸른 바다가 내려다보이는 솔숲이 있고, 그 곁으로 난 국도가 바닷가를 따라 죽 지나가는 마을이다. 그 마을에는 거짓말하지 않고 겉과 속이 조금도 다르지 않은 착하고 강한 사람들이 살지. 그리고 깨끗한 바람과 맛있는 음식과 잘 익은 과일을 좋아하는 사람들이 자동차를 타고 그 마을을 지나간다. 우리 주유소는 그 마을 한쪽에 있고 그 사람들이 들르는 곳이야. 자네 레스토랑은 우리 주유소 옆에 열면 돼. 바다가 내려다보이는 솔숲 언덕배기 한쪽에 말이야."

"좋다!"

빠삐용이 대답했고 빈대코도 찬성했다.

"우리 과수원도 그 옆에 있다."

털보가 응수했다.

"그래, 친구야! 우리는 분명히 그곳을 찾아내고야 말 거다. 돼지니까, 우리는 돼지니까 반드시 그 마을을 찾아낼 수 있다."

셋은 다시 일렬횡대로 서서 산보를 계속했고 가운데 선 빠삐용은 느리지만 들뜬 목소리로 돼지띠의 인생에 대해 이야기했다.

"사람이 한평생 살면서 진짜 친하게 지내는 사람은 150명이 안 된다고 그런다. 내가 징역 살면서 경험해보니 사실은 열다섯 명도 안 돼. 그러니 우리는 앞으로 괜히 이 사람 저 사람 비위 맞추느라 굽실거리며 살지 말자. 그럴 필요도 없고 그럴 시간도 없다. 몇 명이 어울려 우리끼리 잘 살면 된다."

사열대 앞을 지날 때 빠삐용이 말했다.

"우리 셋이면 된다."

사열대를 지나 원예반 건물 귀퉁이가 보이는 지점에서 왼쪽으로 돌면서 빠삐용이 또 말했다.

"우리 기해생 돼지띠가 100만 명쯤 태어났다는데, 그중에서 20만 명은 죽고 지금 80만 명쯤 남았대. 환갑이 지나면 기하급수적으로 죽지. 70살 되면 70만 명쯤 남고, 80살 되면 50만 명쯤 남고, 90살 되면 20만 명쯤 남고, 그러다가 100살이 되면 3만 명쯤 남을 거다. 이제 우리는 다른 사람 생각하고 살 시간이 없다. 다른 사람 생각이 옳으니 그르니 따질 필요도 없고 내가 해결할 수 없는 일에 매달릴 필요도 없다. 우리는 우리만 생각하면 돼!"

오른손 손끝으로 자신을 포함한 세 사람의 가슴을 가리키며 빈대코가 말했다.

"우리는 살아남은 돼지로구나."

그러면서 빠삐용에게 물었다.

"우리 기해생 동갑내기가 몇 명이나 된다고?"

"80만 명쯤 된다더라. 올해에도 몇은 더 죽겠지만 대강 그 정도야."

빈대코와 털보는 동시에 놀랐다.

"야아…… 많다!"

자신의 가슴을 툭툭 치면서 빠삐용이 말했다.

"그중에서 우리는 살아남았다. 그래서 내년 황금돼지해에 환갑잔치를 할 수 있게 됐으니 갑장(甲長) 가운데선 운이 좋은 편이다."

빈대코가 빠삐용에게 물었다.

"자네가 말하는 우리가 지금 우리 셋이지?"

"당스다, 당스!"

"그건 또 뭐냐, 친구야?"

"당연한 얘기란 말이다."

"어어, 그래. 그런 말인 줄 알았다."

빈대코의 연이은 질문은 궁금증 때문이 아니라 흥분상태에서 일어나는 일종의 응석이었다.

"그런데 돼지면 돼지지 황금돼지는 또 뭐냐?"

"내년은 그냥 돼지해가 아니고 황금돼지해다."

"왜?"

"좀 복잡하고 알 필요도 없다. 오행(五行)이 말이야……."

알 필요 없다면서도 빠삐용은 오행의 숫자와 색깔에 대해 설명하고 그래서 내년이 60년 만에 돌아오는 황금돼지해라고 말했다. 털보는 알아들었지만 빈대코는 그저 그러려니 했다. 어쨌든 좋은 일이라니 좋고 더군다나 친구의 유식한 해설을 통해 들으니 자신의 미래에도 바야흐로 한 줄기 황금빛 광명이 내리치리라는 희망을 가질 수 있었다. 한껏 들뜬 기분으로 빈대코는 대운동장에서 지글거리는 땡볕을 정겨운 눈길로 두루 살폈다. 그러면서 또 한 번 하나 마나 한 질문을 했다.

"내년부터 우리는 좋다는 거지?"

"그래, 그러니 이젠 다른 사람 눈치 보면서 살 이유가 없다. 그래봤자 화병만 생기지 아무런 소득이 없다. 우리는 우리다."

털보가 맞장구쳤다.

"그래! 나는 이제 남편도 아니고 시아버지도 아니고 할아버지도 아니고 국민도 아니다. 그러니 얼마나 편하냐. 속이 다 시원하다."

빈대코가 털보한테 말했다.

"친구야! 다른 건 그만두더라도 우리 돼지띠 친구 사이는 그만두면 안 된다."

"당근이다, 이 친구야!"

"그건 또 뭔데?"

"당연하단 말이다."

"아아, 그래…… 나도 그런 줄 알았다."

빈대코는 오른팔을 뻗어 한차례 휘둘러보았다. 늘 미지근하고 가끔씩 찌릿찌릿 저리던 팔의 통증이 전혀 느껴지지 않았다. 슬리퍼 밖으로 나온 오른쪽 발가락도 어쩐지 오늘은 조금도 아프지 않았다.

38. 생일

　양력 9월 7일 금요일은 빠삐용의 생일이었고 그날 점심을 생일상으로 차린 사람은 털보와 빈대코와 총무였다. 털보와 빈대코는 돼지 띠 동갑내기의 우정으로, 총무는 대학동창 선배에 대한 예의로 소지 반대에 손을 벌려 몇 가지 음식을 준비했다. 포장훈제통닭은 백숙으로 만들었으며 물에 불린 육포를 황육 대신 넣어 김국을 끓였고, 손님 접대용으로 사리곰탕면 다섯 개를 말았다. 과일은 사과와 방울토마토, 과자는 흔치 않은 초코 카메오 비스킷과 유과와 초코파이 그리고 카누 막대커피와 립톤 허브티를 준비했다.

　초코파이에 꽂은 귀후비개 면봉 여섯 개 끄트머리엔 불꽃 모양으로 오린 빨간색 종이 쪼가리가 양면테이프에 붙어 있었다. 기계조 조원의 성대한 생일축가가 끝나자 빠삐용이 인사말을 했다.

　"내가 여기 온 지 며칠 되지도 않았는데 생일잔치라니 너무 고마

워요. 그래서 한마디 하자면…… 나는 7년 4개월 동안 징역살이하면서 내 자신이 너무 귀하다는 사실을 깨달았소. 그러니 자연히 내 옆에 있는 사람도 다 귀하다는 생각이 들지. 앞으로 잘 삽시다. 서로 귀하게 여기면서 살도록 해요."

조장 쇼군도 한마디 축하의 인사말을 했다.

"총무야, 우리 다음 주부터 춘추복 입지? 그래, 그래…… 참, 지난여름 얼마나 더웠습니까? 그런데도 세월 가잖아요. 그렇습니다, 우리 인생이라는 것이."

엉뚱한 소리를 했다는 듯이 쇼군은 빠삐용을 가리키며 다시 시작했다.

"우리 사장님 생신을 축하해요. 엊그제 사장님하고 이야기하다가 내가 '사장님도 어쩌다 깜빵이네요' 하니까 사장님이 '아닙니다. 나는 어쩌다 깜빵이 아니고 어리석어 깜빵입니다' 하더라고요. 사장님도 그렇고 우리도 그렇고 앞으로는 어리석게 살지 않도록 합시다."

손님 가운데엔 레옹도 끼여 있었다. 레옹은 단순한 손님이 아니라 총무가 초빙한 기술자로 초코파이에서 면봉을 뽑아내는 그에게 쇼군이 말했다.

"야, 이거 니가 했지?"

면봉에 빨간 불꽃 종이 쪼가리를 오려 붙인 기술자가 레옹이었다.

"네, 형님! 형님도 곧 여섯 개요."

3년 뒤엔 쇼군도 환갑이 된다는 얘기였다.

"야, 레옹아! 너 노인 되기가 얼마나 어려운지 아냐? ……응? 나이 먹기 정말 힘들다."

백숙으로 만든 훈제통닭 살점을 맨손가락으로 집어 들며 쇼군이 탄식했다.

"여기 돼지띠 사장님들 봐라. 산전수전 다 겪으면서 이 나이 드신 거야. 이런 병 저런 병, 이런 사고 저런 사고 요리조리 피해 살아오셨단 말이다, 인마! 노인 되기 엄청 어렵다?"

"알아요. 자동차 사고도 피하고 배 사고도 피하고, 다리가 무너지고 빌딩이 무너져도 다 살아나셨잖아요. 암도 피하고 고혈압도 피했는데 그만 여기 오시게 됐네요."

모두 머리를 저으며 웃었다.

"그러니 말이다. 나이 먹기가 그렇게 힘든 거야. 그런데 우리 딸내미는 아빠 나오실 때까지 시집가지 않고 기다린단다. 아이고…… 그때면 내가 몇 살이냐? 우리 딸내미는 몇 살이고?"

"몇 살이에요?"

레옹의 물음에 쇼군이 계산했다.

"10년 뒤라고 보면 나는 예순일곱이고 걔는 서른일곱이지. 내가 걔 열두 살 때 여기 들어왔거든."

이발과 작업반장과 공구조장을 비롯한 손님들은 백숙 살점을 고명으로 올린 사리곰탕면을 먹었으나 기계조 조원은 김국에 밥을 말아 먹었다. 일찍 숟가락은 놓은 빠삐용한테 사과 한 쪽을 권하며 총무가 물었다.

"선배님은 따님만 둘이랬죠? 몇 살이에요?"

"내가 늦게 결혼했잖아. 그래서 아직 10대야. 고3 고1."

"많이 늦었네요. 우리 애들은…… 저도 딸만 둘인데 둘 다 대학생

이거든요."

그때 이발이 빠삐용에게 물었다.

"사장님, 오늘 사모님은 접견 없어요?"

"오지 말랬습니다. 뭐 자랑이라고 식구들 오라 가라 하겠어요."

사과 한 알을 통째 입안으로 넣으며 이발이 말했다.

"사장님, 그러면 안 돼요. 앞으로 사모님하고 같이 살아야 하잖아요. 그러려면 징역살이 부끄러워하면 안 돼요. 자신의 지난날을 부끄럽게 여기면 노인이 될 수 없어요."

빠삐용 대신 총무가 이발의 말에 변명했다.

"재산이 있나 명예가 있나…… 뭐든 물려줄 게 있어야 떳떳하고 당당할 텐데 아무것도 없으니 저절로 쫄게 되네요."

"그래도 그러면 안 돼요. 아직 시간이 있잖아요. 그래서…… 나는 이번 후반기 직훈 가서 자동차정비 마스터하려고 해요. 기술이 있으면 얼마가 되든 돈은 벌 거 아니오. 설마 자동차가 없어지겠어? 아무리 전과자라도 돈 벌면 떳떳해지지 않겠어요?"

총무와 빠삐용 맞은편에 쇼군이 앉아 있었다. 이발과 그들이 하는 말을 들은 쇼군이 빠삐용에게 말했다.

"사장님, 사모님이고 따님이고 자주 얼굴 봐야 돼요. 나는 한 달에 두 번씩 꼭 오라고 합니다. 스마트접견하고 전화는 수시로 하고. 그래야 이쪽도 저쪽도 부담이 없어요. 서먹서먹하지 않아요."

쇼군이 다시 빠삐용에게 당부했다.

"딱 수갑 차는 순간, 내 죄와 내 벌은 내가 아니라 다른 사람이 결정해요. 그 뒤로 내가 할 일은 한 가지밖에 없습니다. 이 새끼 보세요. 열여섯에 죄 짓고 열일곱에 들어와 17년째 여기서 삽니다."

레옹의 궁둥이를 때리며 쇼군이 말했다.

"이놈 말대로 수갑 찬 뒤에 내가 할 일은 내 앞에 펼쳐지는 장엄한 운명을 씩씩하게 받아들이는 깡입니다."

그 말이 끝나는 순간 빠삐용이 아니라 털보가 숟가락질을 멈췄다. 답답하던 가슴이 뻥 뚫리는 느낌에 더 이상 밥 먹을 기분이 아니었다. 징역살이도 세상살이처럼 힘들고 고통스럽지만 사람 사는 일이니만치 나름대로 비법이 있게 마련인데, 그 비법이야말로 쇼군의 말처럼 강인한 미련함을 필요로 한다고 털보는 생각했다. 지금 내 앞에 앉아 있는 이 무기수들처럼 살아간다면 세상 어디서도 빌빌거리지 않을 수 있으리라는 자신감이 들었다.

"좋은 말씀이오."

빠삐용은 쇼군의 말도 이발의 말도 옳다고 생각했다.

"앞으로는 그렇게 살아야겠어요. 내년이면 환갑이고 곧 노인이 될 테니 이젠 노인답게 살아야 하지 않겠소."

빠삐용은 자신의 생일 밥을 먹고 있는 수용수들을 한차례 둘러보았다. 그런 뒤 이전에 자신이 읽었던 어떤 소설에 대해 이야기했다.

"노인의 피에는 젊은이들 피에 없는 치유의 성분이 있다는 그런 내용이었어요."

주목하는 사람이 없었지만 빠삐용은 이들에게 그 소설에 대해 말하고 싶었다.

"누군가를 살리기 위해 자신의 피를 덜어내고 나면 노인의 수명은 그만큼 줄어듭니다. 하지만 노인은 필요할 때마다 자신의 피로 남을 치유해요. 그러기 위해 노인은 우선 자신의 팔뚝을 칼로 베고 그 피를 자신의 가슴에 문지릅니다. 무엇보다 늙은 자신을 구원해야 하니까 말이오."

레옹 혼자 빠삐용의 말에 귀 기울이고 있었다.

"사장님, 그 소설 누가 썼어요?"

젊고 팔팔한 레옹을 바라보면서 예순 살 생일을 맞은 빠삐용이 대답했다.

"누가 썼는지는 잊었지만 제목은 '치유의 피'가 틀림없다."

"제목 멋지네요."

39. 아내

"친구야, 어제 정말 고마웠다."

토요일 운동시간에 기계조 네 명은 사열대 뒤편에 모였다. 어제 생일상을 받은 빠삐용이 털보와 빈대코와 총무에게 감사 인사를 하는 참인데 이야기가 한 걸음 더 나갔다.

"평생 잊지 못하겠다. 그런데…… 사실 어제는 내 생일이 아니라 우리 마누라 생일이야. 정말 미안하게 됐다."

그게 뭔 소린가 하고 쳐다보는 셋을 향해 빠삐용이 말했다.

"어제 9월 7일은 우리 마누라 양력 생일인데 이제는 내 생일도 그날 같이 하기로 정했으니, 그러니 내가 자네들을 속인 건 아니지."

"뭔 소리야? 그럼 자네 생일은 언제고?"

빈대코가 물었고 빠삐용이 대답했다.

"내 생일은 생각할 필요 없다. 먼저 하늘나라로 떠난 마누라 생일을 내 생일로 지내기로 했다."

빠삐용의 머리칼이 하얗게 센 이유나 그의 이가 허물어진 이유도 모두 2년 전 대장암으로 사망한 아내 때문이었다. 아내의 장례식에 참석하기 위해 빠삐용은 딱 한 번 2박 3일 특별외출을 다녀왔는데, 며칠 뒤 머리칼은 세고 앞니는 밥알처럼 입에서 흘러나왔다.

"우리 마누라가 나 땜에 고생을 많이 했거든. 내가 여기 들어오고 우리 아버님 어머님이 몇 달 간격으로 쓰러지셨어요. 그 노인네들 입원시키고 치료하느라 몇 년을 병원에서 살고, 그러면서 재판 때문에 이리 뛰고 저리 뛰다 보니 몸이 완전히 망가진 거야. 마음이 망가지니 몸이야 말할 필요도 없지. 그렇게 아버님 어머님 두 분 다 살려놓고선 자기가 쓰러져버렸네. 그러니 방법이 없지."

마흔 살에 결혼한 빠삐용의 아내는 빠삐용보다 열 살 아래였다.

"1969년생이지. 닭띠에 어제가 생일이었으니 서양 별자리로 하면 처녀자리다."

누가 보기에도 빠삐용은 아직 아내와 이별하지 못한 사람이었다. 이빨 빠진 입술을 이쪽 손 저쪽 손으로 번갈아 훔쳐내면서 빠삐용은 대운동장 위에 펼쳐진 푸른 하늘을 쳐다보았다.

"우리 마누라는 저 먼 하늘나라에서 행복하게 잘 살고 있을 거다. 나보다 나은 남자를 만나 좋은 보살핌을 받으며 잘 살겠지."

대충 상황을 파악한 총무가 빠삐용을 위로했다.

"선배님, 사모님은 좋은 데로 가셔서 거기서 잘 살고 계실 거예요."

"그렇겠지…… 설마 징역살이하는 놈하고야 살겠어?"

빠삐용의 말을 알아듣지 못하지는 않았으나 털보와 빈대코는 어안이 벙벙했다. 우선은 남편 옥바라지와 시부모 병구완으로 병을 얻었다는 빠삐용의 아내에 대한 안타까움 때문이었다.

"미안하다, 친구야! 우리야 그런 줄 알았나."

빈대코에 이어 털보도 빠삐용을 위로했다.

"정말 안됐다."

징역살이하면서 그런 아내의 죽음을 지켜봐야 했던 빠삐용에 대한 연민도 만만치 않았다. 오히려 빠삐용이 그들을 위로했다.

"나쁜 뜻은 없었지만 어쨌든 내가 자네들을 속였네. 그렇다고 생일상 차려줄 줄은 생각지 못했다. 내 생일이라면 입 밖에나 내겠어? 아내 생일을 기억하다 보니 불쑥 입에서 흘러나왔다."

말없이 층계 위아래에 자리한 넷은 운동장 한가운데에서 우표를 걸고 벌이는 족구시합의 소란을 듣고 있었다. 토요일 운동시간은 30분이지만 담당 교도를 성가시게 하지 않으면 30분쯤 덤을 줬다. 그래서 족구시합 하는 쪽이나 사열대 뒤에 앉아 있는 넷이나 마음은 편했다.

"선배님이나 사모님이나 일편단심이네요."

총무가 말했다.

"하지만 대부분의 사람은 그렇지 않답니다. 자기 좋은 쪽으로 생각하거나 잊어버리고 말죠. 더군다나 이혼하거나 이별한 뒤에 드러나는 여자와 남자의 태도가 좀 다르대요."

"뭐가 어떻게 달라?"

"남자는 헤어진 여자가 자기보다 나은 남자를 만나면 좋아하지만 여자는 그 반대라는 거죠. 여자는 헤어진 남자가 자기보다 못한 여자를 만나야 속이 편하다는군요."

"왜?"

"남자와 여자의 심리가 그렇다는 겁니다. 남자는 자신의 짝이었던 여자가 멋진 남자를 만나야 자신이 대단한 여자와 살았다는 허영심을 얻지만 여자는 그 반대라는 말입니다."

"여자는 헤어진 남자가 불행하기를 바란다는 뜻인가?"

"그게 아니라 여자는 헤어진 남자가 자기보다 나은 공주를 만나기보다는 자기보다 못한 하녀와 살아야 속이 시원하다는 뜻입니다."

"그런 사람도 있고 그렇지 않은 사람도 있지."

"그런 썰이 있어요. 내가 만들어낸 얘기가 아니라 책에서 본 얘기예요."

빠삐용은 급성대장암으로 치료할 틈도 없이 세상을 떠난 아내에 대해 이야기했다.

"우리 마누라는 천성이 순수하고 섬세했어요."

주유소에서 만난 누나와 결혼했다가 이혼한 털보가 물었다.

"어디서 만났는데?"

"합동법률사무소에 근무하던 과장 여동생이었는데…… 유학 중인 아가씨를 불러들여서는 불시에 결혼식을 치렀으니 그길로 공부를 접고 말았지."

여전히 하늘 저편에 시선을 매단 채 빠삐용이 대답했다.

"우리 마누라는 금방 사랑에 빠지는 타입은 아니지만 한번 사랑에 빠지면 직진하는 순애보 스타일이야. 그런 성격에 자기를 희생하면서 가정을 꾸려가다 보니 그렇게 일찍 떠나게 된 거지. 그렇게 됐다."

층계 아래편에 쪼그리고 앉아 있던 빈대코는 땅바닥에 주저앉았다. 아내 얘기에 열중하는 빠삐용을 보니 금방 일어나긴 틀렸다고 생각했다.

"선영이 있지만 거기 혼자 묻어둘 수 없어 확 태워버렸다."

눈가를 주무르며 빠삐용은 아내의 화장에 대해 말했다.

"그래서 유골함에 담아 내 서재 책꽂이에 올려놨어."

오른손 엄지와 검지를 벌려 양쪽 눈썹을 꾹꾹 누르며 빠삐용이 또 말했다.

"거기가 우리 마누라가 젤 좋아하는 자리거든. 내 서재 책상 위 책꽂이 한가운데…… 아직도 그 방에 들어가면 마누라 냄새가 그대로 고여 있겠지. 책상 앞에 앉은 내 어깨에 턱을 고이고 내가 읽는 책을 같이 들여다볼 때 풍기던 그때 그 냄새가 그대로 남아 있을 거야."

빠삐용은 물코를 들이켜고 한차례 신음을 뱉어냈다.

"그러니 우리 마누라는 거기 그대로 있는 거야. 내가 떠나보내질 않았으니."

자기 앞에 주저앉아 있는 빈대코와 자기 옆에 앉은 털보와 자기 뒤에 앉은 총무에게 빠삐용은 다시 한 번 감사하다는 인사를 했다.

"고맙다, 친구야! 어제는 우리 마누라가 우리 공장에 왔다 갔을 거야. 내가 김국에 밥 말아 허브캔디 뚜껑에 한 숟가락 덜어놓는 거 봤지? 내가 그거 우리 마누라 먹으라고 떠놓은 거야."

빠삐용은 다시 눈가를 주물렀다.

"불쌍하다……."

빠삐용의 눈에서 눈물이 흐르고 있었다.

"보고 싶구나……."

40. 뭉게구름

선생님은 사열대 위 시멘트 바닥에 세면수건을 깔고 홀로 앉아 있었다. 새파란 하늘에 뜬 입체감 뚜렷한 뭉게구름을 쳐다보느라 족구 경기의 소란에도 사열대 뒤편 층계참에서 들려오는 빠삐용의 말소리에도 관심을 가지지 않았다. 구름의 이편은 희고 뒤편은 은색으로 반짝였다. 허공에 둥실 뜬 뭉게구름은 하늘에서 흘러간다기보다는 땅에 매달린 연처럼 그곳에서 흔들리고 있었다.

"우리 마누라는 천생 여자였어."

그렇다고 등 뒤에서 들려오는 코맹맹이 소리의 내막을 모르지는 않았다. 다 듣고 있었지만 그러나 선생님은 자신과 상관없는 일이라 여겼고 그보다는 뭉게구름의 변형을 한순간이나마 놓치고 싶지 않았다.

"모성애가 강하고 감성이 풍부한 천생 여자였어요. 여하튼······ 부드럽고 따뜻한 여자였지. 어이, 바보 같은 여자…….”

털보는 입을 다문 채 길게 콧바람을 뿜어내고 연이어 눈을 껌벅였다.

“연애기간이 없었다는 점이 미스라면 미스지. 그랬더라면 어린애처럼 좋아하면서 시집살이에 힘이 됐을 텐데…… 우린 그런 시간을 가지지 못했네.”

총무는 오른손을 뻗어 빠삐용의 오른쪽 어깨에 손바닥을 올려놓았다.

“마지막으로 맘모스빵을 먹고 싶다고 했대. 학교 다닐 때 공부하면서 먹던 값싸고 커다란 빵 말이야. 큰애가 사다 줬는데 먹질 못했다는구만. 보기만 했대.”

사열대 콘크리트 지붕 한쪽 모서리 위로 길쭉한 뭉게구름 한 덩이가 천천히 지나갔다. 그 모양을 빈대코는 땅바닥에 앉아 바라보았다.

“나 때문에 자기 공부를 포기했다는 말을 한 번도 하지 않았어요. 내가 그런 소릴 하면 내 머리를 쓰다듬으며 웃었지. 그럴 때 우리 마누라한테서 나던 냄새가 그립다.”

아내의 몸에서 배어난 향기는 그녀의 가슴골을 타고 블라우스 깃 사이에서 솟아올라 방을 가득 채웠다. 아내는 결혼을 성취가 아니라 숙명으로 생각하는 사람이었고, 남편과 가정에는 좋은 아내였지만 자신의 인생을 충실하게 보살피지 못한 어리석은 여자였다.

“형수님은 뭘 전공했어요?”

천천히 빠삐용의 어깨를 주무르며 총무가 물었다.

“그때까지 공부했으면 공부를 오래 하셨네요?”

"대학 졸업하고 5년 동안 직장생활을 했거든. 그러다가 유학을 나갔는데…… 지구환경이 전공인데 대양의 수온변화와 강우량의 관계를 공부했어. 그러다가 그만뒀지만."

어쨌든 어제는 빠삐용 아내의 생일이었고 오늘은 그러한 사실을 고백하는 빠삐용의 날이었다. 돼지띠 친구들은 침묵으로 일관하며 빠삐용이 늘어놓는 아내 이야기를 듣고 있었다.

"사람이나 물건이나 자기 곁에 있는 모든 것에 대한 애정이 컸어. 오래된 편지나 애들이 신던 신발도 수십 켤레를 버리지 않고 지하실 선반에 보관하고 있었으니까. 처녀시절에는 혼자 여행하기를 좋아했다는데…… 결혼하고 나서는 그럴 엄두를 낼 수 없었지. 날 만나지 않고 계속 공부했더라면 세상천지 어디든 훨훨 돌아다녔을 텐데. 지금쯤은……."

"세상 여자들이 다 그렇지 자기 뜻대로 사는 여자가 몇이나 되겠어요."

"그러고 보면 모성애나 현모양처라는 말은 일방적이고 폭력적인 말이야. 그런 말을 여성성을 가리키는 말이라고 한다면 너무하구나 하는 생각이 든다."

사열대 위에 있는 선생님도 여전히 빠삐용의 말을 듣고 있었다. 기지개 켜는 아이처럼 생긴 뭉게구름이 사열대 맞은편 오른쪽 숲 위에서 미결수 사동 쪽으로 이동하고 있었다. 아이의 머리와 같이 생긴 구름 윗부분이 차차 납작해지면서 뭉게구름은 통통한 해마(海馬) 모양이 됐다. 기회가 주어지더라도 선생님은 빠삐용의 언사에 토를 달 의향이 없었다. 하지만 총무는 달랐다. 자기라도 이 감상적이고 외로운 남편을 위로해야겠다고 생각했다.

"그렇긴 하죠. 그럼 선배님은 어떻게 생각해요?"

"뭘?"

"여성성을 가리키는 말이요."

빠삐용이 중얼거리듯이 대답했다.

"말이라기보다는 솔직하고 당당한 태도가 필요하지 않겠어? 우리 마누라같이 살아선 곤란하지만 한편으론 남자들이 만들어놓은 세상의 권력에 연연치 않는 자존심도 필요하겠지."

그러더니 또 말했다.

"많은 여자들이 자존심 없이 그냥 살아가잖아. 남자들 권력에 기대어 그 권력을 나누어달라고 칭얼거리면서 별 고민 없이 말이야. ……하지만 우리 마누란 남자들의 그런 허세와 권력엔 별 관심이 없었어. 내가 여기 들어오지 않고 출마했더라면 말리진 않았겠지만 나서서 돕지도 않았을 거야. 남편의 일이니 가정사쯤으로 받아들였겠지."

"다 그렇죠 뭐. 자기 맘대로 사는 여자가 어디 있겠어요. 더군다나 결혼한 여자가."

"그래…… 결혼이라는 게 20년 30년 자기가 살던 집을 떠나 남의 집에 와 낯선 사람들하고 사는 일이니 쉬운 일이 아니지. 우리 집 어른들이야 점잖은 분들이지만 그래도 세상에 시부모 좋아서 모시는 며느리가 몇이나 되겠어. 우리 마누라도 그랬을 거야."

총무는 빠삐용의 어깨 이쪽저쪽에 올렸던 두 손을 거두어들였다.

"그래서 우리 마누라는 나하고는 말도 하지 않겠다잖아요. 결혼하고 10년 20년 지나니 그렇게 되더라고요. 이제는 내 말보다는 점쟁이 할머니 말을 더 믿어요."

"남편을 믿지 못하는 게 아니라 이제는 자기 식으로 남편을 변형시키고 싶다는 뜻이지."

"그런가요?"

"그래서 점쟁이들은 여자가 듣고 싶은 말만 해주잖아."

맑고 높고 푸른 하늘이건만 한순간도 텅 빈 하늘이었던 적은 없었다. 작든 크든 뭉게구름은 하늘 어딘가에 있었다. 그리고 뭉게구름은 수수억만년 이어온 이 세상에서 한 번도 존재하지 않은 저만의 모양에서 또 다른 저만의 모양으로 변모하면서 앞선 뭉게구름을 뒤쫓아 천천히 움직이고 있었다.

"자네는 제수씨한테 잘해드려. 이젠 신랑신부가 아니잖아."

"그럼요."

빠삐용은 마지막으로 눈가를 주물렀다.

"마누라도 꿈 많던 소녀 시절을 가진 여자가 아닌가. 그래서 데면데면 밍밍한 남편한테는 정을 붙이지 못하는 거야. 아무리 남편이라도 자기한테 미치지 않는 남자를 어떻게 수십 년 바라보고 살겠나. 그러면 어떡하겠어? 우선은 점쟁이를 찾아가 어떤 방법으로 남편을 변형시킬 수 있는지 비방을 물어보지 않겠어? 그러다가 안 되면 포기할까? 그럴 수도 있지만 어떤 경우엔 남편을 버리고 직접 그런 남자를 찾아 나서기도 한단 말이야."

"우리 마누란 그럴 형편이 못 돼요."

"왜?"

"절 사랑하거든요. 방법이 어떻든 절 사랑해 그런다니 어쩝니까."

"그럼 굴복하고 말아. 다 팔자놀음 아닌가."

흘러나오는 말소리를 바로잡으려 빠삐용은 수시로 손가락을 들어 입술을 매만졌다.

"그럴 때가 좋을 때야. 나는 그러지 못했지만 남편이라면 수시로 아내한테 추근거릴 필요가 있어. 나이가 들수록 더 그래요. 마누라는 외롭게 버려두면 마귀할멈이 돼버리거든."

인중을 중심으로 윗입술을 전체적으로 눌러 흔들면서 빠삐용이 말했다.

"자신을 유혹하는 남편이 있다면 공주처럼 살지 왜 마귀할멈이 되겠어? 그러니 매사 마누라한테 복종할 필요가 있어요. 그래야 마누라는 자신의 현명함으로 남편을 돌본다고 생각하면서 행복한 여자가 돼요. 남편이 먼저 그러한 사실을 알아야지."

"한마디로 죽어지내면 편하다는 말이군요."

"그래야 지금 나처럼 여기 이렇게 앉아 궁상을 떨지 않을 게 아닌가."

부글부글 끓는 콩국을 닮은 뭉게구름 속으로 해가 빨려 들어갔다. 요동을 멈춘 콩국은 환한 테두리로 자신을 장식하면서 금과 은으로 세공한 수국꽃송이 모양을 했다. 곧 또 다른 모양으로 변하겠으나 그러나 선생님은 지금 이 순간 자신의 눈앞에서 세상에 다시없을 꽃송이로 둔갑한 뭉게구름에게 진실한 한마디 경배의 인사를 올리고 싶었다.

"얘들아, 선생님이 잘못했다. 용서해다오……."

41. 편지

날씨가 서늘해 긴소매 춘추복을 입고서도 윗도리를 벗지 않은 수용수가 여럿 있었다. 긴소매 차림과 반소매 티셔츠와 러닝셔츠가 뒤섞여 공장 자재창고에서 공장 입구 마당까지 외줄로 오가며 새로 도착한 쇼핑봉투 원지와 부속재료를 옮기고 있었다. 과자상자보다 작지만 무게가 꽤 나가는 종이박스를 어깨에 메고 복도로 들어서던 털보는 사무실의 호출을 받았다.

"어떠세요? 일할 만합니까?"

주임인 교위가 털보에게 인사하며 호출한 용건을 꺼냈다.

"원예반 아시죠?"

털보는 그렇다고 대답했다.

"거기로 이직 가실 생각 없으세요?"

제1위탁공장에서 원예반으로 징역살이 옮기는 일을 '이직'이라고 하니 좀 웃겼다. 교도소에서 일반적으로 쓰는 관용어인지 교위가 농담으로 사용한 말인지는 알 수 없지만, 여하튼 그 순간 털보는 며느리에게 들은 '독립운동'이라는 말을 떠올렸다. 독립운동은 아니더라도 자신이 이만큼 교도관으로부터 특별한 대우를 받는다는 사실이 자랑스러웠기 때문이다. 백을 쓰지 않으면 가기 힘들다는 원예반 이직을 권유받고 놀라긴 했으나 털보의 뜻은 단순했다.

"아닙니다, 저는 여기가 좋습니다."

"그러세요? 거기 원예 좋은데요? 원예라고 흙일만 하는 게 아닙니다. 우리 위탁에서 딱 한 명 추천해달래서 사장님 의사를 물어보는 건데요?"

"아닙니다, 저는 그냥 여기 있겠습니다."

원예반이 아무리 좋더라도 빈대코와 떨어지기 싫었고 만의 하나 자기가 원예반으로 가면 빈대코는 어쩌나 하는 걱정이 뒤따랐다. 빈대코와 자신이 함께 원예반으로 이직한대도 마찬가지였다. 돼지 띠 동갑내기로 이제 막 정을 붙인 빠삐용에게 예의가 아니었다.

"저는 여기 위탁이 좋습니다."

그렇게 면담을 마쳤는데 점심시간 직후 털보는 또다시 사무실의 호출을 받았다. 이번엔 주임이 아니라 총무과에서 나온 젊은 교사였다. 결재파일에서 꺼낸 서류를 털보 앞에 내놓으며 교사가 말했다.

"여기 읽어보시고 여기 이름 적으시고 사인하세요."

사무실에는 다른 수용수가 두 명 더 있었고 교위와 교사는 그들과 상담 중이라 어수선했다. 결론적으로 털보는 서류에 서명하지 않았다.

"저는 그냥 여기 있겠습니다."

그 서류는 소망교도소 이감심사신청서였고 강제성은 없었다. 기독교 신앙에 반감을 가지지 않은 한 누구나 가고 싶어 하는 교도소가 바로 그곳이었다. 엄선도 엄선이지만 호의를 베풀어 심사 대상으로 추천한 털보의 거부의사에 교사는 의아한 표정을 지었다. 하지만 본인이 싫다는데 굳이 강요할 이유는 없었다.

"그래? 그럼 가겠다고 하지 왜 싫다고 했어?"

빈대코와 빠삐용만이 아니라 총무도 아쉬워했다.

"거긴 완전 개방교도소예요. 밥도 식판으로 받아 먹고 맘대로 쓰는 공중전화도 있어요. 밤이나 낮이나 거실을 잠그지도 않는대요."

총무의 설명에 따르면 소망교도소는 그야말로 소망할 만한 교도소였다.

"거긴 기독교 재단이 운영하는 민영 교도소죠. 사장님같이 신자 아닌 사람을 신자로 만들기 위해 운영하는 미션 교도소라 교회 열심히 다니는 사람은 신청 대상도 아닙니다."

그러나 털보는 자신의 선택을 후회하지 않았다. 흔들리는 빈대코의 눈빛을 보았기 때문이다. 담당 교도관이 다시 찾아와 털보를 원예반이나 소망교도소로 이감해버리지 않을까 하는 두려움으로 빈대코는 울음을 참는 어린아이의 눈으로 손을 내밀었다. 맥없고 조금은 떨리는 손이었다. 그에 비해 빠삐용의 심정표현은 솔직하고 현실적이었다.

"잘했다, 이 친구야! 어디 가나 사람이 문제지 먹고 자는 게 문제가 아니야. 여기가 낫다. 여기 있다가 나하고 직훈이나 신청하자."

"나는?"

두 사람이 직업훈련교도소로 이감한다는 말에 빈대코가 반응했다.

"이 친구야, 자네는 곧 나가잖아. 그런 사람이 직훈은 무슨 직훈을…… 직훈이 어디 유람 가는 덴 줄 알아? 거기나 여기나 다 징역살이야."

털보에게 닥친 야릇한 행운은 두 가지만이 아니었다. 복은 쌍으로 오지 않고 화는 홀로 오지 않는다는 말과 정반대로 이날 털보에게 배달된 행운은 세 가지였다. 퇴근 무렵 소지반대로부터 날아온 세 번째 행운은 다름 아닌 여자였다. 한 달 반 전 함께 출역 나와 소지반대에서 일하고 있는 어린 수용수 녀석이 털보를 찾아왔다.

"사장님, 저 좀 봐요."

그러더니 야릇한 제안을 했다.

"이 공장에서 아무리 골라봐도 사장님밖에 없어요. 이 여자가 원하는 사람이 딱 사장님이에요."

녀석은 여자교도소에 있는 여수(女囚)와 펜팔 맺기를 권하면서 자기가 이미 털보의 신상을 대강 소개했고 그쪽에서 좋다는 답신이 왔다고 말했다.

"상당한 미인이래요. 저는 잘 모르지만 옛날에 탤런트를 했다는데요? 가수도 했고요. 젊었을 때요."

"지금 몇 살인데?"

불량 난 대형 쇼핑봉투를 든 채 잘못 박힌 리벳을 매만지며 털보가 물었다.

"대단한 미인이고 어쩌다 향으로 들어왔는데 출소가 사장님하고 비슷하고 나이도 비슷해요. 그러니 잘 좀 해보세요."

"너는 어떻게 그 여잘 알았어?"

"나하고 펜팔 하는 애하고 같은 방에 있대요. 점잖은 사장님 한 분 소개해달래서 이런 사장님이 있다고 내가 말해놨어요."

녀석은 그 여수의 주소가 적힌 종이쪽지를 내밀었다. 작업을 마치고 타공기를 옮기고 있는 기계조 조원들을 뒤돌아보며 털보가 중얼거렸다.

"참, 이상한 세상이다."

그래서 털보는 즉시 그 여수 앞으로 편지를 썼다. 작업이 끝나고 퇴근점검을 기다리는 한 시간 동안의 자유 시간이었다. 방에 들어가 선생님의 도움을 받을까 생각해봤으나 성추행한 제자에게 사죄의 편지를 쓰는 수용수한테 여자교도소에 있는 마약사범 여수와 펜팔을 시작한다고 말하긴 좀 그랬다. 이 시간이면 늘 대학생 딸들 앞으로 편지를 쓰는 총무에게 편지지를 빌리고 편지봉투와 우표도 얻었다.

"그냥 한번 보내보는 거다."

징역살이 오래 한 빠삐용은 그러려니 했으나 빈대코는 여간 놀라는 얼굴이 아니었다.

"야야, 이 친구야! 마약을 한다는데 그래도 돼?"

"어쩌다 한번 했단다. 나보고 같이 하자고 하진 않을 테니 그런 건 상관없다."

가수와 탤런트 활동하면서 사용하던 예명이 아니라 본명이었으므로 누구도 그녀에 대해 아는 사람이 없었고 진짠지 거짓인지도 알

수 없었다. 소개해준 녀석이 시키는 대로 털보는 나는 이러이러한 사람이라는 소개와 답장을 바란다는 청과 날씨가 바뀌는 환절기니 감기 조심하라는 안부의 말로 간단한 편지를 마쳤다. 털보가 그러는 동안 빈대코도 편지를 썼다. 마음은 굴뚝같으나 손이 따라주지 않는 빈대코가 빠삐용에게 애원했다.

"편지야 그냥 말하는 대로 쓰지만 주소는 어떻게 써야 하는지 좀 알려줘. 아니…… 여기 자네가 좀 써줘."

편지도 주소도 다 빠삐용이 대필했다. 우편번호부를 뒤져 빈대코 고향 읍소재지에서 멀지 않은 도청소재지 우편번호를 알아냈고, 그 도시에 있는 방송국까지는 적을 수 있었다.

"그 친구가 근무하는 부서가 뭐라고?"

"첨에는 보일러실로 들어갔는데 이젠 주차장이래."

빠삐용은 편지봉투 수신자 주소 난에 지역방송사 이름과 주차관리실까지 쓰고 그 아래에 '방세복 귀하'라는 빈대코 친구의 이름과 존칭 붙임말을 적었다. 빠삐용이 척척 금방 써내려간 편지의 내용은 간단명료하고 정중했다. 어머니 산소 벌초와 추석 성묘를 부탁한다는 당부와 함께 성묘에는 떡도 과일도 필요 없고 술이나 한잔 올려달라고 했다. 그 뒤엔 내년 초쯤 출소한다는 기별을 덧붙이고 영순이한테 부탁하긴 했으나 트럭과 개를 건사해달라는 말로 끝을 맺었다.

"고맙다, 친구야!"

"답장이 오거든 담에는 자네가 써. 편지 쓰기가 뭐 어려워? 말하듯이 죽 쓰면 된다."

"고맙다, 친구야!"

빈대코의 편지봉투에 등기우편 가격만큼 우표를 붙여주면서 총무
가 말했다.

"그러고 보니 추석이 얼마 남지 않았네요? 저는 이번이 두 번째 추
석이에요. 내년에는 집에서 쇠겠지만."

빠삐용이 말했다.

"나는 여덟 번째다."

그러면서 웃었다.

"마지막이다."

42. 흑장미

편지를 부친 다음 날 오전 운동시간이었다. 엄지발가락 위치하는 부위를 가위로 잘라낸 자기 운동화가 눈에 띄지 않아 허둥거린 탓에 빈대코는 꼴찌로 운동장에 나갔다. 인원파악 하는 동안 털보와 빠삐용 옆으로 가지 못하고 맨 뒷줄에 서 있던 빈대코는 함께 앉은 번호하던 흑장미 문신쟁이 영감과 짝을 이루어 산책을 시작했다.

몇 걸음 걷던 두 사람은 목에 수건을 걸치고 맨발로 걸어가는 돋보기 영감과 어울려 셋이 됐다. 흑장미는 같은 방에서 어깨를 맞대고 잠자는 사이지만 빈대코가 돋보기 영감과 가까이하기는 이번이 처음이었다. 흑장미가 돋보기 노인에게 말을 걸었다.

"사장님은 법 없이도 살 분 같은데 왜 여길 왔소?"

이러한 말투는 평생을 빵에서 보낸 흑장미 특유의 고약한 친근감의 표시였다. 대답이 없자 흑장미는 돋보기 영감이 가는귀먹었을지도 모른다고 생각했다.

"사장님은 무슨 죄를 지었소?"

너무 두꺼워 눈동자가 뒤틀려 보이는 돋보기를 통해 빈대코와 흑장미를 쳐다보면서도 돋보기 노인은 얼른 대답하지 않았다. 그러나 흑장미는 포기하지 않고 더 큰 소리로 물었다.

"어쩌다 여기 왔소? 누굴 죽였소?"

돋보기 노인은 고개를 젖히더니 까랑까랑한 목소리로 욕을 퍼붓듯이 대꾸했다.

"세 놈 죽였어, 세 놈!"

그러고는 앙상한 발목이 드러나 보이는 맨발로 앞서갔다. 빈대코는 털보와 빠삐용을 쫓아가지 못하고 흑장미와 나란히 서늘하고 눅눅한 공기 속을 천천히 걸었다. 해가 떴으나 구름이 잔뜩 낀 하늘로 시선을 던진 채 앵앵거리는 목소리로 흑장미가 빈대코에게 물었다.

"사장님은 어떤 꿈이 있소?"

빈대코에겐 어려운 질문이었다.

"밖에 나가면 뭘 하겠다는 그런 일이 없어요? 하지 못하더라도 하고 싶은 일이 있을 거 아니오."

빈대코는 흑장미의 물음을 대충 제멋대로 알아들었다.

"그래서 어제 편지를 썼어요. 편지라고는 평생 첨 써봤네."

흑장미의 까무잡잡하고 주름진 얼굴에 박힌 작은 눈이 반짝였다.

"어머니 산소 벌초를 하고 추석에 술이나 한잔 따라드리라고 친구한테 부탁했어요. 그게 내 꿈이지."

"그보다는 좀 더 먼 날까지 통하는 그런 꿈 말이오. 희망이나 인생의 계획 같은 거 말이오."

빈대코의 범죄내용과 옥중이혼에 대해 알고 있는 흑장미는 이 순진하고 가여운 범죄자와 친구가 되고 싶었다. 그래서 남에게 좀체 내보이지 않는 자신의 내면을 털어놓으려 상대방의 심중을 물어본 것이다. 빈대코가 대답하지 않자 자신이 먼저 시작하기로 했다.

"나는 말이오……."

그때 불쑥 손을 쳐든 빈대코가 대운동장 반대편에서 걸어가는 털보와 빠삐용을 가리키며 말했다.

"나는 저기 저 친구들이 하자는 대로 하기로 했어요. 그러니 내 희망은 돼지띠 친구들 옆에 붙어서 사는 거지."

"그래요?"

이런 순박한 대머리 촌놈이라면 자신의 속내를 드러내도 좋겠다는 결심으로 흑장미는 자신의 꿈을 이야기했다.

"나는 이번에 나가면 생활관으로 들어가 어떡하든 약을 끊을 생각입니다."

자신은 출소한 뒤 법무부 산하 한국법무보호복지공단 생활관으로 입소하겠다고 흑장미가 말했다. 그 이유는 일단은 마약을 끊고, 그래서 다시는 교도소에 들어오지 않고, 그리고 맨 정신으로 죽고 싶기 때문이라는 것이다.

"한 해 교도소에서 출소하는 기결수가 5만 명이랍니다. 그중에서 절반이 누범기간에 다시 들어와요. 나 같은 향은 누범기간 3년도 채우지 못하고 또 들어오지. 1년도 안 돼 형사가 데리러 옵니다."

흑장미 문신이 있는 왼쪽 팔뚝을 슬슬 긁으며 흑장미가 모기의 날

갯짓 소리같이 앵앵대는 음성으로 말했다.

"이젠 징역살이가 싫어요. 죽을 때가 됐는지……."

별로 친하지 않은 뽕쟁이를 만나 약 팔러 가는 차에 동승했다가 덜컥 달렸다는 말은 이미 방에서 들었다.

"전국 교도소에 있는 수용수가 5만 명이 넘어요. 그중에 초범이 절반이고 누범이 절반이랍니다. 그러니 빵을 집으로 여기고 사는 사람이 몇 만 명이라는 얘기 아니오? 나는 이제 졸업하고 싶어요. 내년에 나가면 일흔둘이니 죽을 때도 됐고…… 이제는 내 집이든 남의 집이든 며칠이라도 내 똥냄새 맡으며 살다가 죽고 싶소."

한창 흑장미 얘기에 빠져 있는 빈대코의 귀에 자신의 이름을 부르는 소리가 들렸다. 돌아보니 운동장 출입구 쪽이었다. 먼 거리였으므로 부르는 사람이나 빈대코나 서로 알아보지 못한 채 상대방을 향해 다가갔다. 빈대코를 부른 나이 어린 교도는 빈대코의 신분을 확인한 다음 빈대코를 이끌고 사열대로 향했다. 고개를 구부리고 천천히 앞서 걸어가면서 교도는 괜한 공포 분위기를 조장했다.

"사장님, 방송사에 아는 사람 있어요?"

사열대 가장자리를 두른 철봉을 한 손으로 집은 교도는 빈대코의 얼굴을 바로 보지도 않고 딱딱한 목소리로 물었다. 당황하긴 했으나 지은 죄가 없으므로 빈대코는 꿀릴 게 없었다. 하지만 왜 이러는지 영문을 알 수 없어 멍청히 서 있었다.

"사장님, 이 편지 사장님이 쓴 편지 맞죠?"

어제 빼삐용이 대신 쓴 편지봉투를 내밀며 교도가 물었다.

"이 사람 어떻게 아는 사람입니까?"

"방세복이는 내 친구요. 그 친구가 방송사에 있거든."

상황을 파악지 못한 빈대코는 방송사 주차장 관리인으로 있는 친구에 대한 자부심으로 그렇게 대답했다. 하지만 교도는 잔뜩 미간을 구긴 심각한 얼굴로 바지 주머니에서 막대커피 한 개를 꺼내 빈대코에게 건넸다.

"이 커피는 공장 들어가 드시고…… 그런데 방송사로 왜 편지를 했어요?"

"나는 우리 어머니 산소 벌초를 하고 추석에 성묘를 좀 해달라고……."

서너 마디 더 오간 교도의 말은 결론적으로 이 편지를 개봉해 내용을 확인해도 되겠느냐는 뜻이었다. 교도는 방송사 주차장 관리실 방세복 앞으로 보내는 빈대코의 편지를 빈대코에게 돌려줬고 빈대코는 망설임 없이 딱풀로 봉한 편지의 입을 살살 뜯어 개봉했다.

"사장님이 직접 개봉하셨어요?"

그제야 교도는 밝은 표정으로 빈대코에게 확인을 요했다.

"제가 읽어보고 다시 붙여 발송해드리면 되죠?"

"네네, 문제없습니다. 아무 문제 없어요. 나는 그냥 벌초하고 성묘 좀 해달라고……."

"다 됐습니다. 내려가서 운동하세요."

사열대를 내려오자 털보와 빠삐용이 기다리고 있었고 총무와 흑장미도 그들과 함께 있었다.

"왜?"

털보의 물음에 빈대코는 손에 든 막대커피를 들어 보였다.

"이걸 주네?"

"맥심이잖아. 그건 우리가 구매하는 건데 뭘?"

사태를 파악한 빠삐용이 해설했다.

"편지 받는 사람 주소가 방송사로 돼 있어서 그런다. 이 사람들이 젤 싫어하는 데가 신문사 방송사 아닌가. 그래서 그러는 거야."

흑장미 노인이 훈수를 뒀다.

"편지에 교도소 비리라도 적어 고발하는 줄 알았나 보지? 이놈들 겁은 많아가지고. 그래서? 사장님은 뭐라고 했소?"

"나는 벌초하고 성묘해달라는 부탁이라고 했지 뭐라겠소. 그게 단데."

진상을 알아차린 털보가 빈대코의 등을 두드리며 안심시켰다.

"친구야, 걱정 마라! 글씨가 획획 너무 달필이라 저 사람들이 쫄았나 보다. 자네 글씨가 아니고 이 친구 글씨잖아."

"그래, 어제 이 친구가 썼지."

빠삐용이 다시 물었다.

"그래서 뜯어보자고 해?"

"응, 그래서 내가 뜯어줬다."

"잘했다, 잘했다. 괜찮아, 괜찮아. 저 친구들도 검열할 자격이 있으니 그럴 만하다. 다시 잘 붙여 오늘 중으로 보내줄 테니 걱정 마라."

천천히 방향을 튼 돼지띠 친구 셋과 흑장미는 대운동장 가를 돌고 도는 산책을 다시 시작했고 층계 오르내리기 운동을 위해 총무는 사열대 뒤로 돌아갔다.

43. 음독

목요일에 이어 금요일에도 종일 비가 내렸다.

"자네는 어디서 군 생활 했어?"

이틀째 운동장으로 나가지 못하고 운동시간 내내 잡담이나 하다 보니 소싯적 콩 서리해 먹던 얘기까지 탈탈 털었다. 영치금이 한 푼도 없는 탁 사장은 설거지를 전담했고 나머지는 기계조에 필요한 이런저런 물품과 음식을 공평한 액수로 공동구매하고 있었다. 구매장 작성은 당연히 총무 몫이었는데 그 계산을 하면서 군복무 시절 일보 작성하던 때가 생각난다고 말했다. 총무의 말끝에 빼삐용이 그렇게 물었다.

"군에서 행정병으로 복무했나 보지?"

"네, 특수수색대 지원했더니 거긴 떨어지고 그 부대 행정병으로 차출됐어요."

"해병대?"

"네."

"왜?"

"이왕 군대 가는 거 쌈 잘하는 군대가 낫잖아요. 1학년 마치고 막바로 지원해 갔어요. 선배님은요?"

"나는 법무관으로 갔는데, 그랬으니 다행이지 고시 떨어지고 그 나이에 병으로 갔더라면 애먹었을 거야. 자네는 해병대에서 고생 좀 했겠네?"

"날마다 집합이죠. 5파운드 곡괭이 자루를 엉덩이에 매달고 살았어요. 그래도 나는 맞다가 힘들면 돌아서서 앵겼어요. 그래서 맞아도 잘못 맞아 병신 되진 않았잖아요. 어이구…… 해병대 개새끼들."

"나도 엄청 맞았다."

방위병으로 근무한 털보가 자신의 무용담을 늘어놓았다. 처음에는 이유 있어도 맞고 이유 없어도 맞고 허구한 날 맞았지만 나중엔 이병 일병 정도는 가지고 놀았다는 식이었다.

"나는 출퇴근하니 퇴근시간에 나오면 그만이잖아. 현역 애들이야 밤새 지랄을 하든 말든."

"어디서 근무했는데?"

"첨엔 해안초소로 발령받았다가 소집해제 6개월 남겨놓고 무기고로 파견 갔거든. 거기선 내가 최고참이었지. 현역 일병 애는 삶은 달걀 몇 개 주면 그걸로 끝이고."

방위병에서 법무장교까지 어울린 군대 얘기는 발포사고에서 총기 수입으로 이어지더니 나중에는 고등학교 교련시간 목총 총검술까지 거슬러 올라갔다.

"학교 갈 때도 교련복 입고 각반 차고 요대 매고 그러고 갔잖아."

"머플러도 했지. 그걸 머플러라고 했나? 다른 말이 있었을 텐데?"

누구도 머플러를 칭하던 당시의 정확한 용어를 기억하지 못했다.

"마후라라고 했나? 「빨간 마후라」라는 영화가 있었잖아."

영어영문학과 출신 총무가 의문을 제기했다.

"선배님, 마후라는 일본말 아네요?"

"그 시절엔 영어보다 일본말이 더 친숙했으니까."

"우리가 그렇게 살았네요. 가미가제도 아닌데……."

말이 막혀 잠시 소강상태에 처한 상황을 이전으로 되돌린 화제의 주인공은 그 시절 유행하던 뽀빠이란 튀김과자였다. 부스러기로 된 그 과자를 먹으려면 손바닥에 담아 얼굴을 훑어 올리듯이 입에 넣어야 하는데, 빠삐용은 뽀빠이를 너무 많이 먹어 돼지코가 됐다던 중학교 동기생이 생각났다.

"뽀빠이 알아?"

"과자 말이야?"

그렇게 되묻는 털보의 머릿속으로 오랜만에 호출된 기억이 있었다. 무지막지하게 두들겨 패던 중학교 윤리선생님과 뽀빠이에 얽힌 참담한 과거사였다.

"그래, 나는 아이고오…… 수업시간에 뽀빠이 먹다가 걸려 맞아 죽는 줄 알았다. 왕복 귀싸대기 진짜 죽지 않을 만큼 맞았다. 그 선생님은 하루도 애들 패지 않으면 소화가 되지 않는다는 분이었거든. 그래서 그 뒤로 나는 뽀빠이라면 꼴도 보기 싫어 먹질 않았다."

털보의 한스러운 중학교 시절 이야기에 빠삐용이 덧붙였다.

"뽀빠이 참 맛있었는데…… 지금도 그 과자 나오나?"

아가리질에 신이 난 털보는 남의 말엔 유념치 않았다.

"그래도 나는 그 선생님을 미워하지 않았어. 수업시간에 뭘 먹은
내가 잘못이니까. 중학교 졸업 40주년에 동기생들이 그 선생님을 모
셨는데 우리가 아저씨 됐으니 선생님은 완전히 꼬부라진 노인이지.
허리도 펴지 못하시는 선생님을 만나자 그렇게 반갑고 눈물이 나더
라고. 선생님 때문에 평생 뽀빠이 먹지 않았다고 옛날얘기 하면서
선생님 손잡고 같이 웃었다."

"뽀빠이는 10원 했고 자야는 20원 했는데."

군대 얘기에도 중학교 고등학교 얘기에도 끼어들 형편이 못 되는
빈대코지만 흥이 오른 친구들을 바라보며 그들보다 더 즐거워했다.
어떡하든 이야기에 끼어들자면 남보다 많이 두들겨 맞은 경험이 필
요했으나 빈대코에겐 그런 추억이 미미했다.

"어이, 친구야. 나는 국민학교 4학년 때 국민교육헌장 못 외운다고
엄청 맞았다."

빈대코는 국민교육헌장 앞머리 몇 줄을 줄줄 읊었다.

"우리는 민족중흥의 역사적 사명을 띠고 이 땅에 태어났다."

털보와 빠삐용과 총무는 빈대코의 엄숙한 표정을 즐거운 마음으
로 바라보고 있었다.

"조상의 빛난 얼을 오늘에 되살려 안으로 자주독립의 자세를 확립
하고, 밖으로 인류 공영에 이바지할 때다. 이에 우리의 나아갈 바를
밝혀 교육의 지표로 삼는다. ……여기까지 간신히 외웠더니 그만 때

254

리면서 그만두라고 하시더라."

그러고 곧 작업이 시작됐다. 덥지도 춥지도 않은 날씨지만 축축한 공기에 너도나도 우울한 기분이었다. 기후 탓이었던지 점심배식이 시작되기 전에 공장에선 울어야 할지 웃어야 할지 얄궂은 사건이 터졌는데 그 임자는 동한이 놈이었다.

늘 아이 사진을 들고 다니며 싱글싱글 잘 지내던 동한이가 우울증에 빠진 이유는 아이 엄마가 시댁에 맡겨놓았던 아이를 찾아가고 소식을 끊었기 때문이다. 그러고 보면 동한이는 아들만이 아니라 아이의 엄마도 지극히 사랑했던 셈이다.

"나 죽겠어요, 방장님."

"왜?"

"애 엄마하고 전화가 되지 않는다잖아요."

"야, 인마! 참고 좀 기다려봐라. 너 그런다고 무슨 수가 있어? 참고 기다려야지?"

동한이가 애간장 탄다고 하소연할 때마다 쇼군은 그렇게 달래고 달래고 했다.

"곧 연락이 오겠지 애 엄마가 앨 팔아먹기라도 하겠냐?"

그러나 동한이 녀석이 이런저런 약을 몰래 모으고 있다는 사실은 쇼군도 알지 못했다. 우편물과 구매품은 공장으로 배달하지만 대개 식후에 복용하는 의약품은 교도관이 거실로 배달하고 본인이 직접 수령했다. 감기약부터 치질 치료약까지 모든 약은 남은 경우 반납해야 하며, 그래서 의무실에서는 검방을 통해 잉여분의 약이 있는지 없는지 수시로 점검했다. 자기 약만이 아니라 남의 약까지 얻어 모은 동한은 점심에 복용한다는 핑계로 거실과 공장 사이 검색대를 통과해 공장 사물함에 그 약을 숨겨두고 있었다.

"약을 먹었대? 무슨 약을?"

1반대쪽에서 우르르 일어서는 수용수 틈에서 한 수용수가 이쪽으로 손짓했다. 동한이 약을 먹고 쓰러졌다고 쇼군에게 알리는 손짓이었다. 그쪽으로 갈 생각이 없는 쇼군은 죽을 테면 죽어라, 하는 심정으로 우뚝 서서 바라보기만 했다.

"총무야, 저 새끼 좀 전에 전화하고 왔지?"

타공기 앞에 앉아 있는 총무에게 쇼군이 물었다.

"그랬어요? 저는 못 봤습니다."

"저 새끼 집에 전화하고 오더니 저 지랄을 한다."

이발과 또 한 명의 수용수가 양쪽 겨드랑이에 팔을 끼운 채 동한의 무겁고 미련한 몸을 이끌고 기계조 쪽으로 나왔다. CRPT 요원 둘이 어느새 공장 복도로 들어서고 있었다.

"야, 이 새끼야! 너 약 먹었어?"

쇼군의 부라린 눈길에 잔뜩 겁먹은 표정으로 동한이 고개를 끄덕였다.

"이 죽일 새끼야. 무슨 약 먹었어?"

양쪽 어깨를 쳐든 두 수용수 사이에 매달린 동한은 거품을 물고 있었다. 이미 한 번 토한 뒤였으나 그는 다시 울컥, 하고 희고 불투명한 토사물을 마룻바닥에 토해냈다. 동한이 대신 이발이 쇼군에게 대답했다.

"이거저거 다 쓸어 먹었나 봐요. 뭘 먹었는지도 모르죠."

쇼군이 다시 소릴 질렀다.

"야, 이 새끼야! 왜? 죽으려고 먹었어?"

고개를 쳐든 동한이 그렇다는 뜻으로 눈을 껌벅거렸다. 주임 교위는 작업반장과 창고조장을 불렀고 CRPT 요원은 그들에게 동한을 부축해 따라오라고 지시했다.

"죽어라 죽어, 이 새끼야!"

그들이 공장을 나간 뒤 쇼군은 혼자 중얼거렸다.

"니가 그런다고 애 엄마가 퍽이나 감동하겠다, 이 새끼야!"

44. 설사

동한의 음독으로 공장의 분위기가 싸늘해졌다. 점심 설거지가 끝난 뒤 수용수 전원이 집합하자 그 앞에 플라스틱 상자를 놓고 올라선 관구실장이 인원파악과 일제수색을 지시했다. 늘 너그러운 표정으로 수용생활을 격려하던 관구실장이건만 오늘은 사정이 달랐다. 계통 없이 마구잡이로 먹은 알약으로 죽을 리야 없으나 자살을 목적으로 약을 숨기고 그 약을 삼켰다는 사실은 없던 일로 넘어가기 어려운 사건이었다.

"공장에서 어떻게 이런 일이 일어납니까?"

교도관들과 CRPT 요원이 와장창 공장을 뒤집어엎었다. 평소엔 눈감아주던 물품까지 이것저것 잔뜩 박스에 담겨 나가는 동안 관구실장 교감(矯監)은 플라스틱 박스 위에 서 있었고 공장 주임 교위는 그 곁에 서서 꼼짝도 하지 않았다.

"실망했습니다, 실망했어요……."

풍파가 휩쓸고 간 오후의 공장은 칠칠거리는 비의 기운과 함께 저기압에 짓눌려 침울할 대로 침울했다. 말소리도 없고 이리저리 움직이는 수용수도 없는 가운데 청승맞은 유행가 노랫소리와 쇼핑봉투 원지 접는 소음만이 차분하게 이어졌다. 기계조는 기계를 작동하지 않고 식탁에 둘러앉아 쇼핑봉투 끈의 매듭을 짓고 있었다. 준비조 공정이었으나 자신들만으론 감당하기 힘들 만큼 밀렸다면서 준비조 조장이 가져다놓은 일거리였다. 끈의 매듭을 짓던 빈대코는 좀 전부터 찌릿찌릿 엉덩이에서 일어나는 신호를 감지하고 있었다. 설사가 틀림없었다.

기온이 떨어져 샤워하는 사람도 없고 모두 바짝 긴장한 채 작업에 몰두하고 있는 터라 공용화장실로 통하는 복도는 텅 비어 있었다. 휴지를 감아 든 빈대코는 화장실 입구로 쑥 들어가 대변소로 직행했다. 아니나 다를까 파자자작 파밧! 하는 소리를 내지르며 쏟아지는 물질은 물똥이었다. 그때 처음 목격했던가 아니면 좀 전 화장실로 들어서는 순간 보긴 봤던가, 여하튼 빈대코는 싸르르 싸르르 통증 요란한 배를 움켜잡은 채 화장실 구석에 놓인 재생고무 물독을 바라보았다. 보름 전 자신이 그 뒤에 있는 물바가지를 집으려다 넘어져 무릎과 팔을 다친 물독이었다. 물이 담겼는지 비었는지 어쨌든 물독 두 개가 서 있고 사람의 머리가 그 뒤에서 천천히 솟아오르고 있었다.

물독 뒤에서 솟아오른 사람의 얼굴은 일그러진 모양으로 웃었다. 빈대코와 마주한 눈길을 고정한 채 얼굴은 한결 편안한 표정으로 다시 씩 웃었다. 그제야 빈대코는 얼굴의 정체를 알아챘다. 털보와 6방에 혼거하는 스물여덟 살 먹은 기용이 녀석으로 정신이 들락날락 싱숭생숭한 놈이었다.

저 녀석이 저기서 뭐 하는가? 하는 생각을 떠올리는 찰나 다시금 설사가 쏟아졌다. 이번에는 아까보다 더 맑고 풍부한 물똥으로 똥이라기보단 물이었다. 설사는 서너 번이나 쫙쫙 야무진 소리를 내면서 짜릿한 복통의 쾌감으로 빈대코의 아랫배를 매만졌다. 저놈이 저기서 뭘 해? 하고 빈대코는 다시 생각했다. 씩 웃던 기용이는 어느새 벌떡 일어선 자세로 서 있었고 기쁨인지 아픔인지 야릇하게 찡그린 눈으로 빈대코를 여겨봤다. 그러고선 아랫도리를 전후좌우로 슬슬 움직였다.

시골에서 밭일하는 노파를 덮쳐 욕을 보이고 상처를 입힌 기용이는 초범도 아니고 정신도 온전치 못해 누가 보더라도 인격장애자치료교도소로 이감해야 할 놈이었다. 그런데도 여태까지 이 교도소에 붙어 있는 까닭은 녀석의 교활함 때문이랄 수 있다. 평소에는 미친 놈이 틀림없으나 심사에 들어가면 전혀 다른 태도로 멀쩡한 놈 행세를 하는 육갑도술을 능히 구사했다. 그 녀석이 설사에 시달리는 빈대코의 고통스러운 얼굴과 마주한 채 재생고무 물독 뒤에서 무언가 이상한 놀음을 벌이고 있는 것이다.

쫙쫙 쏟아져 내리던 설사가 잠시 휴지상태에 접어들었을 때 빈대코는 기용이가 하는 수작의 진실을 감지할 수 있었다. 물독 뒤에는 다른 놈이 하나 더 있었다. 얼굴은 보이지 않았으나 그 인간은 몸을 숙이고 엉덩이를 쳐든 채 물독을 껴안은 자세였다. 그의 한쪽 손이 물독 허리에 붙었고 그의 고무신 한 짝이 물독 아랫부분에 달라붙어 있었으며 물독 뒤로 언뜻 희고 둥근 그놈의 엉덩이가 보였다. 기용이와 그 앞에 엎드린 인간은 아랫도리를 내리고 사타구니와 엉덩이를 접합한 꼴로 상호협력 힘을 쓰고 있는 듯했다.

입안에 시큼하게 괴는 침을 동반하면서 달달 떨리는 턱이나 복부의 통증이 아니라면 자세히 관찰하고 필요하다면 제지할 수도 있으련만, 지금 빈대코의 설사는 설사가 동반하는 진통의 다양한 증세를 한껏 뽐내며 울컥울컥 재발의 방법을 기획하고 있었다. 빈대코는 아이고 나 죽네…… 하는 표정으로 기용이의 눈을 바라보기만 했다. 진땀 솟고 똥구멍 쓰라린 악질의 배설에 혹사당하고 있는 빈대코가 있을 뿐 주변 상황의 무사평안을 파악한 기용이는 이전의 조심성을 버리고 이제는 마구 들이대는 중이었다.

빈대코의 설사는 주인의 고통이나 주변정세 따윈 전혀 고려하지 않았다. 기용이의 계간에 대한 배려와 옹호도 없을뿐더러 그에 대한 분노도 도덕심도 일절 드러내지 않았다. 다시 한 번 짜자자작, 물똥이 쏟아지고 빈대코는 초산산부의 출산통보다 더 참혹한 배변통을 견디고 견디고 견디다 못해 대변소 나무문짝에 바싹 매달렸다. 웬만한 참을성으론 버티기 힘든 살벌한 물똥이었다.

빈대코와 기용이의 표정은 비슷했다. 한 사람은 설사의 고통을 이를 물고 감내하고 있었으며 다른 사람은 작렬하는 유사성행위의 쾌감을 침묵으로 견디느라 그러했으나, 어쨌든 두 사람은 유사한 고통속에서 전신을 뒤틀며 웃음 짓고 있었다. 그러던 빈대코는 물똥보다 더 잔인한 놈을 만났다. 웬 된똥? 하고 빈대코는 물똥에 뒤이어 똥구멍을 째며 삐져나오는 크고 몽근 고체의 변을 의아해했다. 지금 이 순간 터무니없이 된똥을 출하하려는 자신의 대장에 대한 원망과 경악을 조소로 맞이하면서 빈대코는 또 한 번 닥쳐올 고난을 대비했다. 아니나 다를까 된똥은 숨이 끊어질 듯한 그러나 천국으로 승천하는 듯한 과속의 아찔함을 겸비한 채 빈대코의 몸에서 이 아름다운 세상으로 창졸간에 강림했다.

그리고 그 순간 빈대코는 나무문짝을 부여잡고 있던 오른손을 허공으로 떨구며 쪼그려 앉은 자세 그대로 앞으로 꼬꾸라졌다. 빈대코가 느낀 첫 번째 감촉은 진땀으로 열 받은 이마에 닿은 시멘트바닥의 시원함이었다. 같은 순간 기용이 녀석은 유사성행위의 절정과 종국을 알리는 쾌감을 만끽하며 배설했고 상대방 역시 강인한 체력을 요구하는 유사성행위에 전적으로 제공하던 근육의 긴장을 시나브로 이완시키고 있었다.

인대가 늘어난 오른팔의 통증 때문에 빈대코는 화장지를 말아 쥔 왼손으로 시멘트바닥을 당기며 조금씩 포복 전진했다. 어떡하든 화장지로 똥을 닦고 바지를 추슬러야겠으나 지금은 그런 호사를 소원할 처지가 아니었다. 우선은 살고 보자는 마음으로 한 뼘 두 뼘 앞으로 이동하면서 빈대코는 중얼거렸다.

"내가 전생에 무슨 죄를 지었기에 여기서 이런 꼴을 당하나?"

하지만 빈대코의 슬픔은 또 다른 상황을 맞이하면서 전혀 종류가 다른 슬픔으로 변했다. 시멘트바닥을 슬금슬금 기던 빈대코는 재생고무 물독 뒤에 엎드린 인간의 얼굴을 보았고 그의 눈과 눈을 마주쳤다. 스님이 돌변이라며 조심하라고 이르던 게이 영감이었다.

빈대코와 게이 영감은 둘 다 아랫도리를 까 내리고 있었으나 한 사람은 바닥을 기고 있었고 한 사람은 물독을 부여안고 있었다. 하지만 두 사람의 몸에서 충일하는 쾌감의 실상은 그게 그거였다. 게이 영감은 천지만물에 대한 무한한 사랑을 담은 듯 그 무엇도 두렵지 않고 그 무엇이든 원한다는 어린아이의 순진무구하고 초롱초롱한 눈동자로 빈대코의 슬픈 눈동자를 여겨보고 있었다.

45. 위로

"이게 뭐요?"

"빤쓰입니다."

"그 영감이 이걸 주더란 말이오?"

빈대코가 들고 있는 빨간색 사각팬티를 들여다보며 스님이 말했다.

"야야, 그 영감이 영락없는 돌변이네?"

팬티는 구매품 중 최고가 팬티로 비닐포장에 들어 있었다. 퇴근하려고 공장 복도를 나서는 빈대코에게 다가온 게이 영감이 뭔가 슬쩍 건네줬는데, 얼결에 받아든 작은 종이 갑의 내용물이 팬티라는 사실은 검색대를 지나면서 알았다. 빨간 사각팬티를 들고 방으로 들어선 빈대코가 스님에게 그 의미를 묻고 있었다.

"왜 나한테 이런 걸?"

절레절레 스님은 머리를 흔들었다.

"야릇합니다."

야릇하기는 오후 공용화장실에서 벌어진 사건이 더 야릇했으나 빈대코는 그 이야기는 입에 담지 않기로 했다. 아울러 시멘트바닥에 꼬꾸라져 까진 무릎도 대충 연고를 처바른 채 다쳤다는 말도 하지 않았다.

"이상하네요. 돌변이라더니 왜 이런 빤스를 나한테 줬을까?"

"그러니 돌변이라고 합니다. 꼭 나쁜 놈이랄 수 없고 늘 해코지만 하는 놈도 아니거든요. 돌변의 특성이 그렇습니다."

"그래요?"

인원점검을 위해 수복 차림에 양반 자세로 줄지어 앉은 빈대코와 스님은 각자 게이 영감이 선물한 팬티가 은유하는 의도에 대해 추리했다. 빈대코는 불안하다는 생각뿐이었다. 상대가 돌변인지라 현묘한 스님의 지식으로도 팬티가 뜻하는 바를 파악하기 쉽지 않았다. 인원점검이 끝난 뒤 수복을 벗어 옷걸이에 걸고 반바지와 티셔츠로 갈아입은 스님이 창가 쪽으로 빈대코를 불렀다.

"뭔가 야릇하니 앞으로 그 영감 가까이 가지 마시오."

"네네."

"그 빤스 때문에 어떤 돌발 상황이 닥칠지 몰라요."

"잘 알았습니다."

"내가 보기에 그 영감은 그리 막돼먹은 귀신은 아닌 것 같소. 하지만 언제 어떻게 돌변할지 모르니 여하간 조심해요."

머리를 이쪽으로 저쪽으로 흔들흔들 갸우뚱거리던 스님이 윗몸을 비틀며 빈대코를 노려보았다. 그러면서 진지한 목소리로 문득 깨달은 바를 조금 복잡하게 설명했다.

"징역살이하는 놈들 중에 네 가지 귀신이 있고 그 귀신들의 계보가 있듯이 법률시장에도 양아치, 악마, 마귀, 돌변이라는 네 가지 귀신이 있어요. 빵잡이 귀신들 못지않은 귀신들이죠."

스님은 법률시장의 귀신에 대해 말했다.

"그런데 그중에서 판사가 바로 돌변입니다."

이야기는 다시 게이 영감과 팬티로 돌아왔다.

"그런 귀신들 가까이 가면 인생에 환란이 생깁니다. 다행히 사장님은 오늘 운이 그리 나쁘지 않았어요. 빤스가 나쁜 물건은 아니지 않소. 아마 돌변이 기분이 좋았던 모양이오."

스님의 오묘한 설법을 다 이해하지는 못했으나 빈대코는 판사와 게이 영감을 멀리하라는 뜻으로 받아들였다.

"네네, 그래야죠. ……그런데 이 빤스는? ……돌려줄까요?"

"그냥 입어요, 입어! 빤스가 무슨 죄가 있겠소."

한결 너그러운 표정으로 스님은 불가의 사상을 동원해 빈대코를 안심시켰다.

"다 생각하기 나름입니다. 내 생각이 이리저리 옮겨 다니는 것이지 이 대명천지에 귀신이 어디 있으며 돌변이 어디 있겠소. 다 우리의 못된 생각이 지어낸 허상일 뿐이오. 그 허상이 우리를 괴롭힌단 말입니다."

스님은 흑장미가 창밖에 널어 빨래집게로 집어놓은 속옷빨래를 바라보며 이렇게 결론지었다.

"빤스는 빤스고 난닝구는 난닝구요!"

다음 날 빈대코는 발톱 빠진 발가락과 어제 똥 싸다가 다친 무릎을 치료하러 의무실에 다녀왔다. 복도로 들어서는데 작업반장이 부르더니 사무실로 가보라고 그쪽을 손짓했다. 가끔 눈길을 마주치긴 했으나 빈대코가 주임 교위와 단 둘이 마주 앉기는 처음이었다.

"오늘도 다치셨어요?"

이 공장을 총괄하는 교위는 어디 한번 바지를 걷어 올려보라면서 빈대코의 무릎을 가리켰다.

"사장님은 자주 다치시네요. 왜 그럽니까?"

빈대코 대신 교위가 그 이유를 내놓았다.

"생각이 많아 그렇습니다. 그러니 이런 생각 저런 생각 다 내려놓으세요. 원망도 분노도 싹 버리고 이 공장이 우리 집이다, 하고 편한 마음으로 지내세요. 그래야 성한 몸으로 돌아가실 거 아닙니까."

바짓단을 말아 올려 붕대로 봉한 무릎을 드러낸 채 빈대코는 말없이 앉아 있었다.

"가석방 심사 대상이죠?"

대답 없는 빈대코에게 교위가 다시 물었다.

"사장님 초범이죠? 이번이 여기 첨이죠?"

"네네."

"그러니 이제 얼마 남지 않았어요. 어디서든 몸조심하셔야 합니다. 발가락은 어떻습니까? 좀 나았어요?"

"네네."

자세를 바로 한 교위가 정색을 하며 빈대코에게 물었다.

"어때요, 사장님? 원예반으로 이직하실 생각 없어요?"

"네?"

바짓단을 내리느라 숙였던 고개를 쳐들며 빈대코가 반문했다.

"사장님 사동 뒤에 원예반 있잖습니까. 거기 말입니다. 사장님 이전에 농사지으셨죠?"

"네."

"그럼 적성에 맞겠네요. 이제는 가을이라 별 힘든 일도 없고······ 원예반 인원이 다 해봤자 여섯입니다. 단출하고 좋아요."

"아닙니다. 저는 여기가 좋습니다. 여기 그냥 있을랍니다."

빈대코의 대답에 교위가 웃었다.

"왜요?"

"여기 같이 있는 친구들이 좋아요. 그러니 여기 그냥 있도록 해주십시오."

"그래요? 거참 이상하다? 다들 원예반 가지 못해 야단인데 이 사장님들은?"

교위는 의자에 놓인 몸을 들어 유리창 너머 공장 안 작업대 여기저기를 둘러보았다. 그러더니 다시 의자에 앉아 빈대코에게 물었다.

"사장님한테 이상한 짓 하는 사람 없어요? ······귀찮게 지적질 하거나 뭘 좀 사달라고 하거나 툭툭 건드리는 사람 없어요?"

'지적질'이란 교도소에서 관용어처럼 흔히 쓰는 말이다. 수용수 중에 누군가를 찍어놓고 괴롭히는 가학대자가 상대방을 감시하며 이것도 잘못됐다 저것도 틀렸다, 눈치 없다, 더럽다, 하고 시시때때로 지적하고 까다롭게 참견하는 행위를 가리켰다. 교위는 빈대코가 그런 괴롭힘으로 얼빠진 상태에서 수시로 다치는 게 아닌지 의심했

268

다. 도리머리하면서도 빈대코는 그 질문이 뜻하는 바를 제대로 이해하지 못했다.

"원예반 가지 않겠다는 생각이 사장님 생각 맞아요?"

"네네…… 맞습니다."

"누구한테 뭘 주거나 뭘 받은 적은 없어요?"

빈대코는 깜짝 놀랐다. 어제 게이 영감한테 받은 비싼 팬티와 망치한테 사준 아로나민 골드가 떠올랐기 때문이다. 하지만 교위의 질문이 그 두 가지를 겨냥한다고 여겨지지는 않았다.

"그런 거 없습니다."

"알았습니다. 앞으로 무슨 애로사항 생기면 상담신청 하세요. 상담신청 하는 법 아시죠?"

종이쪽에 수번과 이름과 '상담신청'이라 적어 작업반장에게 건네주면 된다는 사실은 빈대코도 알고 있었다. 이제 그만 끝인가 했더니 교위는 스님처럼 고상한 법을 마지막 인사로 설하였다.

"사장님, 여기도 다 사람 사는 곳 아닙니까. 여기가 사람 살리는 곳이지 사람 죽이는 곳이 아닙니다. 힘들더라도 조심조심 참고 지내세요."

빈대코는 교위가 자신보다는 두 살 아래인 쉰여덟 살이라는 사실을 알고 있었다. 그러나 제복을 입고 책상 앞에 앉은 그가 마냥 어렵기만 했고, 자신을 위로하고 보호하려는 그가 형이나 아버지처럼 여겨졌다. 숙인 이마를 앞으로 내밀어 빈대코 이마에 자신의 이마를 맞대면서 교위는 다시 한 번 위로의 말을 전했다.

"세상만사 생각하기 나름 아닙니까, 사장님. 생각이 있지 생각이

지어내는 대상은 사실 없는 겁니다. 생각은 있고 나머지는 모두 생각의 찌꺼기란 말입니다. 나는 나고 남은 남입니다. 그러니 이런저런 생각 훌훌 털어버리고 남의 눈치 보느라 나를 힘들게 하지 마세요."

46. 소설

"나는 약 하고 쓸래요."

타공기 앞에 앉아 쉬고 있는 빠삐용 옆으로 의자를 끌고 와 자리
잡은 레옹이 말했다.

"그럼 그 정도는 쓰지 않겠어요?"

레옹은 이전 빠삐용이 말한 '치유의 피'라는 단편소설의 저자가
누구인지 물었고 빠삐용은 모른다고 대답했다. 그러자 레옹은 자기
는 마약을 복용하고 소설을 쓰겠다면서 쓰지도 않은 본인의 소설에
대해 말했다.

"그 소설 제목이 내가 쓸 소설 제목하고 비슷해요."

"자네 소설 제목이 뭔데?"

"'시(詩)의 피'요."

"시?"

"네, 어때요? 폼 나죠?"

"폼은 나는데 말로만 떠들지 말고 글로 써야 소설이든 시든 뭐가 될 거 아니냐?"

"여긴 환경이 별로예요. 나중에 나가면 그때 쓸 거예요."

그러면서 자신이 쓸 '시의 피'라는 소설의 줄거리를 말했다.

"눈송이가 슬금슬금 떨어지는 겨울밤 중경비교도소 혼거실입니다. 빵잡이 아홉 명이 나란히 누워 있는데 잠들지 못하고 있어요. 유리창을 훑고 지나가는 서치라이트가 비추는 커다란 눈송이 그림자가 벽에 걸린 죄수복 위로 흐르곤 해요. 그해 마지막 날 밤입니다. 우연히 한 명이 이야기를 시작하죠. 자신이 사시미로 저며버린 남자가 죽어가던 순간에 대해서요. 목에 난 칼자국으로 피를 흘리면서 자신을 바라보던 눈빛을 이야기해요. 그가 남긴 마지막 말에 대해서도요. 죽어가면서 동생한테 전해달라고 신신당부했는데 모른 척 들어주지 않았지요. 그러니 이제까지 누구에게도 털어놓지 않은 이야기랍니다. 그의 이야기가 끝나자 또 한 명이 이야길 합니다. 자신이 쇠파이프로 때려죽인 아내의 알몸과 그 곁에 누워 있던 남자의 알몸에 대해서요. 서치라이트가 비추는 눈송이 그림자를 기다리며 나머지 여덟 명은 이야기를 들어요. 피가 흘러내리는 쇠파이프를 움켜쥔 자기 손목을 부여잡은 채 죽어가는 아내의 젖가슴과 그 곁에서 헐떡이는 남자의 눈동자와 입술에 대해 꼼꼼하고 자세하게 묘사합니다."

씩 웃는 빠삐용을 바라보며 레옹도 씩 웃었다.

"괜찮아요?"

"괜찮다."

"더럽진 않죠?"

"더럽진 않지만 좀 심하다."

"소설은 거짓말이니까 더럽지만 않으면 돼요."

레옹은 다시 '치유의 피'에 대해 질문했다.

"그 노인은 드라큘라하고 반대되는 사람이네요?"

"그렇지. 그 노인은 드라큘라에 대응하는 존재인 셈인데…… 그 노인만이 아니라 모든 노인의 피에는 그런 힘이 존재한다는 뜻이기도 하다. 그렇지만 다른 노인은 그런 사실을 알 수 없지."

"왜요?"

"몰라! 그 소설에선 그 이유를 밝히지 않았다. 자네 말대로 더러운 사람은 자신의 피에 대해 알 수 없다는 뜻이겠지?"

"그 노인은 자신의 피로 구원해야 할 사람을 어떻게 알아낸대요?"

"눈을 보면 알아."

"그래요?"

"그래. 그 노인은 상대방을 만나면 자신의 삶을 죽 펼치고 그 위에 상대방의 삶을 올려놓는다. 그러니 눈을 보는 순간 금방 알아채지."

"무슨 소리예요?"

"옛날얘기 읽다 보면 그런 장면이 나오잖아. 나이 든 선비나 늙은 스님이 길에서 놀고 있는 아이를 보고 저 아인 정승이 되겠다 장군이 되겠다 예언하는 장면 말이다. 그때 그 노인은 어떤 방법으로 아이의 장래를 예측할까? ……노인은 자기가 겪은 여러 사람의 어린 시절과 그 아이의 이모저모를 견줘보는 거야. 그러면 대강 감을 잡을 수 있지. 특히 자기 자신의 경험을 잣대로 한다면 말이다."

받아들이기 싫다는 표정을 짓는 레옹에게 빠삐용이 덧붙였다.

"일종의 통계지."

레옹은 고개를 흔들어 납득되지 않는다는 태도를 보였다.

"여하튼 그 소설의 끝은 죽음이야. 그 점이 드라큘라를 주인공으로 한 소설하곤 다르다. 소설 마지막에 노인은 공동묘지를 찾아가서는 초겨울 햇살 아래에서 종일 배회하다가 거기에 쓰러져 죽어."

"왜요?"

"노인은 죽어야 노인이니까. 그래야 청년이 노인이 될 수 있잖아."

자신의 눈을 골똘히 들여다보는 레옹에게 빠삐용이 물었다.

"그런데 자네는 왜 소설을 쓰려고 하나?"

"그럼 제가 뭘 해야겠어요?"

"할 일은 많잖아. 자넨 아직 젊은데."

이번에는 레옹이 빠삐용에게 물었다.

"사장님은 열일곱 살에 종신형 먹은 사람의 인생을 이해할 수 있어요?"

레옹은 대답을 기다리지 않았다.

"그러니 더럽게 살 순 없잖아요."

"소설 말고도 깨끗하게 사는 방법은 많아."

"그래도 저는 거짓말이 좋아요. 가장 깨끗하잖아요."

레옹은 자신이 쓴다는 '시의 피'에 대해 한마디 더 덧붙였다.

"자정이 지나 그들이 잠들면 눈은 피로 변합니다. 얼어붙은 피의 눈송이가 기나긴 밤 교도소 지붕으로 떨어져 쌓여요. 이윽고 날이 새면 교도소 지붕도, 교도소 운동장도, 담도 화단도 다 피로 물들어 있어요. 흘러내리는 피와 일렁이는 피와 고인 피로 교도소는 조용하고 깨끗합니다. 세상에서 가장 아름다운 시의 영역이죠."

쓸쓸한 웃음으로 빠삐용이 대답했다.

"그러길 바란다. 자네가 그 소설을 얼른 쓰길 바래."

"그럴게요, 사장님."

레옹이 다시 빠삐용을 불렀다.

"사장님?"

"왜?"

"신도 인간도 날 용서할 수 없어요. 하지만 소설이라면 날 용서할 수 있을지도 몰라요."

"아니다. 나는 널 용서한다."

레옹이 짜증을 냈다.

"아이참…… 사장님은 내가 어떤 놈인지 모르시잖아요. 내가 누굴 왜 어떻게 했는지 그 순간을 모르시잖아요. 누구도 진실을 알 수 없어요. 내가 그 순간을 말하지 않았으니까요."

빠삐용이 말했다.

"말해봐라. 내가 들어줄게 말해봐."

"그럴 수 없으니 문제죠, 사장님."

"왜? 왜, 말할 수 없는데?"

"사장님은 사장님 사건에 대해 꼬치꼬치 다 말할 수 있어요?"

"난 재판 받으며 다 말했지. 그래서 징역살이 하잖아."

레옹은 인상을 쓰며 윗몸을 뒤로 젖혔다.

"그건 남도 다 아는 일이잖아요. 남이 모르고 자신도 잘 모르는 그런 순간은 누구한테도 말할 수 없어요."

"그래?"

빠삐용은 더 할 말이 없으니 레옹이 하는 말을 듣고 있을 수밖에 없었다.

"소설은 이렇다 저렇다 가르치지 않고 재판하지도 않으니 말할 수 있어요. 그래서 소설한테는 용서받을 수 있을지도 몰라요."

레옹이 또 말했다.

"사장님, 자신에게 주어진 운명의 고통을 토해내고 목숨을 건지면 그건 통속입니다. 그걸 꿀꺽 삼켜야 돼요. 그렇게 자신을 완전히 부패시켜야 대속(代贖)할 수 있어요."

레옹이 또 말했다.

"어떤 사건은 그 내막을 말로 설명하기 어려워요. 그래서 내가 쓰는 소설 제목이 '시의 피'잖아요."

빠삐용을 노려보며 레옹이 또 말했다.

"내가 그 형을 죽였어요. 그러나 누구도 그 진실을 묻지 않았어요. 나도 말하지 않았고요."

침착한 목소리로 레옹이 또 말했다.

"죄가 있다 없다 하고는 다른 문제죠."

47. 이어도

　혼거실에서 공장으로 통하는 복도 천장에는 '새우처럼 살더라도 고래 꿈을 꿉시다'라는 표어가 매달려 있었다. 출근할 때마다 빠삐용은 그 표어를 쳐다보면서 장차 자신이 살아갈 곳을 궁리했고, 새우와 고래라는 바다동물 때문에 일어난 연상 작용이겠으나 그곳이 섬이라면 좋겠다는 생각을 했다. 아내가 없는 집으로 돌아갈 계획은 없었다. 부모님과 두 딸은 자신이 없을 때 나름대로 살아가는 방법을 마련했고 그들이 살아갈 만한 재산은 있었다. 문제는 자신이 살아갈 그 어떤 마을이었다.

　"섬이라고 주유소가 없겠어?"

　털보는 빠삐용의 제안을 좋아했다.

　"많은 돈 벌고 싶은 맘 없으니 조용하고 공기 좋은 섬이 좋겠다. 너무 작은 섬은 말고."

"우리나라에 그런 섬이 있을까?"

평생 섬이라곤 가본 적 없는 빈대코가 물었다.

"주유소도 하고 식당도 하고 과수원도 할 만한 섬이 있겠어?"

"왜? 제주도도 있고 울릉도도 있잖아. 그만한 섬은 많다."

털보의 대답에 총무가 한 걸음 더 나갔다.

"이참에 외국으로 알아보시지 그래요. 남태평양 어떤 섬나라는 어느 나라 사람이든 이민을 받아준대요. 그런데 한 가지 조건은 남자여자 짝을 맞춰 와야 한다는 겁니다. 남자들만 몰려들까 봐 그렇게 이민법을 정해뒀대요."

"그래? 그게 어딘데?"

"이름은 잊어버렸는데 여하튼 있긴 있어요."

총무가 부연설명 했다.

"조그만 섬나라라서 주유소를 할 수 있을지는 모르겠네요. 그 나라 주요산업이 우표판매라니까."

빠삐용이 웃으면서 말했다.

"우표를 팔아 먹고살 정도로 작은 나라라면 안 되겠다."

"그래도 굶지는 않잖아요. 우표를 팔든 엽서를 팔든 그건 나라 사정이고 사장님들이야 편히 사는 게 목적 아닙니까."

"그래도 좀 그렇다."

"남아프리카공화국 남부에도 그 비슷한 곳이 있어요. 세계 이곳저곳에 살다가 인종차별과 한국인끼리 쌈질하는 데 질린 사람들이 만든 공동체 마을이라는데, 그 마을에 가려면 전문직 직업인에 영어가 능통해야 한답니다. 그런 한국인만 받는대요."

"거긴 안 되지. 주유소나 레스토랑이나 과수원은 전문직종이 아니잖아."

빠삐용과 함께 빈대코도 반대했다.

"나는 안 되겠다. 나는 영어도 못하고 또 거긴 어머니 산소하고 너무 멀다. 나는 너무 멀리 갈 수는 없어."

털보가 화제의 방향을 비틀었다.

"다른 나라가 아니더라도 조용히 살아갈 만한 데는 많아. 그보다는 돈이 문제지. 주유소 하자면 섬이라도 돈이 꽤 든다."

빠삐용이 털보를 안심시켰다.

"그만한 돈 구하기는 그렇게 어렵지 않다. 그보다는 우리가 살 마을이 문제지. 그리고 마을사람들이 중요하다."

돼지떼 동갑내기 셋은 거짓말하지 않고 속마음과 겉마음이 조금도 다르지 않은 사람들이 사는 섬마을을 상상했다. 해변도로 변에 위치한 주유소와 레스토랑과 그 뒤편 과수원까지 들려오는 파도 소리에도 귀를 기울였다.

"어딘가 있긴 있겠지……."

울상을 한 빈대코와 심각한 털보를 바라보며 빠삐용이 말했다.

"그래…… 어딘가 있을 거다. 정 없으면 우리 셋이 그런 마을을 만들면 되지 무슨 걱정이냐."

하지만 털보는 또 아쉬운 소리를 했다.

"이제 나는 도와달라고 손 벌릴 사람이 없고 아는 사람 앞에 나서기도 싫다. 누가 날 알아보는 것도 싫고…… 밖에 나가봤자 전과자라고 사람 취급도 하지 않을 텐데…… 그렇다고 내가 지금 대리운전을 하겠나 종이박스를 주우러 다니겠나?"

"자네는 그만한 사업을 하고 그만큼 탈세했다면서 남겨둔 돈도 없어?"

빠삐용이 혀를 찼다.

"어떤 사람이 지금 자네 말을 믿겠어?"

"그러니 문제야. 내가 정직하다고 해도 아무도 내 말을 믿지 않을 테니 그게 더 문제야. 그런 생각 하면 화만 난다. 그러니 울화병 생기기 전에 바닷가든 섬이든 아무도 아는 사람 없는 곳에서 별생각 없이 살았으면 좋겠다. 그게 소원이다."

이번에는 빈대코가 털보를 위로했다.

"생각 많이 하지 마라, 친구야! 우리 셋이 있으면 굶기야 하겠나. 나도 자네들 아니면 지금 어디 가 어떤 친구를 사귀겠나."

"그러게 말이다. 금방 죽지도 않을 테고……."

빠삐용이 두 사람에게 주의를 줬다.

"100살까지 살자면 지금 정신 바싹 차리고 내 한 몸 살아갈 곳을 찾아야 한다. 그런 다음 거기서 내가 살고 싶은 대로 살면 거기가 유토피아지 뭐 별난 유토피아 있겠어?"

그러면서 덧붙였다.

"고기잡이 나갔던 남편이 풍랑을 만나 실종되면 아내는 이어도로 갔다고 한단다. 그곳에서 아름다운 여자를 만나 행복하게 산다고 믿는대. 우리는 살아서 그런 이어도로 가자."

그때 탁 사장이 저쪽 작업방에서 원지작업 마무리한 쇼핑봉투를 들고 돌아왔고 그 뒤에 게이 영감이 쫄랑거리고 따라붙었다. 다른 사람은 그러려니 했으나 빈대코는 아연 긴장하지 않을 수 없었다. 팬티를 받은 뒤 빈대코는 돌변의 게이 영감이 있는 쪽으로는 고개도 돌리지 않았다. 그런데 그가 기계조로 찾아와 빈대코 맞은편 의자에 주저앉았다.

"이제 우린 리그전이 끝나고 토너먼트 경기에 들어선 셈이다. 내년이 환갑이잖아. 제대로 살아보지도 못했는데 나이만 먹었네."

탁 사장이 가져다주는 쇼핑봉투를 한 아름 덜어 무릎에 올리면서 털보는 나이 타령을 했다.

"이젠 슬슬 내리막길이다."

쇼핑봉투를 집어 들고 자세를 고쳐 앉으며 빠삐용도 활짝 웃었다. 털보의 나이 타령에 대한 회한의 웃음이었지만 마치 이어도를 발견한 사람의 환호작약과 같았다.

"우린 패자부활전이잖아."

패자부활전이라는 말 때문에 그런다는 듯이 빠삐용은 타공기의 전원을 올리느라 몸을 숙이며 털보를 향해 다시 환하게 웃었다.

"한 번 더 패하면 끝이다. 인생탈락이야. 그러니 이제는 세상만사 이기적이고 전투적으로 생각해야 한다. 내 인생을 남의 인생과 비교할 시간도 없고 괜히 남의 사정 봐줄 처지도 아니다."

총무와 탁 사장은 돌아서서 작업 끝낸 쇼핑봉투를 정리하고 있었고 빈대코는 털보의 타공기 작업을 거들고 있었다. 칭얼대는 어린아이처럼 애처롭고도 순진무구한 눈빛으로 빈대코를 노려보던 게이 영감은 상대방의 냉담한 반응에 자리에서 일어났다. 그가 건너편 작업장으로 돌아가자 털보가 빈대코에게 물었다.

"저 할멈 왜 저래?"

털보는 게이 영감을 여자로 취급했다.

"자네한테 뭘 어쩌던가? 옆구릴 쿡쿡 찌르지 않아?"

빈대코는 전혀 모르는 일이라고 도리머리했다.

"그런데 왜 저런대? 자네 보는 눈이 예사롭지 않던데?"

빈대코는 다시 한 번 도리머리했고 털보도 그저 그러려니 화제를 바꿨다.

"나이고 돈이고 다 내 탓이니 누구한테 한탄하겠나. 다 내 탓이다. 그런데…… 문제는 이제 슬슬 관 뚜껑 닫히는 소리 들을 시간이 다 가온다는 거다. 나이 들고 여기저기 몸이 아프고 기운도 떨어지면 죽어야지 달리 무슨 방법이 있겠나. 그러니 그 전에 살 궁리를 해야 한다. 죽어서 이어도로 가긴 싫다."

빈대코 곁으로 다가온 총무가 또 이상한 소리를 했다.

"사장님, 혹시 저 게이 영감한테 뭐 받지 않았어요?"

"뭘?"

깜짝 놀란 빈대코가 고개를 젖혀 총무를 쳐다보았다.

"아무거나요."

"아니."

"그럼 상관없어요. 좀 전에 보니 저 영감님 하는 짓이 이상해서요. 저렇게 다니면서 남자를 낚아요. 뭘 주면서."

전동페달을 멈춘 털보가 총무에게 물었다.

"뭘 주는데?"

"저는 받아보지 않았으니 모르죠. 근데 팬티나 운동화나 그런 걸

선물로 주면서 유혹한다는데요."

"그래? 자네는 그런 거 안 받았지?"

털보의 질문에 당황한 빈대코가 얼른 대답했다.

"그래그래, 친구야! 내가 왜 그런 걸 받겠나."

친구에게 거짓말한다는 사실이 가슴 쓰라렸지만 지금은 솔직할 수 없는 상황이었다. 섬이든 바닷가든 털보가 주유소를 개업하면 그 주유소 앞에 앉아 소주를 한잔 하면서, 그때 얄궂은 빤스 이야기를 안주로 털어놓으리라고 빈대코는 계획했다.

48. 아보카도

추석이 일주일 앞으로 다가온 월요일의 점심 설거지가 끝난 뒤였다. 직책이 있는 수용수 몇은 자재창고에서 추석맞이 특별음식과 운동경기에 관해 회의 중이었다. 조장인 쇼군이 자리를 비운 기계조는 식탁에 둘러앉아 빈대코의 과수원에 관해 떠들고 있었다.

"사장님 형기가 6개월만 더 남았더라면 직훈 가면 좋을 텐데요."

탁 사장이 빵잡이 경력을 자랑하며 아는 체했다.

"약용작물 재배와 표고버섯 재배 직훈이 있잖아요. 딱 좋은데."

"좋으니 뭐 하나. 난 안 된다는데."

"그렇죠. 직훈 가려고 징역살이 더 할 수도 없잖아요."

하나 마나 웃기는 소리를 듣고 있던 총무가 아보카도라는 아열대 과일에 관해 이야기했다.

"사장님, 이제 복숭아나 사과 농사는 비전이 없어요. 새로운 품종

으로 바꿔봐요. 아보카도요. 아보카도는 열매도 씨앗도 돈이 되고 잎
도 나무껍질도 다 약재로 팔아요."

빠삐용이 동의했다.

"그래, 그거 일류 샐러드 재료다. 그리고 열매하고 씨로 짠 오일은
마사지 오일로 쓴다."

독서량 많은 총무가 빠삐용보다 정보가 많았다.

"씨앗을 약재로 쓰기도 해요."

빈대코가 물었다.

"그 나무는 어디서 구하나? 몇 년이나 키워야 하고?"

"우리나라는 제주도 서귀포에 아보카도 농장이 있대요. 그쪽에 알
아보면 묘목을 구할 수 있겠죠."

과수에 관해서라면 빈대코가 질 리 없었다.

"그런 나무는 접붙이기할걸? 묘목을 키우자면 몇 년을 기다려야
하니 수지가 맞지 않아. 이러나저러나 제주도라면 모를까 우리 동네
는 추워서 안 돼."

"추운 지방에서 재배할 수 있는 품종이 있대요. 그리고 우리나라
도 이젠 아열대 기후라잖아요."

빈대코가 대머리를 휘저었다.

"사람하고 과수는 달라. 나무는 조금만 추워도 크질 않고 열매도
열리지 않아."

"비닐하우스에서 키우면 되잖아요."

빠삐용이 다시 끼어들었다.

"그 나무가 키가 커 보통 비닐하우스에선 키우기 어려울걸? 특별

한 비닐하우스가 필요할 거야."

"요즘은 비닐하우스 설치 기술이 대단하잖아요."

갖가지 요리교육을 마스터한 빠삐용이 아보카도의 판로에 대해 말했다.

"생산하면 판매 걱정은 없지. 고급 식자잰 데다 요즘 한창 유행 타는 중이고 다 수입하니까."

기계조 조원은 빈대코 과수원 과수품종을 아보카도나무로 밀어붙였다. 처음 제안한 총무는 한술 더 떴다.

"그 나무 아래엔 인디언시금치를 재배하세요. 인디언시금치도 요즘 대셉니다."

기계조의 응원에도 불구하고 빈대코는 기분이 일지 않았다. 기왕에 키우던 단감나무 복숭아나무 사과나무는 정이 들어 문제없지만 낯선 나무를 새로 키운다는 사실은 을씨년스럽기만 했다. 길게 한숨을 내쉬고 난 빈대코가 우유팩을 꼭꼭 접으며 앉아 있는 털보에게 엉뚱한 소리를 했다.

"자네는 아들이 있어 좋겠다."

정방형으로 접은 우유팩을 앞뒤로 돌려보면서 털보가 물었다.

"무슨 소리야?"

"아들 있고 손자 있는 사람이야 나무도 심고 꽃도 심겠지만 난 그럴 기운이 없다. 기운이 쭉 빠졌어."

털보가 퉁을 쳤다.

"그러니 마누라 하자는 대로 하지 왜 그랬어?"

표정 변화도 없이 앉은 빈대코가 또 엉뚱한 소리로 방향을 틀었다.

"오늘 새벽엔 어머니가 꿈에 보이더라. 추석이 닥치니 내가 이러 네……."

빼삐용이 따끔하게 말했다.

"여동생도 동생인데 성묘하겠지 왜 그렇게 걱정이 많나. 그만해!"

털보가 빈대코에게 물었다.

"친구야, 자네 아버지 쪽으론 아는 사람이 없어? 먼 일가친척도 없어?"

"친구야, 나는 아버지가 누군지도 모른다. 여동생 아버지는 알아도 내 아버지는 누군지 모르고…… 어머니가 가르쳐주지 않으니 알수가 있나."

"물어보지 그랬어?"

눈길을 천장으로 향하며 맥 빠진 목소리로 빈대코가 대답했다.

"물어봤지 안 물어봤겠어? 돌아가시면서도 가르쳐주지 않으니 어쩌나. ……그까짓 거 알아서 뭐 하냐고 하시더라."

빈대코만이 아니라 나머지 넷도 입맛을 다시고 고개를 외로 틀었다. 그때 배호의 노래가 구성지게 흘러나오기 시작했다.

"산을 넘고 물을 건너 고향 찾아서…… 너 보고 찾아왔네 두메나 산골……."

고루한 노래라 생각하면서도 모두 흐뭇한 기분으로 듣고 있었다. 도라지꽃에 산딸기에 풀피리 불며 불며 물방아와 새소리를 들먹이던 노래는 두 번 다시 타향에 아니 간다고 마지막 소절을 불러젖혔다.

"수수밭 감자밭에 씨를 뿌리며 너와 살련다……."

노래가 끝날 때까지 기계조 다섯은 저마다 자신이 돌아갈 곳을 생

각하고 있었다. 돌아갈 곳 없는 털보와 빈대코와 탁 사장의 처지가
더 심하긴 했으나 아내를 잃은 빠삐용이나 얼결에 전과자로 전락한
총무의 신세도 처량하기 이를 데 없었다.

"수수도 감자도 씨를 뿌리나?"

빠삐용이 빈대코를 향해 질문했다.

"감자는 씨감자를 심는 줄 아는데…… 그리고 수수는 씨를 뿌려?"

"뭘?"

씨를 뿌리든 꺾꽂이를 하든 남의 생각엔 통 관심 없는 빈대코를
대신해 털보가 대답했다.

"감자는 씨감자 조각을 땅에 묻고 수수는 모종을 낸다고 하지? 그
걸 파종이라 하지만 씨를 뿌린다는 말은 좀 그렇다. ……내 말 맞
지?"

농부인 빈대코를 돌아보며 확인을 요청했으나 빈대코는 여전히
저만의 상념에 빠져 있었다.

"응?"

남의 말에는 귀를 닫고 있었다. 내가 그때 너무했나? 하고 이젠 돌
아볼 이유조차 없는 이혼한 아내에 대해 생각하고 있었다. 내가 참
을걸 그랬나? 하고 빈대코는 한편으론 후회하고 한편으론 원망했다.
여자가 한을 품으면 오뉴월에 서리가 내리고 남자가 한을 품으면 동
지섣달에 땀띠가 난다더니 기어이 이런 꼴이 되고 말았구나, 하고
빈대코는 2반대와 3반대 작업대 양쪽에 줄지어 앉은 수용수들을 천
천히 둘러보았다. 그제야 빈대코는 명절이 코앞에 닥친 지금 교도소
에서 징역살이하고 있는 자신을 발견했다.

"참, 내가 정신이 없다."

"왜 그래?"

"내가 정신이 나갔다. 지금 내가 왜 여기서 이러고 있는지 신기하기만 하다."

얼이 빠진 채 명절 강박증을 앓고 있는 빈대코와 달리 나머지 넷은《선데이 서울》과《주간경향》이라는 주간잡지에 대해 이야기하고 있었다. 배호의 노래 탓이지만 가을 탓이기도 하고 일주일 남은 추석 때문이기도 했다. 총무는 국민학생 시절에 겪은 혼분식 도시락 검사와 주산학원 다니던 이야길 했다.

"그렇게 주산 1급을 땄는데 그 뒤론 주산으로 계산해본 적도 없고 주산을 구경하지도 못했어요. 요즘 애들은 주산이 뭔지도 모를걸요?"

탁 사장은 자신이 중학교 중퇴하게 된 사건 전말을 털어놓았다.

"그 비닐우산만 아니었으면 중학교는 마쳤을 텐데. 그때까지 난 본드 할 줄 몰랐어. 근데 그 새끼가 내 우산을 자기 거라고 지랄하니 어떡해. 비오는 날이었는데 운동화까지 잃어버렸으니."

총무를 상대로 말하던 탁 사장은 털보와 빠삐용에게 눈을 맞추며 말투를 바꿨다.

"종례 끝나고 나와보니 신발장에 있던 운동화가 없어졌어요. 이틀 전에 산 새 운동화였는데…… 우산은 좋지도 않은 비닐우산이었어요. 운동화도 없지 그 새낀 자기 우산이라고 지랄을 하지…… 그래, 씨발새끼 니 가져라 하고 아구창을 날리고 세숫대얄 확 발라버렸죠. 그러곤 비 쫄딱 맞으며 맨발로 집에 와 다시는 학교에 가지 않았어

요. 내 빵잡이 팔자가 다 운동화하고 우산 때문이죠. 지금은 별것도
아닌데 그땐 그랬잖아요."

빠삐용이 슬며시 웃었다. 어리석은 빵잡이로 여기던 탁 사장이 자
신과 같은 시절을 살아왔고, 더군다나 신산스러운 기억을 공유하고
있다는 사실을 발견하고 나니 가슴이 쓰라렸다. 검정고무신과 푸른
색 천운동화, 찢어진 비닐우산과 왕대로 만든 우산살과 우산대가 머
릿속을 스쳐 지나가면서 빠삐용을 슬프게 만들었다.

"요즘엔 구두도 우산도 다 피에르 발망이나 피에르 가르뎅이잖아.
세월 참……."

그들이 그러나 마나 빈대코는 여전히 자신만의 공상에 빠져 있었
다. 어머니 묘소를 둘러싼 단감나무와 복숭아나무 대신 이제는 다른
풍경이 그의 머리를 가득 채웠다. 털보의 주유소와 빠삐용의 멋진
레스토랑이 내려다보이는 언덕에 자리한 자신의 과수원이었다. 줄
지어 선 늘씬늘씬한 아보카도나무에 주렁주렁 열린 아보카도 열매
를 바라보면서 빈대코는 슬그머니 미소를 지었다.

49. 이감

빈대코는 숟가락 든 손을 천천히 밥상 위에 떨궜다. 옆 밥상 건너편에서 막 밥을 뜨던 흑장미 영감이 뒤로 돌아 일어나더니 쇠창살 밖에 서 있는 교도에게 물었다.

"어딥니까? ……어디로 가요?"

서류를 넘기던 교도는 흘낏 바라보긴 했으나 흑장미의 질문을 무시했다. 대답 대신 방 안을 향해 재차 빈대코에게 지시했다.

"짐 다 싸서 기다리세요. 출근 전에 나갑니다."

이감 가는 교도소는 가르쳐주지 않은 채 교도는 돌아갔다.

"여긴 신문사나 방송사를 제일 무서워한단 말이오. 저번에 거기로 편지할 때부터 뭔 일 나겠구나 했지…… 그런 보고 올라가면 즉각 딴 데로 날려버리거든."

빈대코의 이감에 대해 흑장미가 말했고 이혼법정까지 끌려갔다

온 사람에게 불시에 닥친 이감통보에 놀란 망치는 볼멘소리로 투덜 거렸다.

"참 재수 없네요, 사장님은. 여기저기 다치고 그런 곤욕까지 치르 더니 또 이감이네요."

최 사장도 안타까운 눈으로 빈대코를 건너다봤다.

"추석이나 쇠고 보내지 왜 지금 갑자기…… 이제 정이 들었는데 이게 무슨 아닌 밤에 홍두깨 같은 소리래?"

그러나 스님은 냉정했다.

"급수 떨어져 이감 가는 것도 아닌데 뭘…… 어디 가도 여기보다 못하진 않아요. 괜찮습니다."

넋 나간 표정으로 밥상 앞에 앉아 귀신 꼴을 하고 있는 빈대코에 게 스님은 거푸 위로의 말을 건넸다.

"천지불인(天地不仁)이라지 않소. 사장님이 아무리 좋은 사람이래 도 세상살이는 공평하지 않습니다. 하늘이 이 사람 저 사람 가리고 살펴 복을 주고 화를 내리는 게 아니라는 건 우리가 겪어봐 알잖아. 그러니 맘 편히 먹고 여기나 저기나 다 같은 징역살이라 생각하면 그만이오."

망치와 최 사장은 빈대코만큼이나 기운이 싹 떨어진 듯 더 이상 밥을 먹지 못했다. 수저를 내던지고 곁으로 다가온 최 사장이 빈대 코의 무릎을 주무르며 말했다.

"너무 힘들어하지 마시오."

그러면서 쩝쩝 입맛을 다셨다.

"이 양반이 무슨 투서를 하겠나 비리를 고발하겠나? 응? 방송사 주차장에 있는 친구한테 편지 한 통 했다고 이감을 보내나. 추석이 낼모렌데."

그러나 결정 난 일이었다. 헌금함 털이 종수가 설거지하는 동안 빈대코는 짐을 꾸렸다. 요로 깔고 자는 침낭 안에 사제 이불과 옷가지를 넣고 수건과 양말, 게이 영감이 선물로 준 사각팬티도 넣고 먹다 남은 종합비타민과 이가탄까지 챙기고 나니 끝이었다. 망치가 걷어다 준 칫솔과 치약, 우유팩 다섯 개와 사탕 한 봉지도 넣었으나 침낭은 여유가 있었다. 다른 수용수와 달리 여벌의 옷도 없고 책도 없으니 빈대코의 짐은 단출했다.

미처 정신 가다듬을 틈도 없이 이감은 현실로 닥쳤고 즉시 진행됐다. 이 교도소 주소와 10방 혼거수 여섯 명의 수번과 성명을 적어주며 탁 사장이 당부했다.

"가자마자 편지해요, 사장님. 간단히 몇 자 적기만 해도 돼요."

그 종이쪽지를 받아들자 갑자기 목이 메고 눈물이 쏟아지려 했다. 하지만 빈대코는 울지 않았다. 왠가 하면 복도를 다 지날 때까지 6방과 5방에서 마지막으로 마주쳐야 할 친구들 때문이었다. 단정히 옷을 입고 마지막으로 연고와 소독약, 일회용 붕대와 일회용 반창고까지 챙겨 넣은 뒤 빈대코는 교도를 기다렸다. 그런 빈대코의 어깨를 쓰다듬며 방장 망치가 당부의 작별인사를 했다.

"사장님, 앞으론 화내지 말고 조용히 사세요. 어디 가시든지⋯⋯ 참는 게 징역살이하기보다는 낫지 않소."

망치로 두 명을 때려죽인 무기수가 하는 말이니 허투루 들을 말이 아니었다.

"요즘에는 젊은 사람보다 노인들이 더 화를 낸답니다. 저번에 우리 공장 그 노인네들 봤죠? 그 꼴 나지 않으려면 나이 먹을수록 참아야 합니다. 성질나더라도 나 죽었다 하고 사세요."

출입문이 열린 뒤 빈대코는 혼거하던 다섯 명과 차례로 악수를 나눴다. 그러고선 문밖으로 나가 엄지발가락 나오도록 구멍 뚫은 운동화를 신고, 탁 사장이 내주는 침낭을 받아 오른쪽 어깨에 걸머지며 왼손으로 움켜잡았다. 복도 왼쪽이 거실이고 오른쪽에는 하늘이 보이는 유리창이 있었다. 앞선 교도를 따라 몇 걸음 걷자 출근준비 하느라 수복을 입거나 아직 러닝셔츠 바람인 수용수들이 철창살에 붙어 복도를 내다보고 있었다. 누군가 이동하는 모양인데 누가 어디로 왜 가는지 지켜보는 그들 사이에 털보의 얼굴이 보였다.

"……나 간다."

빈대코가 손을 내밀자 털보는 말도 없고 손도 내밀지 못한 채 멍하니 바라보기만 했다. 한 걸음 다가간 빈대코가 그 뒤에 선 쇼군에게 손을 들어 보였다. 쇼군도 상황을 금방 이해하지 못했다.

"어어……."

그렇게 야릇한 인사를 했다. 다음 방으로 걸어간 빈대코는 철창 앞까지 바싹 다가서지 않을 수 없었다. 빠삐용은 아직 반소매 티셔츠 차림으로 뒤돌아 앉아 있었다. 손만 허우적거리는 빈대코를 대신해 다른 수용수가 빠삐용을 불러 일으켰고 얼른 창가로 다가온 빠삐용이 빈대코의 손을 잡았다.

"왜? 이감이야?"

빈대코는 울지 않으려 이를 악물고 턱만 끄덕였다. 빠삐용이 너무

꽉 쥐고 세게 당겨 오른쪽 어깨가 시큰거렸으나 빈대코는 참고 있었
다. 이윽고 오른손을 빼 왼손으로 잡은 침낭 귀퉁이를 모아 잡았고
그때 6방에서 털보가 소리쳤다.

"편지해라, 친구야!"

다음 방에 총무가 있는 줄 알지만 빈대코는 더 이상 그쪽으로 고
개를 돌리지 않았다. 앞서 가던 교도가 걸음을 멈춘 채 얼른 따라오
라는 듯 지켜보고 있었기 때문이다. 3층에서 2층으로 내려가는 층계
에서 교도가 물었다.

"공장에 들러야 합니까? 뭐 가져가실 게 있어요?"

예상치 못한 일이었으나 교도가 물으니 공장에 들러 기계조 자리
를 둘러보고 싶다는 생각이 들었다.

"네네, 고무신이 있습니다."

왼손으로 침낭을 메고 오른손으로 눈물 비어져 나오는 눈가를 문
지르며 빈대코가 말했다.

"운동화도 있습니다. 수건도 있고…….'

교도가 인솔하는 수용수는 빈대코 한 명뿐이었다. 두 사람은 서로
의 발소리를 들으며 천천히 복도를 지났다. 교도가 쇠창살로 된 공
장 출입문에 매달린 쇠사슬을 벗겨내는 동안 빈대코는 공장을 들여
다보았다. 두 달 전 털보와 함께 들어서던 때와 달리 그곳은 포근하
고 정겨운 어둠이 서린 깨끗하고 넓은 집이었다. 오른쪽엔 털보와
목욕하던 공용화장실과 주임 교위의 사무실이 있고 정면에 보이는
텅 빈 마룻바닥은 자신이 철컥철컥 쇼핑봉투에 리벳을 박던 바로 그
자리였다.

빈대코는 불을 켜지 않은 공장으로 들어가 신발장에서 고무신과 운동화를 꺼내 불량 난 쇼핑봉투에 담았다. 식탁 곁으로 다가가 빨래걸이 장대로 천장 높이 걸어둔 수건을 벗겼고 그 수건까지 한데 넣은 쇼핑봉투를 침낭에 담았다. 문 앞에 선 교도가 외쳐 부를 때까지 빈대코는 한동안 기계조의 영역을 휘둘러보았다. 그러면서 깊은 숨을 들이마셨다.

　지난 두 달 동안 너무 정들었나 보다, 하고 빈대코는 생각했다. 이 자리에서 털보와 빠삐용을 만났고 그들과 아보카도 과수원에 대해 이야기하고 그리고 이곳에서 그들과 함께 밥을 먹고 옷을 갈아입었다. 이혼법정에 다녀온 날에도 빈대코는 이곳에서 우유를 마시며 털보가 건네주는 고소미를 씹어 먹었다. 인성교육 갈 때나 의무실에 갈 때나 늘 이곳에서 출발해 이곳으로 돌아왔으니 이곳은 그야말로 집이었고 가정이었다. 운동장에 나가면 다치지 않도록 조심하라는 교도관이 있었으며 그들이 늘 곁에 붙어 다니며 자신을 보호하고 위로했다. 어쩌면 이곳은 빈대코 생애 가장 철저한 안전지대였고 가장 따뜻한 공동체였다. 그래서 빈대코는 지금 눈물을 흘리고 있었다.

　사동 출입구 로비에 도착한 빈대코는 오늘 이감수 총원이 여섯이라는 사실과 그들이 세 군데 교도소로 분산 이감한다는 사실을 알았다. 도중에 경유하는 교도소 두 곳에 각각 두 명 세 명을 내려주고 자신만이 오늘 최종목적지로 이감한다는 사실도 알 수 있었다. 신분을 확인하고 수용수에 딸려 보낼 서류를 챙기느라 왔다 갔다 하는 교도관들을 바라보면서 빈대코는 멍하니 서 있었다. 완전히 정신을 비운 전면적인 멍 때리기였다.

어떤 곳으로 가든 도착할 때까지 이런 상태로 버텨야지, 하고 빈대코는 마음먹었다. 전신에서 힘을 빼고 눈과 귀도 작동하지 않고 멍한 기분으로 멍청하게 서 있었다. 수갑과 포승을 들고 나타난 CRPT 요원 둘이 이감수 여섯을 두 줄로 세웠다. 수갑을 채우고 포승으로 몸을 동인 다음 여섯을 한 줄로 엮었다. 맨 뒤에 서 있던 빈대코가 마지막으로 CRPT 요원 앞으로 나섰다. 검은 팔각모를 쓴 젊은 CRPT 요원이 수갑을 내밀기 전에 빈대코가 먼저 두 손을 앞으로 내밀었다.

50. 힘내라 돼지

지난 주말부터 수요일까지 이어진 추석연휴로 공장은 목요일에야 작업을 시작했다. 다음 날은 9월 마지막 금요일이었는데, 그날 오후 털보는 두 통의 편지를 등기우편으로 받았다. 한 통은 빈대코 편지였고 한 통은 여자교도소에서 보낸 꽃무늬 봉투 편지였다. 이름 모를 꽃 세 송이와 병아리 두 마리가 그려진 봉투를 얼른 엉덩이 밑으로 감춘 털보가 빈대코의 편지봉투를 뜯었다. 편지지는 한 장이고 글자 수도 많지 않았다.

"뭐래?"

다 읽기도 전에 빠삐용이 물었다.

"잘 있대? 거기 좋대?"

금방 읽어버린 편지를 빠삐용에게 건네주며 털보가 말했다.

"힘내란다 이 돼지가. 우리 보고 힘내라 돼지야, 하고 인사를 한다."

털보가 총무와 탁 사장을 향해 말했다.

"잘 있다는데…… 근데 거긴 여기하고 사물함이 다른가 봐?"

빈대코가 편지에 적은 내용 때문에 하는 말이었다.

"거기는 사물함 박스에 수번과 이름을 붙여놓는 모양이야. 이 친구는 그게 싫다는구만. 편지에 기분 나쁘다고 적은 걸 보니 영 불편한가 보지?"

"아, 거기가 그래요. 각자 사물함 박스를 주는데 거기다 명찰을 붙이죠. 이삿짐 포장하는 그런 플라스틱 박스요"

우리나라 교도소란 교도소는 다 돌아다닌 탁 사장이 설명했다.

"방에 들어가면 수번하고 이름 프린트한 종이를 소지가 갖다 줘요. 그걸 거기다 붙이는 거죠."

엉덩이 밑에서 꽃무늬 편지봉투를 꺼내 든 털보는 조심스럽게 입을 열어 꼼꼼하게 읽어 내려갔다. 빼삐용은 다 읽은 편지를 탁 사장에게 건네며 빈대코에 대해 평가했다.

"이 친구가 보기하곤 달리 아주 유교적이고 자존심 강한 사람이네."

농경문화와 혈통과 전통을 들먹이며 빈대코의 성향을 문명적으로 해석하는 빼삐용의 견해에 총무가 이의를 제기했다.

"자기 이름이 죄수들 이름 옆에 나란히 붙어 있는 게 보기 싫다는 말 아니에요?"

"그게 그거지 뭐."

"그거하고 그건 좀 다르죠. 그건 자존심이라기보다는 보통 사람의

양심 아닙니까. 옛날 사람 아니더라도 거기 그렇게 자기 이름 붙어
있으면 부끄럽지 않은 사람 어디 있어요. 아무리 죄인이라지만."

"여하튼 그 친구 그만하니 다행이다."

"그러네요. 그까짓 이름이야 뭐."

여수의 편지지는 세 장이었으나 그림이 절반이었다. 편지를 읽을
때나 다 읽은 편지지를 접어 편지봉투에 다시 넣을 때나 헤벌쭉 벌
어진 털보의 입은 보기 민망할 정도였다.

"스텔라라는데…… 이 여자가 스텔라라는 이름으로 듀엣을 했다
는데 자네들 누가 알아?"

"언제? 어디서? 대표곡이 뭔데?"

빠삐용의 질문에 털보가 대답했다.

"미8군에서 몇 년 하다가 미국으로 건너갔대. 무슨 노래가 있는지
는 알려주지 않으니 모르지."

"그래? 그래서 히로뽕을 했나? ……그 여자 탤런트도 했다며? 그
리고 몇 살이래?"

"우리하고 동갑이야. 59년생 돼지띠."

여전히 헤벌쭉 입을 벌리고 눈꼬리를 늘어뜨려 양반탈 표정을 한
털보가 자랑을 떨었다.

"탤런트도 좀 했겠지. 근데 이 편지에는 그런 말이 없네? 그리고
자기는 스텔라라는 이름으로 활동하던 그 시절이 젤 그립대."

털보는 독립운동이라도 하신 줄 아시느냐고 힐난하던 며느리의
눈빛을 연상하면서 싱긋이 웃음 지었다. 한 치의 부끄러움도 없는
기쁨의 웃음이었다. 조국이나 독립이 싫을 리 없지만 지금 털보에게

중요한 것은 그러한 추상적 가치가 아니라 누군가의 위로와 애정이었다. 바로 그 증거를 손에 쥔 털보는 기쁨에서 우러난 웃음과 자랑질을 그칠 수 없었다.

"그림도 잘 그린대. 편지에 그린 그림이 다 그 여자가 직접 그린 거야."

그런 털보의 말에 탁 사장이 초를 쳤다.

"나이 많이 먹었네요? 사장님하고 동갑이면 완전히 할머니잖아요. 그리고 그 여자 향은 어디서 했대요?"

"야, 그런 생활 하다 보면 그런 건 있을 수 있는 일이야. 음악이든 미술이든. 그리고 우리 나이가 왜 할머니냐? 100세 시대에 환갑이면 아직 팔팔한 나이다."

털보는 항소심에서 1년 6개월 징역형을 받은 그녀의 출소일이 자신보다 한 달 뒤라면서, 자신은 오늘로 딱 1년 3일 남았고 스텔라는 1년 1개월이 남았다고 말했다.

"아직 상고심 판결 떨어지지 않았지만 기각이 뻔하잖아. 1년 6개월에 향이라 가석방 없으니 다 살아야지."

넷은 저마다 출소일을 계산했는데 탁 사장과 총무는 몇 달 남지 않았고 빼삐용은 7개월 2일 남았다는 계산이 나왔다. 자신의 남은 형기 계산을 마친 빼삐용이 빈대코 출소 예정일을 셈했다.

"그 친구는 가석방 있지? 그러니 내년 1월 말이면 달가로 나가겠네 뭐."

털보와 빼삐용은 출소하는 순서대로 다시 계산했다. 하고 또 해도 지겹지 않은 계산이었다. 그 결과 빈대코는 120일 남았고 빼삐용은

215일 남았고 털보는 368일 남았고 스텔라는 396일 남았다.

"내년 크리스마스 전에 다 만날 수 있겠다."

그만큼 지나면 네 사람은 그 어딘가 아름다운 마을에서 만날 수 있다고 털보가 말했다.

"스텔라도 돼지띠잖아. 우리들 친구다."

행복한 털보의 얼굴을 바라보며 빠삐용이 웃음 지었다.

"인생 참 웃긴다, 친구야."

털보가 대답했다.

"그러니 힘내라 친구야."

털보가 또 말했다.

"오늘도 다 갔다. 내년도 멀지 않았고 내년 크리스마스도 멀지 않았다."

다시 작업이 시작됐고 타공기의 철컥대는 전동페달 소리를 흔들며 경쾌한 유행가가 공장에 울려 퍼졌다.

"미워하는 미워하는…… 미워하는 마음 없이…… 아낌없이 아낌없이…… 사랑을 주기만 할 때……."

빈대코와 함께 이 공장으로 출역 나오던 날 들었던 노래에 털보는 가슴이 아렸다.

"수백만 송이 백만 송이…… 백만 송이 꽃은 피고…… 그립고 아름다운…… 내 별나라로 갈 수 있다네……."

오늘의 삶을 후회하지 않으려면 더 이상은 괴로워하지 말아야 한다고 털보는 자신에게 당부했다. 다른 방법은 없었다. 자신감이 하늘을 찌르고 욕심이 땅을 뒤집어엎던 젊은 시절은 저물고 있었다. 한

302

때는 그러했으나 이제는 세상을 흔들 기력도 누구하고 맞서 싸울 배짱도 없었다. 그러니 조용히 숨어 살아야 한다고 털보는 자신에게 일렀다. 그나마 죽지 않고 이렇게 살아 친구와 여자의 편지를 받은 자신은 행운아였다. 교통사고로 죽은 친구도 있고 암으로 죽은 친구도 있고 고혈압으로 쓰러져 찍 소리도 남기지 못하고 저승길로 떠난 친구도 있다. 그러나 자신은 살아남아 저 아름답고 경쾌한 축복의 노래를 듣고 있다고 털보는 자신을 위무했다.

"이젠 모두가 떠날지라도…… 그러나 사랑은 계속될 거야……."

유행가 마지막 소절은 야릇한 평화의 기운으로 공장을 물들이고 있었다.

"저 별에서 나를 찾아온…… 그토록 기다리던 이 있네……."

빠삐용은 다시 한 번 계산했다. 털보 말대로 오늘도 다 갔으니 이제 214일 남았다. 지난 7년의 세월은 한 번도 일수로 계산해보지 않았다. 엄청난 숫자이리라 짐작하기만 했다. 그러나 그 어마어마하고 엄청난 나날도 지나갔듯이 모두가 떠나도 사랑은 계속된다는 유행가 가사는 빠삐용에게 힘을 줬다. 그동안 갖가지 요리를 배워 많은 사람에게 맛있고 영양가 높은 음식을 대접할 수 있게 됐다. 게다가 노후를 함께할 돼지띠 친구도 만났다. 어쩌면 자신의 징역살이는 신이나 천사가 내리는 축복일지도 모른다는 생각이 들었다. 그다지 나쁜 운명도 아니고 남보다 못한 인생도 아니라고 빠삐용은 생각했다. 지금은 알 수 없지만 신의 뜻은 다 선한 이유를 품고 있기에 그 이유가 곧 드러나리라고 빠삐용은 생각했다. 전동페달을 밟던 발을 당겨 자세를 가다듬은 빠삐용은 맞은편에 앉아 열심히 쇼핑봉투에 리벳을 박아대는 털보를 물끄러미 바라보았다.

"힘내라 돼지야!"

털보가 그 소리를 들었다.

"응?"

손과 발을 멈추고 빠삐용을 바라보는 털보의 두 눈에 눈물이 실렸다. 그리고 그 순간 삐뚤삐뚤 조악한 솜씨로 편지 끝에 적어놓은 빈대코의 인사말이 떠올랐다. 일그러진 입술을 어렵게 연 털보는 빠삐용에게 그 위안과 격려의 말을 전했다.

"그래…… 힘내라 돼지!"

삶이 그대를 속일지라도

환갑 직전 돼지띠 동갑내기들을 위한 소설을 한 편 쓰겠다는 결심이 있었다. 그 목표를 이뤄 기쁘다. 『힘내라 돼지』는 연작장편소설의 첫 번째 작품으로, 이어지는 이야기가 남아 있다. 그러나 이 한 권을 마무리해 내게 한 약속을 지켰다는 사실로 만족한다. 10주 동안 지면을 허락한 《넥스트 데일리》와 원고를 챙겨준 소설가 신승철 후배에게 감사하고 있다.

친구들아, 어릴 적 우리는 이발소 낮은 천장 아래 매달린 액자에서 당시로선 뜬금없는 소리와 같던 시 한 편을 읽었다. 나중에 알고 보니 그 시는 러시아 소설가 알렉산드르 푸시킨의 작품이었다.

삶이 그대를 속일지라도
슬퍼하거나 노여워하지 말라

슬픈 날을 참고 견디면

즐거운 날이 오리니

마음은 앞날에 살고

지금은 언제나 슬픈 것이라

모든 것은 덧없이 사라지고

지나간 것은 또 그리워지나니

통속하지? 환갑을 맞이하며 돌아보니 우리네 인생이 그러하다. 그
리고 또 한 사람의 소설가가 생각난다.

미국 소설가 어니스트 헤밍웨이는 네 번의 자동차 전복사고와 두
번의 비행기 추락사고에도 살아남아 결국은 자기 손으로 생을 마감
할 수 있었다. 40대 후반 그는 네 번째 결혼을 했고, 비정상적 임신
으로 죽음에 이른 그 마지막 아내를 자기 손으로 살려낸 적이 있다.
자궁에 이르지 못하고 나팔관에 착상한 수정란 때문에 나팔관이 터
질 지경이 된 아내는 빈사상태였으며 의사는 수술을 거절했다. 헤밍
웨이는 열아홉 살에 미적십자 야전병원 운전병으로 제1차 세계대전
에 참전했고 이탈리아 전선에서 박격포탄을 맞아 다리 절단을 걱정
할 정도의 심각한 수술을 받았다. 또한 프랑스와 벨기에 연합군 소
속으로 제2차 세계대전에 종군했는데 이때 의료 비상처치를 익혔다.
그는 수술대에 누운 아내의 혈관에 튜브를 삽입하고 의식을 회복할
때까지 혈장을 주입했다. 그런 뒤 의사에게 수술을 요구했으며 쉽지
않은 수술 끝에 마침내 아내를 살려냈다. 그리하여 헤밍웨이는 의사
는 물론 간호사와 마취사가 자신에게 보내는 찬사를 들으며 죽음에

서 돌아온 아내를 다시 품에 안을 수 있었다. 다음 날 그는 일기장에
다음과 같은 한 줄의 글을 적어두었다.

운명이 눈앞에서 어정거리거든 구둣발로 걷어차라

2018년 가을
심상대

힘내라 돼지

초판 1쇄 인쇄 2018년 10월 29일
초판 1쇄 발행 2018년 11월 5일

지은이 심상대
펴낸이 이수철
본부장 신승철
주 간 하지순
디자인 오세라
마케팅 정범용
관 리 전수연

펴낸곳 나무옆의자
출판등록 제396-2013-000037호
주소 (03970) 서울시 마포구 성미산로1길 67 다산빌딩 3층
전화 02) 790-6630 팩스 02) 718-5752

페이스북 www.facebook.com/namubench9
인쇄 제본 현문자현종이 월드페이퍼

ⓒ 심상대, 2018

ISBN 979-11-6157 047-1 03810